TURNO DE NOCHE

ROBIN COOK

TURNO DE NOCHE

Traducción de
Noemí Sobregués

PLAZA JANÉS

Papel certificado por el Forest Stewardship Council®

Título original: *Night Shift*

Primera edición: marzo de 2024

© 2022, Robin Cook
© 2024, Penguin Random House Grupo Editorial, S. A. U.
Travessera de Gràcia, 47-49. 08021 Barcelona
© 2024, Noemí Sobregués Arias, por la traducción

Printed in Spain – Impreso en España

ISBN: 978-84-01-03278-3
Depósito legal: B-604-2024

Compuesto en Comptex & Ass., S. L.

Impreso en Rotativas de Estella, S. L.
Villatuerta, (Navarra)

L032783

*Para Jean, Cameron
y Primo, mi familia nuclear*

PRÓLOGO

Nueva York
Lunes, 6 de diciembre

La doctora Susan Passero, internista del Manhattan Memorial Hospital, más conocido como el MMH, acompañó a su última paciente del día, Florence Williams, hasta la puerta de la consulta. Eran casi las seis de la tarde y había visitado a más de cuarenta personas ese día. Se despidió cordialmente de ella y la animó a continuar con el tratamiento farmacológico, que era bastante complicado. Al volver a su mesa, Sue se recolocó la mascarilla que debía llevar todo el personal médico desde la pandemia de la COVID-19, respiró hondo y volvió a sentarse frente a la pantalla del ordenador para terminar de rellenar la pertinente entrada. Como la mayoría de los médicos, odiaba tener que cumplimentar el extenso historial médico electrónico, que interfería de forma inevitable en la relación con sus pacientes, pero sabía que la medicina moderna lo exigía. Tras haber terminado y revisado con cuidado todas las casillas, se lavó las manos, por enésima vez ese día, se metió el estetoscopio en el bolsillo y se dirigió a la clínica propiamente dicha.

Como de costumbre, era la última en terminar de visitar a los pacientes que tenía programados, así que la clínica estaba casi vacía. Al fondo, el personal de limpieza ya había empezado su labor diaria. Sue los saludó con la mano, conocía a algunos de ellos por su nombre, y ellos le devolvieron el saludo. Hasta ese momento había sido un lunes normal, con mucho trabajo. Los lunes siempre eran los días de la semana con más trabajo, porque, además de las visitas programadas, debía atender a algunos de los pacientes que habían acudido al Departamento de Urgencias durante el fin de semana.

Sue Passero, que fue jugadora de fútbol, baloncesto y sóftbol cuando estudiaba en la universidad, era una mujer afroamericana que se mantenía en buena forma física. Muy atenta siempre a su imagen, llevaba un vestido de seda debajo de la bata blanca y un corte de pelo muy moderno, cortito y de punta. Como persona extrovertida que era, en el hospital se llevaba bien con todo el mundo, en especial con el personal del servicio de alimentación y del de limpieza. Aunque era una internista colegiada especializada en cardiología, nunca había sentido la tentación de creerse superior a los demás empleados del hospital, como les ocurría a algunos médicos narcisistas a los que conocía. La razón era sencilla. Durante la escuela secundaria, la universidad e incluso la facultad de medicina, no le había quedado más remedio que trabajar en casi todo tipo de trabajos de bajo nivel en centros médicos académicos, incluida la limpieza de jaulas de monos. Como consecuencia de esa experiencia personal valoraba sinceramente la aportación de todo el mundo. Pero también era exigente. Fuera cual fuese el trabajo de una persona, esta debía entregarse por completo, que era como siempre había abordado ella sus obligaciones.

—¡Todo terminado! —le gritó Sue a Virginia Davenport tras asomarse al despacho de las secretarias de planificación.

Como Sue, Virginia siempre era la última secretaria en marcharse de la clínica. Al ser la empleada más veterana, se tomaba su trabajo muy en serio, razón por la que Sue y ella se entendían y trabajaban muy bien juntas.

—Aquí tienes tu plan de visitas para mañana —le dijo levantándose y entregándole una copia impresa a Sue.

Virginia era alta y esbelta, con un cabello rubio de rizos pequeños y un rostro ovalado en el que destacaban sus ojos oscuros y sus dientes muy blancos.

—Gracias —le contestó Sue cogiendo la hoja de papel como si fuera el testigo en una carrera de relevos mientras avanzaba por el pasillo. Ahora que había terminado de visitar a los pacientes, quería concluir la jornada, meterse en el coche y volver a su casa, en New Jersey. Mientras bajaba a toda prisa a su diminuto despacho, echó un vistazo al plan de visitas. Le pareció como el de cualquier otro día en los últimos tiempos, con treinta pacientes programados, aunque sin duda acabarían siendo más.

—También he imprimido el artículo sobre el asesino en serie que me pediste —añadió Virginia corriendo para mantener el ritmo de Sue—. Y aquí tienes las llamadas telefónicas que hemos recibido mientras atendías a pacientes y a las que debes responder.

Sue cogió la relación de llamadas y el artículo sin reducir el paso y echó un vistazo a este último. Era un artículo del *New York Times* de octubre sobre un enfermero de Texas al que habían declarado culpable de matar a cuatro pacientes postoperatorios inyectándoles aire en las arterias. Sue entró en su despacho y se sentó a su mesa.

—Eres un encanto —le dijo a Virginia, que la había seguido. Esta última interacción entre ellas era parte de su rutina diaria antes de que Sue se marchara—. ¿Por casualidad has leído el artículo?

—Sí —le contestó Virginia—. Me habría costado no leerlo al ver el título. Es increíble que haya personas capaces de comportarse así, y más tratándose de personal sanitario.

—Lo que me asusta de este caso en concreto es que la motivación del enfermero era mantener a determinados pacientes en la unidad de cuidados intensivos para poder trabajar más horas. ¿Te lo puedes creer? No sé, a mí me resulta inconcebible. Aunque me parece una locura, hasta cierto punto puedo entender a los llamados ángeles de la muerte, que aseguran que evitan el dolor y el sufrimiento de las personas, pese a que no sea así. Incluso puedo llegar a comprender el síndrome del héroe, que todavía da más miedo, con esos locos sociópatas que pretenden mejorar su imagen poniendo a los pacientes en peligro para después atribuirse el mérito de salvarlos, pero esto... —Mientras hablaba, Sue sacó una gran carpeta azul de entre dos sujetalibros. La abrió y metió en ella el artículo, junto con otros similares.

—Es espantoso, sea cual sea la motivación —le comentó Virginia—. Se supone que los hospitales salvan a las personas, o que al menos no las matan. De verdad que el mundo está cada día más loco.

—¿Alguna de estas llamadas requiere atención inmediata? —le preguntó Sue cogiendo la lista de nombres y números de teléfono—. ¿O puedo llamar de camino a casa?

—Nada de gran importancia —le aseguró Virginia. Aunque se había formado en psicología y trabajo social, más que en atención médica, en los diez años que llevaba trabajando en medicina interna había aprendido a identificar los casos urgentes. Sue sabía por experiencia que podía confiar en ella—. ¿El MMH se ha enfrentado alguna vez con un problema así? —le preguntó.

—Pues ya que lo preguntas, me temo que la respuesta es sí. Hace unos quince años, mi amiga Laurie Montgomery, que es una extraordinaria médica forense, descubrió a una asesina en este hospital. Era una enfermera a la que una turbia organización que trabajaba para una compañía de seguros de salud le pagaba para que acabara con la vida de pacientes postoperatorios con marcadores de genes defectuosos.

Virginia conocía a Laurie porque había programado en la agenda de Sue muchos almuerzos e incluso alguna cena con ella. Ambas mujeres habían ido juntas a la facultad de medicina y eran amigas desde entonces.

—¿Por qué?

—Para ahorrarle dinero a la compañía de seguros. Con ese

material genético, los pacientes iban a necesitar mucha atención médica costosa.

—¡Madre mía! —exclamó Virginia tapándose la boca con la mano, consternada—. ¡Qué horror! Es aún peor que el enfermero de Texas. ¿De cuántos pacientes hablamos?

—De cinco o seis —le contestó Sue—. No lo recuerdo con exactitud. Fue tan espantoso que he intentado olvidar los detalles, aunque no la lección. Fue un terrible recordatorio de en qué medida la medicina depende de intereses comerciales. En especial con el capital privado intentando sacar hasta el último céntimo en indemnizaciones.

—Sí, es lamentable —le dijo Virginia—. Y hablando de intereses comerciales, recuerda que mañana a las doce tienes una reunión del Comité de Cumplimiento.

—Gracias por recordármelo. Si esto es todo, me voy.

Sue dio una palmada en la mesa, se levantó y se quitó la bata blanca. No le sorprendió tener otra reunión del comité. Como miembro especialmente comprometido del personal del MMH, sentía que era su deber formar parte de diversos órganos. En ese momento era miembro del Comité de Mortalidad y Morbilidad, del Comité de Control de Infecciones y del Comité de Reorganización de Pacientes Ambulatorios, además del Comité de Cumplimiento. Por si fuera poco, ahora luchaba también por conseguir un puesto en la junta del hospital. Por suerte, Virginia Davenport estaba dispuesta a ayudarla con todo ese trabajo adicional.

—No te queda nada pendiente —le aseguró Virginia dirigiéndose a la puerta—. Conduce con cuidado. Nos vemos mañana.

—Y tú ten cuidado en el metro.

Sue se puso el abrigo, que estaba colgado detrás de la puerta. Cogió el móvil, el bolso y la lista de pacientes a los que debía llamar y siguió a Virginia hasta el pasillo, donde se separaron. Sue quería salir del aparcamiento, formado por varias plantas, antes de que llegara la avalancha de coches del turno de noche, que empezaba a las siete de la tarde. Aunque la mayoría de los empleados llegaban en transporte público, se juntaban los suficientes vehículos para que se formara un pequeño atasco.

El trayecto hasta allí exigía cruzar el puente peatonal que unía el edificio de consultas externas con el edificio principal, y después un segundo puente peatonal que llevaba hasta el parking. Aunque empezaban a llegar miembros del personal del turno de noche y visitantes, el aparcamiento no estaba tan concurrido como lo estaría un poco más tarde, entre las seis y media y las siete. Sue encontró su vehículo donde lo había dejado por la mañana el servicio de aparcacoches, en la zona de los médicos, que ya estaba casi vacía, como era habitual esa hora. Mientras se acercaba a su querido BMW con cristales tintados, metió la mano en el bolsillo del abrigo y pulsó el botón de apertura de las puertas del mando a distancia. El coche respondió encendiendo las luces interiores y exteriores.

Sue abrió la puerta del lado del conductor y lanzó el bolso al asiento del copiloto antes de sentarse al volante. Como siempre, colgó el cordón de su tarjeta de identificación en el espejo retrovisor. Extendió la mano para pulsar el botón de arranque, pero no llegó a hacerlo. Para su sorpresa y horror, sintió cómo le ponían un saco de tela en la cabeza y lo bajaban hasta los hombros. Cuando levantó la mano para intentar quitarse el saco, un brazo le rodeó la garganta y tiró de ella contra el reposacabezas con tanta fuerza que se le arqueó la espalda. Soltó el saco e intentó apartar el brazo con ambas manos gritando aterrorizada. Por desgracia, tanto el saco como la presión en el cuello amortiguaban su voz. De repente sintió un dolor punzante en el muslo derecho.

Sue apretó los dientes y consiguió separar el brazo que le rodeaba el cuello lo suficiente para respirar. Pero entonces un segundo brazo acudió en ayuda del primero, le apartó una mano y volvió a tirar de ella hacia el reposacabezas, lo que volvió a cortarle la entrada de aire.

Por pura desesperación, Sue intentó morder el brazo que le rodeaba el cuello, pero sus esfuerzos se vieron limitados por el saco de tela. El atacante respondió presionándole aún más el cuello, lo que aumentó la hiperextensión de la espalda. Sue intentó clavar con todas sus fuerzas las uñas de las dos manos en los brazos que la sujetaban, pero mientras lo hacía se dio cuenta de que estaba perdiendo fuerza. Era como si los músculos de los brazos y el cuello no respondieran. Al principio pensó que podría ser cansancio por estar haciendo un esfuerzo sobrehumano, pero la sensación era cada vez más acentuada. Enseguida sus manos dejaron de agarrar los brazos que le rodeaban el cuello. Después descubrió, aterrada, que le costaba respirar.

Sue reunió la poca fuerza que le quedaba e intentó gritar de nuevo, pero de sus labios no salió ningún sonido, y con un rugido insoportable en los oídos perdió el conocimiento...

1

Sin que se notara el esfuerzo, el doctor Jack Stapleton intensificó el ritmo en la suave subida de la colina de West Drive, en Central Park, donde bordeaba el embalse. Le había producido cierta satisfacción adelantar y dejar atrás a un pequeño grupo de jóvenes ciclistas que parecían profesionales, todos ellos con bicicletas de carretera importadas, con maillots ceñidos, con publicidad de todo tipo de productos europeos y con caras zapatillas de ciclismo. Él, por supuesto, iba en su bicicleta Trek relativamente nueva, fabricada en Estados Unidos y tan cara como las demás, pero su vestimenta era muy diferente. Llevaba su habitual chaquetón marrón de pana ancha, unos vaqueros y una camisa de cambray de color índigo con una corbata de punto verde oscura. En lugar de zapatillas de ciclismo, llevaba unas zapatillas deportivas Nike. Su única concesión a los siete grados de temperatura eran unos guantes y una bufanda.

Como hacía casi todas las mañanas desde que había llegado a Nueva York para empezar su nueva vida, y su segunda carrera profesional como médico forense en la Oficina del Médico Forense Jefe (OCME), Jack se dirigía en bicicleta a la zona este de la ciudad desde su casa, en el Upper West Side. Era un medio de transporte muy diferente del que había empleado cuando era un conservador oftalmólogo del Medio Oeste. En aquella época iba cada día a su consulta en un Mercedes, vestido con un traje de cuadros escoceses y con los zapatos abrillantados.

El líder del grupo de ciclistas reaccionó tal y como Jack esperaba. Habría sido desmoralizador que un tipo de mediana edad, con aspecto de ir a trabajar, los adelantara, así que se levantó y empezó a perseguirlo. El ciclista no sabía que seguramente Jack montaba en bicicleta más a menudo que ellos. Tampoco sabía que, además, Jack jugaba al baloncesto en el parque casi a diario, si el tiempo lo permitía, y por lo tanto estaba en excelente forma física. Los demás ciclistas siguieron el ejemplo del líder, se levantaron y pedalearon con energía.

Sin que se notara, porque siguió sentado, Jack intensificó la marcha y su ventaja aumentó un poco a pesar de los evidentes esfuerzos de los ciclistas que lo perseguían. Unos minutos después, cuando Jack llegó a lo alto de la colina y empezó a descender, dejó de pedalear y se deslizó cuesta abajo, lo que permitió que el grupo de perseguidores lo alcanzara por fin y lo adelantara para recuperar su dignidad deportiva.

En circunstancias normales, Jack habría continuado la carrera improvisada hasta el extremo sur del parque, donde saldría camino al trabajo, pero esa mañana en concreto dejó de prestar atención a los ciclistas «profesionales» para fijarse en la Brooks School, que estaba dejando atrás a su derecha, en Central Park West. Su hijo, J.J., estaba cursando allí quinto de primaria. Como si fuera ayer y con comprensible disgusto, Jack recordaba su desastrosa visita al centro dos años antes, cuando Laurie, su mujer, le pidió que fuera él a hablar con la dirección de la escuela. Después de que J.J. se hubiera metido en varias peleas durante el recreo, el equipo directivo consideraba que debía tomar Adderall para controlar el TDAH.

Quizá Jack no fuera la persona adecuada para realizar esa visita al centro, ya que estaba del todo convencido de que J.J. no tenía ningún trastorno por déficit de atención e hiperactividad, o TDAH; lo cierto es que no creía que a su hijo le pasara nada fuera de lo normal. A eso se añadía que creía que existía algún tipo de complot entre las industrias farmacéutica y educativa, que le parecían demasiado impacientes por iniciar a los niños en un fármaco que era básicamente anfetaminas y convertirlos en drogadictos incipientes. Y, por desgracia, Jack se aseguró de que la Brooks School supiera con exactitud lo que pensaba. La dirección del centro no encajó bien las críticas y amenazó con expulsar a J.J. Al final, por insistencia de Laurie, Jack aceptó que su hijo fuera sometido a un examen psiquiátrico. El psiquiatra estuvo de acuerdo con el diagnóstico, pero por suerte en ese momento ya carecía de importancia. El proceso de evaluación duró tanto tiempo que para todos era evidente que J.J. había dejado de portarse mal en el patio, así que la insistencia de la escuela en que lo medicaran quedó en el olvido… hasta hacía una semana, cuando el niño volvió a pelearse en el recreo. De repente el problema había aparecido de nuevo, y esa era la razón por la que Jack se dirigía a la OCME tan temprano. La noche anterior, Laurie y su madre, Dorothy, intentaron convencerlo para que cambiara de postura respecto a ese tema. Ambas defendían el uso de medicamentos para tratar el TDAH infantil. Jack se había despertado mucho antes de que sonara la alarma y, como no le apetecía que volvieran a presionarlo sin haberse replanteado los pros y los contras de la situación, decidió salir de casa antes de que los demás se hubieran despertado.

En Manhattan se habían habilitado numerosos carriles bici ya que el número de bicicletas había aumentado de forma espectacular a consecuencia de los frustrantes atascos, la pandemia de la COVID-19 y la aparición de los modelos eléctricos. De manera que el trayecto al trabajo que hacía Jack era ahora bastante más rápido y, en teoría, seguro, aunque Laurie dudaba de esto último. En vez de salir por la esquina sudeste de Central Park, ahora Jack salía del parque por la esquina sudoeste, en Columbus Circle. Desde ahí se dirigía por el carril bici hacia el sur por Broadway y después por la Séptima Avenida hasta llegar a la calle 30. El carril bici de esta calle estaba pintado en la carretera junto a los coches aparcados y era menos seguro. En la esquina de la calle 30 y la Primera Avenida se encontraba el viejo edificio de la OCME, que aún albergaba la sala de autopsias. Hacia allí se dirigía Jack.

Mientras pedaleaba hacia el este por la calle 30, volvió a pensar en la postura de Dorothy. Admitía que le suscitaba pensamientos ambivalentes. Con su hija Emma, a la que habían diagnosticado autismo unos años antes, Dorothy había tenido un papel positivo. Se encargó de organizar y después gestionar las complicadas entrevistas, la elección y los horarios de los terapeutas conductuales, logopedas y fisioterapeutas responsables de la impresionante mejora de Emma. Pero ni siquiera esta mejora estaba exenta de polémicas. Jack quería matricular a su hija en una escuela especializada para niños con trastornos del espectro autista que se encontraba cerca de la Brooks School, pero Dorothy no estaba de acuerdo y logró convencer a Laurie de su punto de vista.

Peor que el leve desacuerdo sobre la situación de Emma era la constante postura antivacunas de su suegra, ya que esta seguía insistiendo en que lo que le había provocado el autismo a Emma había sido la vacuna triple vírica, a pesar de que la ciencia había demostrado que esa posibilidad era falsa. Peor aún, su aversión a las vacunas se había extendido a la vacuna de la COVID-19 y, dijeran lo que dijesen Jack y Laurie, ella se negaba a vacunarse. La intransigencia de Dorothy era todavía más grave porque, desde la muerte de su marido, el padre de Laurie, un adusto cirujano cardiovascular, hacía tres meses, prácticamente se había mudado con ellos y se había instalado en la segunda habitación de invitados.

En varias ocasiones, Jack intentó abordar la cuestión de establecer un plazo para que Dorothy volviera a su espacioso piso de Park Avenue, pero Laurie no quería ni oír hablar del tema. Estaba convencida de que a Emma le beneficiaba mucho tener a su abuela cerca y de que su madre todavía se sentía demasiado vulnerable para regresar a un piso vacío.

Dada la situación familiar, Jack se sentía fuera de lugar, sobre todo porque Laurie parecía desempeñar el papel de jefa tanto en el trabajo como en casa. Como no quería forzar las cosas y alterar el frágil ambiente en casa, Jack decidió recurrir al trabajo para ocupar su mente y poder controlar así sus emociones. Necesitaba algún caso difícil en el que centrar sus pensamientos. En el pasado le había funcionado. Investigar una muerte quiropráctica lo había ayudado a lidiar con el diagnóstico de neuroblastoma de J.J. que les dieron cuando este era un bebé. Una de las ventajas de ser médico forense era que cada día sucedía algo diferente y siempre existía la posibilidad de enfrentarse a una circunstancia desconcertante. Sin la menor duda Laurie y él lo habían comprobado a lo largo de los años.

Después de esperar a que el semáforo se pusiera en verde para cruzar la Primera Avenida en la esquina de la calle 30, Jack pedaleó por delante del viejo edificio de la OCME, que había dejado de ser funcional tiempo atrás. Cuando lo construyeron, hacía más de medio siglo, era muy moderno. Ahora ya no. Necesitaban un nuevo edificio de autopsias con despachos para los médicos forenses y el Departamento de Toxicología. Se suponía que iban a construirlo cerca del nuevo y gran edificio de la OCME, cuatro manzanas al sur, pero se había retrasado por problemas presupuestarios. Era uno de los principales objetivos de su mujer, médica forense jefa de la ciudad de Nueva York, y contaba con que el nuevo alcalde, que pronto juraría su cargo, le diera luz verde.

Al entrar en la zona a la que llegaban y desde la que salían los cuerpos, Jack pedaleó entre las furgonetas Mercedes Sprinter aparcadas y se cargó la bicicleta al hombro mientras subía la escalera lateral hacia la plataforma. Después bajó la bicicleta, la empujó por delante de la oficina de seguridad y saludó a los vigilantes, que estaban ocupados cambiando turnos. Hizo lo mismo al pasar por la oficina de los técnicos de la morgue. A la izquierda, donde se almacenaban los ataúdes de Hart Island para los cuerpos que nadie reclamaba, Jack ató la bicicleta y el casco a un tubo vertical con un candado de cable. Era el único que iba al trabajo en bicicleta y no había soportes para aparcarlas. Cerca estaba la oscura y aislada sala de autopsias para cuerpos en descomposición.

Impaciente por ver qué nuevos casos había traído la noche, Jack subió por la escalera al primer piso, pasó por la sala de síndrome de muerte súbita del lactante y entró en la zona de identificación donde empezaba el día para la OCME. Eran poco más de las siete de la mañana.

2

—Buenos días, Jennifer —dijo Jack con más entusiasmo del que sentía.

A diferencia de lo que acostumbraban a hacer algunos de los otros cuarenta y un médicos forenses, y fiel a su carácter reservado, Jack no tenía la costumbre de proyectar en los demás su modo de pensar y su estado de ánimo. La doctora Jennifer Hernandez era una médica forense relativamente nueva en la plantilla y esa semana estaba de guardia, lo que significaba que si durante la noche un patólogo forense necesitaba ayuda, debía pedírsela a ella. También debía llegar temprano, revisar los casos que habían entrado durante la noche, confirmar la necesidad de hacerles la autopsia y después repartirlos entre los médicos forenses.

—¿Algo especialmente interesante? —añadió Jack mientras se acercaba a la mesa de Jennifer. Intentó actuar con naturalidad.

—He llegado hace dos minutos —le contestó esta—. Ni siquiera he empezado a mirarlos.

Frente a ella había una pequeña pila de carpetas que contenían las pruebas realizadas por los investigadores médicos legales, o IML, médicos asistentes muy preparados que salían a la calle, si era necesario, para investigar todas las muertes que se consideraban posibles casos forenses. La policía y los supervisores de los hospitales sabían muy bien de qué muertes debían informar a la OCME por ley y de cuáles no. Aunque el día anterior habían tenido muchos casos, porque los lunes incluían los del fin de semana, los de ese día eran pocos. Jack calculó que no más de veinte.

—¿Has recibido alguna llamada durante la noche del patólogo o de los IML por algún problema? —le preguntó Jack intentando no parecer demasiado impaciente. Los casos en los que participaba el médico forense de guardia siempre eran más complicados e interesantes.

—No —le contestó Jennifer—. Veo que ha sido una noche bastante tranquila. Casi todo son sobredosis.

Jack se quejó para sus adentros. No le sorprendía. Recibían una media de cinco muertes por sobredosis al día, que eran más deprimentes que estimulantes desde el punto de vista intelectual. No encerraban ningún misterio forense, solo la cuestión social de qué le estaba pasando a la sociedad para fomentar semejante tragedia, aparte de la aparición del fentanilo en el mundo de las drogas.

—¿Te importa que eche un vistazo? —le preguntó Jack. Aunque tenía más antigüedad que ella, procuraba no ser prepotente.

Jennifer se rio.

—Sírvete —le contestó señalando la pila de carpetas.

Todos los médicos forenses sabían que Jack a menudo llegaba temprano para echar un vistazo a los casos y elegir los más complicados. Nadie se lo impedía porque todos sabían que era un adicto al trabajo que siempre asumía más casos de los que le correspondían, incluso los rutinarios. A Jack le gustaba volcarse en su trabajo, y más cuando estaba tan estresado como en ese momento.

—¡Oh, no! —gritó una voz.

Jack y Jennifer levantaron la cabeza mientras Vinnie Amendola entraba en la sala con su omnipresente *New York Post* bajo el brazo. Era un hombre delgado, de pelo oscuro y sin afeitar. Su sudadera con capucha y sus pantalones de chándal holgados tenía un aire algo desaliñado. Aunque por su aspecto no lo pareciera, era el técnico mortuorio más antiguo de la OCME y sabía muchísimo de medicina forense. Llevaba muchos años trabajando mano a mano con Jack y ambos formaban un equipo que marchaba sobre ruedas.

—Odio ver aquí al doctor Stapleton tan temprano —se quejó, y mientras tiraba el periódico a la mesita entre dos butacas tapizadas, puso los ojos en blanco, como si estuviera enfadado—. ¡Maldita sea! Significa que voy a estar metido en el hoyo todo el día escuchando sus gilipolleces. ¿Qué he hecho yo para merecer esto?

«El hoyo» era como todos los técnicos mortuorios llamaban a la sala de autopsias.

—Espero que no te hayas vestido de gala para nosotros —bromeó Jack. Buena parte de su interacción verbal habitual consistía en tirarse pullas.

—A ver si lo adivino —le dijo Vinnie desplomándose en una butaca—. ¿Problemas en casa? ¿Dificultades con la suegra? ¿Van por ahí los tiros?

Jack hizo una mueca. Vinnie lo conocía muy bien.

—No estoy en mi mejor momento —admitió Jack sin entrar en detalles—. Lo que necesito es un caso difícil.

Vinnie entendió el mensaje de inmediato y dejó de burlarse de él. Cambió el tono y le dijo:

—¡Muy bien! ¿Algo prometedor?

—Todavía no me ha dado tiempo a mirarlo —le contestó Jack—. ¿Qué tal si preparas café?

Preparar café para todos por la mañana era una de las labores que Vinnie se había autoimpuesto, porque solía ser uno de los primeros en llegar.

—¡No pienso hacerlo más! —exclamó fingiendo estar enfadado.

Jack volvió a dirigir su atención a la pila de carpetas con la esperanza de encontrar un filón, pero su optimismo no tardó en desvanecerse. Como Jennifer le había advertido, los tres primeros casos eran sobredosis comunes y corrientes. Aunque sin duda era consciente de que cada uno representaba una tragedia personal, en especial el tercer caso, un chico de quince años, ninguno de ellos bastaría para ocupar su mente al menos durante unos días o incluso una semana, que era lo que esperaba encontrar. Pero de repente, como una bofetada inesperada, el nombre que leyó en la cuarta carpeta lo sobresaltó. Susan Passero, el nombre de la mejor amiga de Laurie, y también su médica general. Jack la conocía y la respetaba porque era una excelente internista, además de simpática, comprometida socialmente y una madre responsable. Aunque Laurie solía ver a Susan a solas —comían juntas al menos una vez al mes—, de vez en cuando Jack y el marido de Susan, Abraham, al que llamaban Abby, se unían a ellas para cenar o asistir a algún evento cultural.

Vació la carpeta con el pulso acelerado y recorrió con la mirada el informe del IML. Mientras lo hacía, esperaba que el cuerpo que estaba en el refrigerador en la planta de abajo resultara ser otra Susan Passero. Pero los peores temores de Jack se hicieron realidad cuando leyó que la fallecida era una médica del Manhattan Memorial Hospital con aparente buen estado de salud que había muerto de forma repentina, razón por la cual se había considerado un caso forense.

Jack suspiró ruidosamente y sin querer se quedó mirando al vacío, ya preocupado por tener que llamar a Laurie y darle la inquietante e impactante noticia. Con el estrés y las tensiones que sufrían en casa, más las que tenían que ver con el hecho de que su mujer llevara poco tiempo en el puesto de médica forense jefa, al mando de la oficina del médico forense más grande del país, con más de seiscientos empleados y un presupuesto anual de setenta y cinco millones de dólares, esta carga emocional añadida podría ser terrible.

—¿Pasa algo? —le preguntó Jennifer al darse cuenta de su reacción.

—Diría que sí —le contestó. Miró a Jennifer, que conocía bien a Laurie. Jennifer era la hija de la difunta niñera de Laurie, y esta había sido en gran medida responsable de que Jennifer decidiera ser médica y patóloga forense. Jack levantó el informe del IML—. Me temo que este caso es una de las mejores amigas de Laurie.

—¡Dios mío! —exclamó Jennifer—. ¿Qué ha pasado?

Jack volvió a dirigir la mirada al informe.

—Al parecer murió en su coche en el aparcamiento del MMH. Ronald Cavanaugh, un supervisor de enfermería que empezaba su turno, la encontró desplomada encima del volante. Dijo que no tenía pulso y que con la ayuda de otra enfermera que llegó en ese momento alertó al Departamento de Urgencias y empezó la recuperación cardiopulmonar.

—Un paro cardiaco, probablemente —le comentó Jennifer.

—Es lo que al final ha certificado el médico de urgencias. Volvió a mirar a Jennifer y negó con la cabeza—. ¡Uf, qué tragedia! Va a ser un duro golpe para Laurie. Además de ser su amiga, era una médica comprometida, una médica de médicos, como seguro que diría Laurie.

—¿Quién ha sido el IML? —preguntó Jennifer.

—Kevin Strauss —contestó Jack mientras seguía leyendo.

—Es bueno.

—Estoy de acuerdo —murmuró Jack.

—Si vas a tener un ataque al corazón, supongo que un hospital es el mejor lugar posible —intervino Vinnie mientras preparaba el café.

—Pero no en el aparcamiento, metido en el coche —le replicó Jack.

—¿Envió el Departamento de Urgencias un equipo de reanimación? —le preguntó Vinnie.

—En cuestión de minutos —le contestó Jack—. Al parecer los integrantes del equipo hicieron grandes esfuerzos porque el supervisor de enfermería y la otra enfermera dijeron que al principio, al empezar la recuperación cardiopulmonar, la paciente mostró signos de mejoría.

—¿En algún momento le encontraron pulso? —preguntó Jennifer.

—No, no le encontraron pulso ni en el aparcamiento ni en el Departamento de Urgencias, donde la trasladaron mientras continuaban con los primeros auxilios.

—Me pregunto cuáles eran los signos de mejoría.

—No lo pone —le contestó Jack.

—¿Tenía historial de problemas cardiacos?

—Al parecer no —le respondió—. Lo que sí tenía es diabetes tipo 1, cosa que yo no sabía. Dudo que Laurie lo supiera y eso es algo que me sorprende, porque eran amigas.

—Bueno, sin duda se han dado casos de muerte súbita cardiaca en personas con diabetes insulinodependiente tipo 1 —le dijo Jennifer—. Y de hecho anoche tuve que intervenir en este caso.

—¿Qué pasó? —le preguntó Jack levantando la mirada del informe.

—Un miembro del equipo de identificación me llamó con un problema —le explicó Jennifer—. El marido de la paciente había llegado para identificar el cadáver. Estaba muy alterado, como es normal, y se negó rotundamente a que le hicieran la autopsia. Exigió que entregaran el cuerpo de inmediato a la funeraria. Acabé hablando con él e intentando calmarlo. Cuando por fin me escuchó, le expliqué que no era posible entregar el cuerpo porque su mujer había muerto de repente, al parecer en buen estado de salud, y que la ley nos obligaba a determinar la causa y las circunstancias de la muerte. Me aseguré de que entendiera que había que hacerle la autopsia.

—Me sorprende muchísimo. ¿Ese hombre se llamaba Abraham Ahmed?

Por unos segundos consideró la posibilidad de que se tratara de otra Susan Passero, pero la idea se disipó en cuanto Jennifer le confirmó el nombre del marido.

—¡Es increíble! —exclamó Jack—. Estoy consternado. ¿Te dijo por qué no quería que le hicieran la autopsia?

—Sí. Me dijo que era musulmán y que no quería retrasar el entierro.

—¡Madre mía! Vivir para ver. He salido varias veces con Abby, como le gusta que lo llamen, y no tenía ni idea de que era musulmán. ¿Qué le dijiste?

—Le dije que lo más probable era que hubiera que hacerle la autopsia, pero le aseguré que se haría rápido y con total respeto por el cuerpo. Como no era el primer caso de estas características con el que me encontraba, ya me había informado sobre las actitudes y sensibilidades islámicas hacia las autopsias. Sabía que hoy en día las cosas no son del todo como él estaba sugiriendo. Había leído que este tema no se menciona en el Corán.

—¿Se quedó conforme?

—No mucho —admitió Jennifer—. Estaba desbordado por la situación, claro. Le sugerí que volviera a llamar esta mañana y le dije que podría hablar con quien llevara el caso.

—¿Has decidido a quién se lo vas a asignar?

—Estaba pensando en llevarlo yo misma —le contestó—. Sé que los musulmanes prefieren que haga la autopsia una persona del mismo género que el difunto y, como ya he hablado con el marido, creo que tiene sentido que la haga yo.

—Vaya… —comentó Jack negando con la cabeza y pasándose una mano, nervioso, por el pelo, que llevaba cortado al estilo Julio César. Estaba resultando ser un día mucho peor de lo que había previsto—. Bueno, creo que será mejor que llame a Laurie ahora mismo para ponerla al corriente, aunque será un golpe duro para ella. Se va a poner muy triste y tenemos problemas en casa, como bien ha sospechado Vinnie, así que no me gusta nada ser el mensajero.

—Lo siento. ¿Quieres que la llame yo? —le ofreció amablemente Jennifer.

—Te lo agradezco, pero tengo que hacerlo yo —le contestó—. Esta mañana he sido un poco inmaduro y he salido por piernas, así que ahora me toca dar la cara. —A Jack no le importaba mezclar las metáforas.

Jennifer levantó el teléfono que estaba en el otro extremo de la mesa y lo colocó frente a él. Jack le dijo que la llamaría desde el móvil, pero que antes quería volver a leer el informe de Kevin Strauss con más atención. Sabía que Laurie le haría todo tipo de preguntas y quería poder respondérselas.

—¿Quieres un café recién hecho para coger fuerzas? —le gritó Vinnie desde la cafetera sin el menor sarcasmo.

—Sí, gracias —le respondió Jack.

Empezó a releer y a memorizar los resultados de los análisis de sangre más recientes de Sue, en especial sus niveles de glucosa y colesterol. Al repasar el informe se dio cuenta de que Kevin había revisado todo el historial médico digital de Sue, que incluía el diagnóstico de diabetes tipo 1 cuando era niña. Lo que más le interesaba a Jack era determinar si tenía antecedentes de problemas cardiacos, algo que descartó de inmediato. Asimismo un electrocardiograma de rutina bastante reciente había salido normal.

—Como de costumbre, el IML ha hecho un buen trabajo —comentó Jack cuando terminó de revisar el informe sin dirigirse a nadie en concreto.

Sacó el móvil del bolsillo de la chaqueta y se retiró a una de las butacas tapizadas. Vinnie le llevó una humeante taza de café y la dejó en la mesita. Jack le agradeció el gesto asintiendo mientras buscaba el número del móvil de Laurie en la pantalla y después, tras haber dado un sorbo de café, presionó suavemente la pantalla para llamar.

3

Martes, 7 de diciembre, 7.32 h

—Oye, ¿a ti qué te pasa? —le dijo Laurie después del primer tono. Era obvio que estaba enfadada, como Jack se imaginaba—. ¿Por qué demonios te has levantado y te has marchado sin dejar siquiera una nota en la nevera? ¿Te comportas como un crío con todo lo que está pasando? Ya tengo suficiente con dos hijos, ¿sabes?

—Vale, vale —le contestó—. Lo siento.

—¿Ya estás en la OCME?

—No, me he parado en el St. Regis para comerme una deliciosa tostada francesa —le contestó Jack, y de inmediato se arrepintió.

—No es momento para sarcasmos, amigo mío. Estoy muy enfadada contigo, así que no lo empeores.

—Tienes razón —admitió Jack controlándose—. Sí, estoy en el trabajo. Ya sé que no es excusa, pero me siento un poco ninguneado cuando tu madre y tú os ponéis de acuerdo en el tema del Adderall de J.J. y en el de la escuela de Emma sin tener en cuenta mi opinión.

—Ninguno de estos temas está decidido —le replicó Laurie.

—No es eso lo que dice tu madre —le dijo—, pero, escúchame, tengo que comentarte un tema delicado que debes saber por muchas razones. He de darte una muy mala noticia.

Se hizo un silencio, que Jack prolongó. Dio un sorbo de café mientras esperaba. Sentía que era importante que su mujer tuviera un momento para dejar de lado el enfado que le había causado el hecho de que él se hubiera marchado esa mañana sin dejar una nota, lo que estaba dispuesto a admitir que había sido más propio de un adolescente.

—¿Es una mala noticia relacionada con la OCME? —le preguntó Laurie por fin. Su voz había cambiado y empezó a adquirir el tono de la médica forense jefe.

—No, es personal —le contestó—. Me duele tener que contártelo yo, pero tu querida amiga Sue Passero ha fallecido esta noche. Su cuerpo está aquí, en un refrigerador de la planta de abajo, a la espera de que le hagan la autopsia.

—¡Nooo! ¡Por Dios! —exclamó Laurie—. ¡Qué horror! ¿Qué demonios ha pasado?

—Al parecer sufrió un paro terminal en el coche cuando aún estaba en el aparcamiento del MMH.

—Con su historial de diabetes, lo más probable es que haya sido un problema cardiaco —sugirió ella.

—Eso parece. Pensaba que no sabías que era diabética. Yo me he enterado ahora, al leer el informe del IML.

—Sue lo mantenía en secreto —le explicó Laurie—. No quería que la trataran de forma diferente y me hizo jurar que no se lo contaría a nadie. No me enteré hasta que estábamos en la facultad de medicina.

—Puedo entenderlo. Seguramente yo haría lo mismo.

—¡Pobre Abby! ¡Y pobres Nadia y Jamal! —comentó Laurie en tono compasivo.

Nadia y Jamal eran los hijos de Sue. Ambos habían seguido el ejemplo materno y en esos momentos eran médicos residentes, uno en cirugía y el otro en medicina interna, como su madre.

—Va a ser un golpe terrible para ellos —siguió diciendo Laurie—, pero sobre todo para Abby, que era el que se ocupaba de la casa. Aparcó su carrera profesional para que Sue pudiera dedicarse a la suya.

—Bueno, quizá ahora tenga la oportunidad de volver a vender seguros, si quiere.

—Lo dudo, sinceramente —comentó Laurie—. Lleva treinta años como amo de casa.

—Abby vino a identificar el cadáver —le dijo Jack—. Al parecer montó un escándalo porque no quería que le practicaran la autopsia, y Jennifer Hernandez tuvo que explicarle por qué era imprescindible hacérsela.

—¿Dijo Abby por qué no quería?

—Sí, dijo que era musulmán.

—Me sorprende.

—Es lo que he dicho yo.

—Es cierto que creció en Egipto, así que seguramente lo criaron como musulmán, pero no sabía que fuera practicante. Sue nunca lo comentó, y él tampoco. ¿Cómo lo solucionó Jennifer? ¿Tuvo que ir a hablar con él?

—No, habló con él por teléfono después de que hubiera identificado el cadáver. Se las arregló para calmarlo, pero Abby no se quedó satisfecho.

—Bueno, hagamos la autopsia enseguida —le dijo Laurie—. Para los musulmanes es importante que el entierro sea cuanto antes. Pero la autopsia hay que hacerla. Y estoy segura de que Nadia y Jamal querrán respuestas, aunque su padre no las quiera. Empieza por esta autopsia y date prisa.

—¿Por qué yo? —se quejó Jack.

Un paro cardiaco en una diabética tipo 1 no iba a ser suficiente para apaciguar sus preocupaciones. Era demasiado rutinario desde el punto de vista forense. Además se resistía a hacerle la autopsia a una persona conocida. Ya tuvo que hacerlo dos años antes, cuando Laurie le asignó la autopsia de un residente de patología de la Universidad de Nueva York que en aquel momento estaba haciendo un mes de formación forense en la OCME, y le había resultado un poco perturbador, lo que le sorprendió. Después de todo lo que había pasado en la vida, incluyendo sentirse responsable de haber perdido a su primera familia en un accidente aéreo, se creía inmune a los problemas de los demás.

—Me gustaría que la hicieras tú porque estás ahí, porque puedo contar con tu discreción y porque seguramente eres el técnico forense más rápido y concienzudo de la plantilla. Si a Abby le preocupa de verdad la religión, cuanto antes la hagamos, mejor.

—He llegado temprano con la esperanza de encontrar un caso forense complicado —le comentó—. Hacer una autopsia de rutina no va a estar a la altura, por así decirlo.

—¿Por qué demonios necesitas un caso complicado desde el punto de vista forense precisamente hoy? —le preguntó Laurie, malhumorada. Ahora era la jefa agobiada la que hablaba, no su mujer.

—¿Por qué el cielo es azul? —le preguntó Jack en tono arrogante—. No me lo preguntes a menos que estés dispuesta a dejar el tema del Adderall, a mostrarte abierta a hablar de la escuela para Emma y, quizá lo más importante, a proponer un plazo para que tu madre vuelva a Park Avenue. Y además no deberíamos tolerar su continua postura antivacunas y su negativa a vacunarse contra la COVID.

—¡No hablemos de mi madre por teléfono! —le gritó Laurie en un tono que impedía seguir discutiendo—. ¡Ahora no! Además, solo hace tres meses que murió mi padre. Está haciendo lo que puede y la mejora de Emma ha sido notable desde que mi madre está con nosotros. Eso no lo puedes negar. Estoy saliendo de casa y no tardaré en llegar. Hazle la autopsia a Sue y así podré hablar con Abby, Nadia y Jamal.

Jack tardó un momento en darse cuenta de que su mujer había colgado el teléfono mientras él empezaba a comentarle lo que le había dicho Jennifer sobre el género de la persona que hiciera la autopsia de Sue Passero. Cuando se dio cuenta de que estaba hablando solo, se apartó el teléfono de la cara y lo miró para comprobar si de verdad le había colgado. Negó con la cabeza, frustrado, y empezó a lamentar seriamente haber animado a Laurie a aceptar el puesto de médica forense jefa cuando se lo ofrecieron. En aquel momento había creído que siendo ella la jefa las cosas cambiarían y daría más libertad para investigar a los médicos forenses, pero parecía que era ella la que estaba cambiando.

—He oído parte de lo que le has dicho —le dijo Jennifer—. ¿Qué opina Laurie?

—Quiere que yo le haga la autopsia a Passero y que termine cuanto antes. He intentado comentarle lo que me has dicho del género, pero me ha colgado. ¿Te importa que la haga yo?

—Por supuesto que no —le contestó—. Laurie es la jefa.

—Sí, claro —añadió Jack. Se levantó—. Pero ¿puedes hacerme un favor? ¿Puedes buscarme un caso para después que tenga un poco más de complejidad forense?

—Qué casualidad —le contestó Jennifer levantando una carpeta que llevaba en la mano—. Este podría encajar a la perfección. Es un supuesto suicidio con herida de bala de contacto en la sien izquierda.

—No parece muy emocionante —le comentó.

—Cierto, pero Janice Jaeger piensa lo contrario.

Janice Jaeger era una de las IML del turno de noche más veteranas, y por lo tanto más experimentadas, y Jack respetaba especialmente su trabajo. En muchos casos que ella había investigado, había previsto que Jack necesitaría información adicional y se había ocupado de tenerla lista incluso antes de que él supiera que iba a pedírsela. Con el paso de los años había desarrollado un sexto sentido para saber qué información iba a necesitarse para cerrar un caso difícil.

—Esto me intriga —le dijo Jack, y se acercó para coger la carpeta—. ¿Sabes qué ha despertado el interés de Janice?

—No lo sé, pero ha subrayado que se trata de una mujer de treinta y tres años a la que encontraron desnuda.

—Hum. ¡Interesante! ¿Había dejado una nota?

—Al parecer no.

—Me lo quedo —le dijo Jack sin mirar siquiera el contenido de la carpeta.

—Todo tuyo —le contestó Jennifer. Cogió la siguiente carpeta que tenía delante y sacó el contenido.

Jack se volvió hacia Vinnie, que estaba escondido detrás de su amado *New York Post*. Después de preparar el café, el técnico se había dirigido a la segunda butaca para memorizar los pormenores deportivos del día.

—¡Vamos, grandullón! —le dijo Jack intentando reunir cierto entusiasmo—. Tenemos que terminar este caso en un tiempo récord para que la jefaza se quede contenta.

Mientras Jack cogía su taza de café, observó que Vinnie no se había movido. Como había hecho cientos de veces a lo largo de los años, le arrancó el periódico al técnico mortuorio y salió rápidamente de la sala, lo que provocó que este corriera tras él insultándolo. Era un ritual que habían repetido una y otra vez, semana tras semana. Jack llegaba muy temprano incluso en días más normales, impaciente por empezar a trabajar, y siempre tenía que chinchar a Vinnie. Parte de la rutina consistía en que el técnico se quejara de que ellos fueran los únicos que llevaban en el hoyo al menos una hora cuando otras personas más civilizadas llegaban mucho después de las ocho y media.

—Bueno —le dijo Vinnie mientras esperaban a que llegara el ascensor trasero, que era bastante lento—, dime por qué has saltado sobre el caso del suicidio. Un suicidio con herida de contacto en la sien no me parece nada fuera de lo corriente.

—Simplemente porque a la mujer la encontraron desnuda —le contestó Jack entrando en el ascensor y sujetándole la puerta—. Las mujeres que se suicidan nunca están desnudas. El hecho de que esta lo estuviera significa que algo huele a podrido en Dinamarca, y tenemos que escuchar a la muerta para descubrir qué es.

—No me jodas —le dijo Vinnie frunciendo el ceño con aparente incredulidad—. Aunque me cuesta imaginar que este tema surja muy a menudo en una conversación normal, el dato es interesante. Admito que en la medicina forense cada día se aprende algo. Es un no parar.

—Por eso me encanta ser médico forense —le comentó Jack—. Cuando era oftalmólogo, antes de ver la luz, por así decirlo, todos los días eran iguales. No sabía lo que me estaba perdiendo, en muchos sentidos. Además está bien no tener que preocuparte por si metes la pata, porque los pacientes ya están muertos.

Vinnie se rio, aunque había oído la broma innumerables veces. Era un gran aficionado al humor negro.

Ambos hombres entraron en el vestuario, se quitaron la ropa de calle y se pusieron el uniforme quirúrgico, la mascarilla, el protector facial y otros elementos protectores para trabajar en la sala de autopsias. Mientras Vinnie entraba en el hoyo para prepararlo todo, incluidos los instrumentos, los frascos para las muestras y cosas por el estilo, Jack se tomó un momento para leer el informe de Janice Jaeger sobre el caso de suicidio. No había duda de que iba a ser interesante desde el punto de vista forense, con suerte lo que le había recetado el médico. La fallecida era la mujer de un oficial de policía de Nueva York, y la pistola era el arma reglamentaria del marido, una circunstancia bastante frecuente. A la mujer la habían encontrado en la cama, y había sido el marido el que había llamado a emergencias, supuestamente después de haber oído el disparo fatal.

Mientras Vinnie trabajaba en la sala de autopsias, para acelerar el proceso Jack entró en la cámara frigorífica a recoger el cuerpo de Sue. Aunque los demás médicos forenses insistían en separar sus deberes de los de los técnicos mortuorios, Jack no hacía tantas diferencias, y menos a primera hora de la mañana, cuando estaba impaciente por ponerse en marcha. La gran cámara frigorífica era una incorporación bastante nueva y la habían instalado en la zona donde antes estaban los viejos cajones para cadáveres, esos que se veían en películas y programas de televisión, y de los que se sacaban los cadáveres sobre guías de ruedas. Aunque ese almacenamiento era interesante desde el punto de vista visual, ocupaba demasiado espacio y en última instancia resultaba incómodo, sobre todo en situaciones con multitud de víctimas. En su lugar se había diseñado un gran refrigerador que podía albergar más del doble de cuerpos y con acceso más fácil.

Todos los cadáveres que habían llegado la noche anterior ya estaban cubiertos en camillas individuales junto a la entrada. Jack tenía que localizar el cuerpo correcto, lo cual sabía que no iba a ser difícil. Tan solo debía levantar las sábanas lo suficiente para ver la cara de cada uno. No era necesario que revisara las etiquetas de identificación que colocaban en los dedos de los pies de los cadáveres. Cuando encontró a Sue, en el cuarto intento, verle la cara hizo que Jack se detuviera más de lo que esperaba. Incluso muerta tenía un físico impresionante.

Jack se quedó un momento mirándola. Tenía el pelo, que solía llevar bien peinado, aplastado contra la frente, y la cara estaba más pálida de lo que lo había estado en vida. Un tubo endotraqueal le deformaba la boca y le habían abierto el vestido de seda roja para colocarle en el pecho los conectores del ECG, algunos de los cuales seguían ahí, lo que mostraba que había pasado por un importante intento de reanimación en el Departamento de Urgencias.

—Lo siento, amiga mía —susurró, y su aliento se condensó en el aire frío. Verla en el refrigerador le recordó lo frágil que era la vida.

Después de volver a colocar la sábana, Jack sacó la camilla del refrigerador, cruzó el pasillo y entró en la sala de autopsias, que habían reformado un poco desde su llegada a la OCME, pero que aún conservaba huellas de la anticuada sala que había sido. No cabía duda de que la institución de médicos forenses más grande y antigua de Estados Unidos necesitaba urgentemente una nueva sala de autopsias.

Vinnie había avanzado en la preparación con su eficiencia habitual, de modo que la mesa de autopsias favorita de Jack estaba lista y con todo dispuesto. Era la mesa número ocho, al fondo de la sala, y Jack se dirigió hacia ella. Prefería esa mesa porque, al estar lejos de la entrada, los compañeros forenses que entraban a trabajar en sus casos no lo interrumpían tanto. Jack no era en absoluto asocial, ni mucho menos, pero le gustaba concentrarse y que lo interrumpieran lo menos posible. Como había sugerido Laurie, era el técnico forense más rápido de la plantilla.

Cuando la camilla llegó junto a la mesa, el técnico retiró la sábana y después ayudó a Jack a colocar el cuerpo en la mesa.

—¡Guau! —exclamó Vinnie resoplando—. Es una mujer fuerte.

—Era toda una deportista en su época —le explicó Jack.

Se acercó al negatoscopio y miró la radiografía de Sue, que Vinnie ya había colocado.

—En la radiografía no hay nada —le advirtió Vinnie.

Con el paso de los años se había convertido en un experto en la lectura de radiografías, hasta el punto de que de vez en cuando detectaba pequeños detalles que a Jack se le escapaban.

Jack asintió y volvió a la mesa ocho. Vinnie tenía una cámara lista. Jack hizo varias fotos antes de empezar y, mientras las hacía, observó algo que parecía una pequeña mancha de sangre en el vestido, cerca de la cadera derecha de Sue.

—¿Esto te parece sangre? —le preguntó a Vinnie señalando la mancha.

—Podría ser —le contestó este tras haberse inclinado para verla de cerca—, pero no sería sorprendente.

—Aun así, pásame unas tijeras —le pidió Jack.

Sabía que las manchas de fluidos corporales, incluida la sangre, eran sin duda gajes del oficio para los médicos durante un día normal en la clínica, pero Sue era meticulosa. En cuanto tuvo unas tijeras de disección, cortó un cuadrado de tela que contenía la mancha y lo metió en un frasco para muestras que le tendió su ayudante. Hecho esto, retiraron el abrigo de invierno negro Burberry, cuyas mangas habían cortado a lo largo durante el intento de reanimación, y el vestido rojo. Lo siguiente fue la ropa interior. La práctica habitual era guardarlo todo durante un tiempo por si volvían a necesitarlo.

En cuanto el cadáver estuvo desnudo, Jack y Vinnie hicieron un minucioso reconocimiento externo de todo el cuerpo mientras comentaban lo que iban viendo y cualquier detalle que no les parecía normal. Lo único destacable eran los múltiples pinchazos en el abdomen y los muslos, algunos más viejos que otros, como era de esperar en una diabética insulinodependiente. Uno en el muslo derecho parecía ser el más reciente, incluso con una pequeña cantidad de hematomas alrededor. Jack, siempre obsesivo-compulsivo y detallista, hizo varias fotos. Después, cuando retiraron el tubo endotraqueal tras haber comprobado que estaba en la posición correcta en la tráquea, Vinnie observó una laceración en el frenillo superior, entre la encía y el labio.

—Seguramente se produjo durante la intubación en el Departamento de Urgencias —le comentó Jack—. Pero bien visto.

Mientras Vinnie separaba el labio superior de los dientes, Jack hizo una foto de la anomalía. Una vez retirados los catéteres intravenosos, estuvieron listos para empezar.

—No nos entretengamos —dijo Jack extendiendo la mano hacia el técnico y mirando el reloj de la pared.

La bandeja con los instrumentos y los frascos para las muestras estaban en el lado de la mesa de Vinnie. En el lado de Jack se encontraban la cámara y una libreta para notas y diagramas. Vinnie cogió el bisturí y se lo colocó en la mano a Jack dando una palmada, como había visto hacer en las películas cuando operaban a pacientes vivos. Los dos se rieron de la naturaleza rutinaria de lo que estaban a punto de hacer, un procedimiento que a las personas corrientes les parecería asqueroso y macabro.

4

Jack y Vinnie empezaron a realizar la autopsia propiamente dicha con eficacia y casi en silencio. Ambos podían anticipar los movimientos del otro y sabían de forma instintiva lo que había que hacer, por lo que no era necesario que hablaran. Con el bisturí en la mano, Jack hizo la habitual incisión en forma de Y, empezando en los extremos de los hombros, uniendo los cortes en el esternón y después descendiendo hasta el pubis. Lo hizo en dos rápidos y decididos trazos. Cuando Jack terminó de liberar los márgenes, Vinnie cambió el bisturí por las tijeras para huesos para que Jack pudiera cortar las costillas, liberar el esternón y extraerlo. Con el cuerpo abierto como un libro y casi todos los órganos principales al descubierto, Jack procedió a tomar las habituales muestras de líquido de la aorta, la vesícula biliar, la vejiga urinaria y los ojos con una variedad de jeringuillas que Vinnie le iba tendiendo en silencio.

—Vale —dijo Jack más para sí mismo que para Vinnie cuando ya había recogido todas las muestras de toxicología y estaba mirando el corazón, emplazado entre los pulmones—, veamos qué falló en el corazón.

Jack abrió el pericardio con fórceps y tijeras. Hasta entonces todo parecía normal, pero no le sorprendía. A menudo los ataques cardiacos fatales, incluso los masivos, y las roturas repentinas de las válvulas cardiacas no podían verse hasta que se abría el órgano. Volvió a coger el bisturí, cortó todos los grandes vasos unidos al corazón para liberarlo y lo extrajo de la cavidad torácica. Lo dejó con cuidado en una bandeja que le tendió Vinnie. Jack bajó al pie de la mesa de autopsias con la bandeja en la mano y abrió todas las cámaras con unas tijeras grandes de disección y un cuchillo de hoja larga.

—Parece normal —le comentó Vinnie. Se había acercado a Jack y observaba, muy atento.

—Tienes razón —coincidió Jack—. La patología estará en los vasos coronarios.

Empezó a trazar concienzudamente la complicada arborización de las arterias del corazón con herramientas de disección más delicadas. Trabajaba rápido, pero con minuciosidad, en busca de signos de arteriosclerosis o placa que recubriera el interior de los vasos, una afección que sufren con frecuencia los diabéticos y que puede provocar que el vaso se obstruya de repente, lo que impide que una parte del corazón reciba el oxígeno y los nutrientes que necesita. A esto se le llama ataque al corazón.

—¡Vaya! —exclamó Jack, sorprendido, sin dejar de trabajar—. No veo ninguna placa. Los vasos parecen los de un adolescente normal.

En los recovecos de su mente de forense empezaron a sonar débiles señales de alarma. Sin patología cardiaca, la idea de que la muerte de Sue fuera natural quedaba seriamente en cuestión e introducía la posibilidad de que se tratara de una muerte accidental o, peor aún, de un homicidio.

—Has dicho que era deportista —le recordó Vinnie.

—Cierto. También era jefa de medicina interna en un centro médico académico. Sabía cómo cuidar la diabetes y su salud en general, y predicaba con el ejemplo.

Después de terminar la disección del corazón, y una vez que Vinnie hubo metido en frascos y etiquetado todas las muestras de histología, Jack volvió a colocarse a la derecha de la paciente.

Palpó los pulmones antes de extraerlos. Mientras lo hacía, sintió que pesaban un poco más de lo que había esperado, lo que confirmó al pesarlos.

—Curioso —murmuró.

—¿Cuánto pesan? —le preguntó Vinnie.

—Un kilo ochenta y ocho gramos —le contestó Jack. Retrocedió hasta el pie de la mesa de autopsias y en la misma bandeja que había utilizado para diseccionar el corazón hizo varios cortes en los pulmones—. Edema pulmonar leve —comentó acercándose a mirar.

—¿Te sorprende? —le preguntó Vinnie.

—La verdad es que no —le contestó Jack—. Es leve e inespecífico.

—¿Sospechas que podría ser una muerte relacionada con drogas?

—Creo que no —le contestó Jack, aunque se preguntó si Vinnie podría estar en lo cierto.

El edema pulmonar de diversos grados siempre estaba presente en los numerosos casos de sobredosis de drogas que estaban llegando a la OCME. En el caso de Sue Passero, Jack tendría que esperar, ya que, en última instancia, los análisis toxicológicos revelarían si su fallecimiento estaba relacionado con drogas. Jack seguía sorprendido e incluso preocupado por no haber encontrado ninguna patología visible en el corazón. Sabía que Laurie se sentiría muy decepcionada si no podía ofrecer a la familia alguna explicación concreta. Aunque existía una pequeña posibilidad de que el análisis histológico mostrara una patología microscópica significativa, Jack dudaba que así fuera, y en cualquier caso, tardarían días en tener el resultado. Jamás se había llevado una sorpresa de este tipo, porque siempre había sabido anticipar lo que mostraría el microscopio.

—Sigamos —añadió Jack volviendo a su lugar en la mesa mientras lanzaba otra mirada al reloj.

Lo siguiente que debía extraer era el sistema digestivo, y empezó abriendo el estómago, que no contenía alimentos. Mientras Jack palpaba rápidamente el sistema digestivo antes de extraerlo, oyó la puerta de la sala de autopsias abriéndose de golpe. Giró la cabeza y vio entrar a Laurie, que en ese momento se colocaba una mascarilla sobre la nariz y la boca. Estaba infringiendo las normas de vestimenta en la sala de autopsias, porque solo llevaba una larga bata de laboratorio encima de su colorido vestido.

Aunque Laurie no era una apasionada de la moda, siempre había procurado vestirse con un estilo femenino y se aseguraba de que su voluminoso pelo castaño rojizo, largo hasta los hombros, estuviera limpio y recogido hacia atrás. Cuando terminó su formación en patología forense y empezó a trabajar en la OCME de Nueva York, las mujeres estaban en clara minoría en este ámbito y se sentía obligada a proclamar su género. Ahora que era la primera médica forense jefe, sentía una responsabilidad similar, porque estaba abriendo el camino a las siguientes.

En cuanto vio entrar a su mujer, Jack levantó las manos del abdomen de Sue Passero y se cruzó de brazos. La observó acercarse y se dio cuenta de que no apartaba los ojos de la inquietante imagen de su vieja amiga, desollada en la mesa de autopsias. Por respeto, se quedó en silencio esperando a que hablara ella. Vinnie hizo lo mismo.

Tras una incómoda pausa, Laurie respiró ruidosamente a través de la mascarilla que se había puesto en la cara y levantó los ojos para encontrarse con los de Jack.

—Creía que estaba preparada para esta imagen, pero me equivocaba —confesó—. Quizá en el fondo esperaba que hubiera algún error de identificación. Está claro que no. ¡Qué pérdida tan grande para todos los que la conocíamos!

—Estoy de acuerdo —le contestó Jack en tono amable—. Era médica de médicos, el modelo de médico que todos imaginábamos antes de entrar en el mundo de la medicina y descubrir que por desgracia no todos los profesionales se unían al club por buenas razones. En cualquier caso, prepárate para una sorpresa.

El corazón es completamente normal. Más que normal. Parece el corazón de una joven deportista. Ni un gramo de ateroma visible, y he pasado por casi todo el sistema coronario, casi hasta los capilares.

—¿Nada? —preguntó Laurie—. ¿Estás seguro?

—Nada —repitió Jack. Señaló el corazón diseccionado, que aún estaba en la bandeja con los pulmones, al pie de la mesa—. Echa un vistazo.

—Te creo —le dijo Laurie de inmediato. No quería meter las manos en la autopsia de su amiga—. Me sorprende, porque su muerte sin duda tuvo que provocarla un problema cardiaco. Supongo que deberíamos considerar una canalopatía con arritmia fatal.

—No tenía ningún antecedente cardiaco —le comentó Jack—. El IML ha sido Kevin Strauss, que es meticuloso, como sabes, y obviamente ha revisado todo su historial médico digital.

—Bueno, aun así puede haber sido una canalopatía —insistió Laurie.

—Puede, pero no es probable que se haya producido una anomalía de este tipo sin antecedentes cardiacos. Pediremos al laboratorio de ADN que busque los marcadores habituales, pero sin duda la probabilidad estadística es remota. También enviaremos todas las muestras habituales al Departamento de Toxicología para conocer su nivel de glucosa y todo lo demás. Presentaba, eso sí, un ligero edema pulmonar, pero los pulmones pesan un kilo ochenta y ocho gramos.

—Sue siempre controló su diabetes —le dijo Laurie—. Era obsesivo-compulsiva con sus niveles de azúcar. ¿Edema pulmonar? No estarás pensando en una sobredosis de drogas, ¿verdad?

—No especialmente, pero no podemos descartar nada, así que mandaremos todas las muestras habituales a John, del Departamento de Toxicología, a ver qué nos dice. Y también hay una mínima posibilidad de derrame cerebral masivo, aunque lo dudo.

—Yo también lo dudo, y Sue no se drogaba —aseguró en tono contundente. Volvió a respirar hondo a través de la mascarilla y se decidió a echar un último vistazo al cadáver de su amiga—. Esperaba tener algo concreto que explicar a Abby y a sus hijos cuando los llame.

—Y a mí me gustaría tener algo definitivo para el maldito certificado de defunción, que debo rellenar y firmar. Sin una causa clara, voy a tener problemas para llamarlo muerte natural.

—Estoy segura de que lo resolverás —le dijo Laurie. Empezó a marcharse, pero de repente se dio la vuelta—. Gracias por asumir el caso y hacerlo rápido. Te lo agradezco. Estás en parte perdonado por haberte ido esta mañana sin dejar siquiera una nota. No vuelvas a hacerlo.

—A sus órdenes —le respondió Jack haciéndole un saludo militar con la mano enguantada.

Laurie lo miró y se detuvo, como si fuera a añadir algo, pero no lo hizo. Sin decir una palabra más, se dio la vuelta y se marchó. Las puertas batientes que daban al pasillo chirriaron al cerrarse detrás de ella y, con la excepción del agua que corría por la mesa de autopsias y hacía un ruido de succión en el desagüe, reinó un pesado silencio.

Vinnie miró a Jack, que le devolvió la mirada.

—No sé si a la jefa le ha gustado tu saludo —le comentó Vinnie por fin.

—Es posible que tengas razón —le contestó Jack encogiéndose de hombros—. A veces, seguramente la mayoría, funciono por puro instinto, sin pensar en las consecuencias. En ese momento me ha parecido una respuesta adecuada a su orden.

—Es la jefa —le recordó Vinnie.

—Es la jefa aquí, pero no necesariamente en el número 42 de la calle 106 Oeste —le contestó Jack—. En casa se supone que el gobierno es bicameral. Por desgracia, está empezando a llevarse a casa su papel en el trabajo y a actuar como si también allí mandara.

46

—Supongo que es bastante raro estar casado con la jefa —le comentó Vinnie.

—Si yo te contara… —le contestó Jack—. Pero terminemos este caso, y así podremos pasar al siguiente, que tiene un poco más de complejidad forense.

5

Después de que Laurie abandonara la sala, Jack y Vinnie terminaron rápidamente la autopsia de Sue Passero. Como Jack había previsto, no se había producido ningún accidente cerebrovascular, porque el cerebro era normal, y de nuevo le preocupó tener que rellenar el certificado de defunción sin una causa de muerte clara.

Justo antes de que abrieran el cráneo para examinar el cerebro, varios técnicos mortuorios aparecieron en tropel y empezaron a preparar las mesas para los casos de la mañana. Marvin Fletcher, el técnico preferido de Laurie que la ayudaba a hacer su autopsia semanal de formación, los jueves, fue el único que se acercó a ellos. Le extrañaba que a esas horas tan tempranas ya casi hubieran terminado con un caso.

—Es mi cruz —se quejó Vinnie soltando una carcajada—. El doctor Stapleton no tiene vida.

—¿Qué hay más divertido que una autopsia a primera hora de la mañana? —le preguntó Jack a modo de respuesta. Aunque era imposible evitar que el personal se enterara de la identidad de Sue Passero, Jack no quería ser la fuente directa.

Cuando terminaron el caso y hubieron trasladado el cadáver a una camilla, Jack se metió en el vestuario para coger una bata blanca de laboratorio, que se puso encima del uniforme quirúrgico mientras el técnico se preparaba para el caso del suicidio. Consciente de que Laurie estaba impaciente por tener todos los detalles sobre la muerte de Sue lo antes posible para poder dar alguna explicación a la familia, Jack quería llevar las muestras a toxicología e histología, dos departamentos imprescindibles para completar la autopsia. Sabía por experiencia que la forma más rápida de conseguir algo era hacerlo él mismo, así que cogió todos los frascos de muestras, los apoyó contra su pecho y se dirigió en primer lugar a la zona de Maureen O'Conner, que habían remodelado hacía poco. Como jefa del Departamento de Histología, ahora tenía un pequeño despacho privado fuera del laboratorio. Desde sus primeros días como médico forense en Nueva York, Jack había hecho grandes esfuerzos por hacerse amigo de la irlandesa de cara roja con su amplia sonrisa y su maravilloso acento. Como ocurría con el caso que tenía entre manos, la histología y la toxicología a menudo proporcionaban la información necesaria para resolver las autopsias difíciles, y cuanto antes estuvieran disponibles los portaobjetos microscópicos, antes podría completarse el caso. Todos los demás médicos forenses esperaban pacientemente a que se procesaran sus portaobjetos, pero nunca había sido el caso de Jack, y menos cuando contaba con poco tiempo. Por suerte, no le había costado entablar amistad con Maureen, porque era una persona muy extrovertida.

—¡Vaya, qué sorpresa! —exclamó Maureen con su precioso acento—. El famoso doctor Stapleton nunca había venido a verme tan temprano. ¿A qué debemos este honor?

—Te lo puedo contar, pero con una condición —le contestó Jack.

—¿Cuál?

—No puedes decírselo a nadie.

—Seré una tumba, pero ahora tengo aún más curiosidad. ¿Qué pasa?

—Son las muestras de la autopsia de una buena amiga de la

jefa —le comentó Jack bajando la voz—. Y está impaciente por ofrecer toda la información a la familia lo antes posible.

—Lo lamento —le dijo Maureen poniéndose seria—. ¿Qué necesitas?

—Nada fuera de lo común, pero cuanto antes —le contestó Jack—. La amiga era una médica que murió ayer por la noche sentada en su coche, en el aparcamiento del hospital donde trabajaba. Como tenía un historial de diabetes desde hacía mucho tiempo, se dio por sentado que había sufrido un problema cardiaco, pero acabo de ver que el corazón es normal y que las arterias coronarias están muy limpias, así que necesito ver las muestras microscópicas de las arterias coronarias y las arteriolas por si pueden decirnos algo. —Mientras hablaba, seleccionó los frascos de muestras de histología y los colocó en fila sobre la mesa de Maureen.

—Nos pondremos manos a la obra ahora mismo —le aseguró Maureen sin dudarlo.

—Cuando las muestras estén listas, avísame y vendré a buscarlas —le dijo Jack.

—Te llamaré yo misma —le contestó Maureen inclinándose hacia delante y empezando a recoger los frascos—. Intentaré que estén hoy a última hora, pero lo más probable es que no las tenga hasta mañana por la mañana.

—Muchas gracias por tu ayuda —le dijo Jack.

Después se dirigió al último piso, donde John DeVries, jefe del Departamento de Toxicología, tenía su nuevo despacho. Antiguamente el equipo de toxicología había ocupado una zona diminuta del cuarto piso, pero se instalaron tanto en el quinto como el sexto piso cuando la mayoría del equipo de la OCME se trasladó al nuevo edificio de la calle 26. Aunque no habían reformado las ventanas, que tenían más de medio siglo de antigüedad, el laboratorio era elegante y moderno, y sin duda contaba con tecnología punta. El despacho de John, que antes era del tamaño de un armario de escobas, y quizá alguna vez lo había sido, ahora era grande e incluso tenía ventanas con vistas. La personalidad de John había experimentado una mejora considerable con la reforma del laboratorio. Antes era quisquilloso, cuando no directamente arisco, pero desde el traslado se mostraba mucho más amigable, así que para él el cambio había sido poco menos que milagroso. Como la toxicología era tan determinante como la histología para los casos forenses complicados, Jack había presionado a John tanto como a Maureen en muchas ocasiones, pero él, en lugar de ayudar, como Maureen, y estar dispuesto a acelerar las cosas en los casos importantes, se había vuelto cada vez más receloso, e incluso había reaccionado con cierta agresividad. Más de una vez Jack y John habían tenido serios enfrentamientos.

—Buenos días, doctor Stapleton —le dijo John en tono alegre cuando Jack entró por la puerta abierta de su despacho.

—Jack para ti, doctor DeVries —le contestó Jack con una sonrisa. John era doctor en química y en toxicología.

—Pues Jack. ¿Qué podemos hacer por ti hoy?

Le dio a John una explicación similar a la que le había dado a Maureen.

—¿Y qué resultados estás buscando? —le preguntó John poniéndose serio.

—Bueno, tú lo sabes mejor que yo —le contestó Jack—. Primero tenemos que hacer una prueba general de drogas. El único hallazgo positivo en la autopsia ha sido edema pulmonar de leve a quizá moderado. Para mí no existe la más mínima posibilidad de que sea sobredosis de drogas de ningún tipo, pero en el pasado me he llevado alguna sorpresa y deberíamos descartarla.

—Por supuesto —le respondió John—. No tenías ni que decirlo. ¿Qué más?

—Era diabética tipo 1, por lo que necesitamos saber lo antes posible y con la máxima exactitud su nivel de control de glucosa, sus niveles de insulina y si tenía cetoacidosis o hiperglucemia cuando sufrió el evento terminal.

—Desde luego —le dijo John en tono amable—. ¿Nos traes una muestra?

—Claro —le contestó Jack señalando un frasco concreto.

—Bien —le dijo John, y asintió echando un vistazo a los demás frascos de muestras—. ¿Qué es esto? —le preguntó cogiendo uno en cuya etiqueta ponía INYECCIÓN.

Jack se inclinó para mirarlo.

—Ah, sí, gracias por señalarlo. Es una muestra en bloque de piel y tejido subcutáneo del último sitio en el que se inyectó insulina, en el muslo. No sabía si alguna vez lo miráis para evaluar la cantidad de insulina.

—No es habitual en casos forenses. Hay muchos estudios sobre cómo se absorben diversas preparaciones de insulina en el espacio subcutáneo. ¿Crees que podría tener importancia en este caso?

—No lo sé —le confesó Jack—, pero me preocupa este caso. Necesito una causa de muerte para el certificado de defunción.

—Le daré dos vueltas —le aseguró John.

De regreso a la sala de autopsias, Jack se detuvo en su despacho y dejó el resto de los frascos de muestras. Su destino era el 421, como llamaban al nuevo edificio de la OCME. Quería entregárselos en persona a la jefa del laboratorio de ADN o biología forense, Naomi Grossman, y explicarle por qué quería que buscaran mutaciones de canalopatía cardiaca. Creía que era importante hablar en persona con la jefa del departamento, al igual que había hecho con Maureen y John, para que los resultados de las pruebas no se demoraran semanas, como sucedía de vez en cuando.

Después de hacer todo esto, se dispuso a volver al sótano, donde estaba la sala de autopsias, para resolver el supuesto caso de suicidio, pero mientras acercaba la mano al botón del sótano del ascensor cambió de opinión y pulsó el del primer piso. Decidió pasar por el despacho de Laurie para ver si podía hablar un momento con ella. Seguramente Vinnie tenía razón y no le había gustado su saludo militar, así que pensó que quizá sería prudente disculparse de nuevo por haberse marchado de casa a primera hora de la mañana. Era cierto que al menos debería haber dejado una nota.

La secretaria de Laurie era Cheryl Stanford, una anciana afroamericana que podría haberse jubilado hacía años y que había sido la secretaria del anterior jefe, Harold Bingham. Laurie le suplicó que se quedara y ella aceptó amablemente, lo que la había ayudado mucho a hacer la transición de médica forense a jefa. El proceso no resultó fácil, porque Laurie no tenía formación ni experiencia administrativa, y lo cierto era que no le había interesado ser administradora hasta que el alcalde le ofreció el puesto. Solo decidió a aceptarlo después de que todos los médicos forenses, incluido Jack, la convencieron de que lo hiciera.

Cuando Jack entró en la zona de administración, junto a la entrada principal del edificio, Cheryl levantó la cabeza. Era obvio que estaba al teléfono y en medio de una conversación, pero en cuanto vio a Jack le levantó el pulgar, lo que significaba que Laurie estaba disponible en ese momento. Jack llamó antes de abrir la puerta del despacho.

Aunque era el mismo despacho que ocupaba el anterior jefe, conocido por su carácter irascible, la decoración que había elegido Laurie hacía que pareciera completamente diferente. En lugar de ser sombrío y amenazante, ahora se veía luminoso y alegre. Incluso tenía cortinas de colores y un sofá tapizado a juego. Y los oscuros cuadros con marcos dorados de siniestros hombres con traje oscuro que colgaban en las paredes habían sido sustituidos por coloridos grabados impresionistas con marcos estrechos de madera clara.

—¿Y bien? —le preguntó Laurie. Estaba sentada detrás de la gran mesa caoba oscura, que era el único vestigio del anterior ocupante del despacho. Su tamaño destacaba su figura esbelta. Ante ella había planos arquitectónicos extendidos—. ¿Algún indicio de hemorragia cerebral?

—Ninguno —le contestó Jack—. Al margen del historial de diabetes, era la viva imagen de la salud. Pocas veces he visto una autopsia tan limpia.

—¡Por el amor de Dios! —se quejó Laurie pasándose una mano por el pelo, nerviosa—. Estoy angustiada. ¿Qué demonios les voy a decir a Abby y a sus hijos?

—Tendrás que decirles que la causa de la muerte está pendiente, que depende de lo que encuentren en los departamentos de histología y toxicología. Al menos sus hijos lo entenderán.

—Por desgracia, Abby ya ha llamado —le dijo Laurie—. He hablado con él un momento. Tal y como dejó claro anoche, ha insistido en que no quería que le hiciéramos la autopsia, así que he tenido que explicarle una vez más que estamos obligados por ley a determinar la causa de la muerte, y que eso lo dictamina la autopsia. Pero le he dicho que la autopsia ya estaba casi terminada y que lo llamaría para informarle de lo que hubiéramos encontrado. Y lo más importante es que le he dicho que el cuerpo de Sue estaría disponible como muy tarde hoy para que lo recogiera el servicio funerario de su elección.

—¿Se ha mostrado receptivo?

—La verdad es que no. Está fuera de sí, y lo entiendo. Después me ha preguntado si el certificado de defunción estará disponible cuando entreguemos el cuerpo, porque iba a necesitarlo lo antes posible. Me ha sorprendido bastante.

—Qué raro —le comentó Jack.

—A mí también me lo ha parecido —le dijo Laurie—, por eso le he preguntado por qué necesitaba el certificado de defunción lo antes posible.

—¿Y qué te ha contestado?

—Me ha dicho que la compañía de seguros de vida no le entregará el dinero hasta que lo tenga.

Se miraron el uno al otro unos segundos. Fue Jack el que rompió el silencio. Carraspeó y le preguntó:

—¿No estaremos en una película de serie B?

Laurie asintió.

—Confieso que se me ha pasado por la cabeza lo mismo hasta que me he reñido a mí misma por haber pensado tal cosa. Y además sé que Sue controlaba su diabetes rigurosamente, a diario. Ya sabes que era un poco maniática. Le he comentado a Abby que no sabía que Sue tenía un seguro de vida. Ella y yo habíamos hablado del tema cuando Nadia y Jamal decidieron ir a la facultad de medicina, pero que Sue había optado por no hacerlo. Él me ha comentado que habían cambiado de opinión hacía poco más de un año, porque habían asumido una importante deuda para costear la educación de sus hijos, que me ha dicho que aún están pagando. Después me ha recordado que, al haberse quedado al cuidado de la casa y de sus hijos, ahora no tenía demasiadas opciones profesionales.

—No sé qué decir. Podría dar un giro al caso.

Ella suspiró.

—Puede que sí y puede que no. De cualquier forma, está claro que Abby va a presionarnos para que le entreguemos el certificado de defunción cuanto antes, y voy a tener que hacerlo.

—Va a ser un problema. Si no sale algo definitivo de histología, toxicología o del laboratorio de biología forense, no tengo ni idea de lo que podría poner en el certificado de defunción. Siempre me ha incomodado no determinar la muerte. Lo considero escurrir el bulto como forense.

—El certificado de defunción siempre puede modificarse si sale a la luz nueva información.

—No es mi estilo —le replicó Jack.

—No dejes volar tu imaginación —le advirtió Laurie, que empezaba a impacientarse—. Mira, Sue y yo éramos amigas y confiábamos la una en la otra. Hasta donde sé, Abby y ella se llevaban muy bien.

—Tal vez sea así, pero la vida privada de las personas puede ser muy diferente de lo que los demás creen. Además, las personas evolucionan y cambian. Quién sabe cómo se siente un padre que había abandonado su carrera profesional para quedarse al cuidado de la casa cuando los hijos se marchan y la vejez empieza a asomar su fea cabeza.

—¡Jack, por favor! —exclamó Laurie—. Estás sacando conclusiones precipitadas. ¡Relájate! Además, me has dicho por teléfono que esta mañana has salido de casa sin decir nada para venir pronto y ver si encontrabas un caso difícil. ¡Pues ya lo tienes! Y debes ocuparte de él, porque yo no puedo. —Señaló los planos arquitectónicos—. Necesitamos una nueva morgue, y el ayuntamiento se ha negado a financiarla. Es muy importante porque el contrato de alquiler del edificio del Medical Center de la Universidad de Nueva York está a punto de vencer, y vamos a quedarnos literalmente colgados, sin sala de autopsias. El alcalde electo tomará posesión en poco más de un mes y tengo que conseguir su apoyo. Lo que significa que tendrás que arreglártelas tú con Abby y entregarle el certificado de defunción que necesita. ¿Está claro?

Jack apretó los dientes e intentó con todas sus fuerzas no provocarla con otro saludo militar. Ella volvía a darle órdenes, y aunque en este caso le correspondía hacerlo, le molestaba. Pero supo por instinto que otro saludo de este tipo provocaría una escena, porque era consciente de la presión a la que estaba sometida Laurie. Llevaba más de un año lidiando en vano con la apremiante necesidad de una nueva morgue, y con el ayuntamiento dando largas, el problema empezaba a ser dramático.

—¿Y bien? —le preguntó Laurie con impaciencia al ver que Jack no decía nada.

—Me ocuparé del tema —le contestó Jack—. Me aseguraré de que el laboratorio de biología forense busque una canalopatía, por improbable que sea; ya les he entregado las muestras a Maureen y John y les he pedido que me den los resultados cuanto antes.

—Gracias —le dijo Laurie con un suspiro de alivio. Alisó los dibujos que tenía delante con la clara intención de seguir intentando encontrar la manera de reducir el coste del edificio sin comprometer su misión.

—Pero no prometo nada sobre el certificado de defunción si no aparece algo definitivo —le advirtió Jack dirigiéndose a la puerta—. Sin un indicio claro, no será necesario que te diga precisamente a ti que la causa de muerte es discutible, y si no es muerte natural, como un ataque al corazón, que es lo que esperábamos, solo queda la muerte accidental, que no es probable; el suicidio, que es menos probable sin nota ni método obvio, y el homicidio. Está claro que la posibilidad de que muriera debido a una complicación terapéutica, el último tipo de muerte, ha quedado descartada, porque solo se trataba la diabetes.

—Como acabo de decirte, querías un caso difícil y ya lo tienes. ¡Buena suerte, pero soluciónalo! Para ayudarte, le devolveré la llamada a Abby porque le he dicho que lo haría. Le diré que los resultados de la autopsia están pendientes y que lo llamarás para comunicárselos. Le diré también que tú le proporcionarás el certificado de defunción y te encargarás de que entreguen el cuerpo a la funeraria.

—¡A sus órdenes! —le dijo agarrando con fuerza el pomo de la puerta para no hacerle el saludo militar.

Y después se marchó.

6

—¿Lo ves ahora? —le preguntó Jack a Vinnie mientras sostenía la fina varilla de madera junto a la cabeza de la mujer que yacía boca arriba en la mesa de autopsias.

Se llamaba Sharron Seton y se suponía que se había suicidado la noche anterior. La varilla estaba alineada con una herida estrellada de entrada de bala en la sien izquierda, lo que indicaba que habían sostenido el cañón del arma contra la piel al disparar, y Jack había localizado la bala en la mandíbula derecha, debajo de un canino. En su experiencia y para la mayoría de los médicos forenses, el suicidio con pistola implicaba invariablemente el contacto con el cañón del arma, ya fuera contra la sien o en la boca.

—Yo lo veo, aunque él diga que no —intervino Lou Soldano al ver que Vinnie dudaba en responder.

Lou era teniente detective de policía. Había llegado mientras Jack hablaba con Laurie en su despacho. Estaba allí porque Sharron Seton era la mujer del detective de tercer grado Paul Seton, que trabajaba a sus órdenes, y Lou había recibido una llamada con la terrible noticia de que la mujer de Paul se había suicidado. Como jefe de un grupo de detectives de homicidios preocupado por su personal, Lou quería conseguir la máxima información posible para ayudar al joven miembro de su equipo, pero de lo que estaba enterándose sin duda no eran buenas noticias.

Lou Soldano era el típico italiano con testosterona del sur. Ya había superado la edad de jubilación, pero seguía trabajando y eso significaba que, a largo plazo, estaba perdiendo dinero. Pero a él no le importaba. Ser policía lo definía por completo. No se le pasaba por la cabeza jubilarse y, como detective entregado que era, iba a menudo a la OCME. Al principio de su carrera profesional había aprendido el valor de la patología forense para resolver casos de homicidio, probablemente más que nadie en todo el Departamento de Policía de Nueva York. Y como incurable adicto al trabajo con problemas para dormir más de unas horas, Lou salía con frecuencia a la calle cuando llamaban por homicidios en plena noche, y en esos casos solía seguir el cuerpo hasta la morgue para observar la autopsia. Este interés por la medicina forense lo llevó a conocer a Laurie cuando ella empezó a trabajar en la OCME, y durante un breve periodo de tiempo incluso habían salido juntos. Pero no funcionó, según ellos, más por diferencias culturales que por cualquier otra cosa. Cuando Jack llegó a la escena como médico forense, a Lou le pareció un profesional excelente. Valoraba tanto su velocidad como su humor sarcástico y se alegró de que él y Laurie empezaran a salir. Cuando finalmente se casaron, se convirtió en uno de los mejores amigos de la pareja.

—Es evidente que la trayectoria de la bala indica que el arma estaba inclinada por encima de la cabeza y por detrás de la línea media —añadió Lou—. No cuadra.

—Exacto —dijo Jack—. Intenta hacerlo. —Jack extendió los dedos índice y pulgar de la mano izquierda y apretó los demás para imitar la forma de una pistola. Después trató de colocarla de manera que se alineara con la trayectoria de la bala—. Es imposible. No hay ninguna posibilidad de que haya sido un suicidio.

—Lo entiendo —dijo Vinnie—. Es solo que alucino de que la gente pueda ser tan idiota. Vaya, no hay que ser ingeniero aeroespacial para fingir un puto suicidio, y menos si eres detective de policía.

—Seguramente indica que no lo planeó demasiado —le comentó Jack—. Además no deberíamos sacar conclusiones precipitadas, aparte de que no fue un suicidio. Supongo que pudo haber sido un intruso. ¿Algún indicio de robo?

—No, ninguno —le contestó Lou negando con la cabeza—. Las únicas personas que estaban en el piso cuando se produjo el disparo eran Paul y Sharron. Ya se ha confirmado. Paul me dijo que él estaba durmiendo en la habitación de invitados porque Sharron y él habían tenido una bronca y que al oír el disparo corrió al dormitorio. Por lo que habéis demostrado aquí, está claro que no es cierto. Pero si os soy sincero, no me sorprende tanto. Cuando los chicos de la comisaría llegaron, porque Paul había llamado a emergencias, su padre ya estaba allí, y vive en New Jersey. Eso significa que Paul lo avisó mucho antes de llamar a emergencias, lo que para mí es una señal de alarma. Sencillamente no me lo quería creer.

—También ha sido una señal de alarma para la IML, Janice Jaeger —dijo Jack—. Menciona eso mismo en su informe y destaca que la difunta estaba desnuda. En definitiva, es un buen ejemplo de por qué todos los suicidios deben ser casos forenses.

—Sí, bueno, es como para deprimirse —añadió Lou—. Paul Seton es un detective prometedor. ¡Dos vidas destrozadas en un instante de locura! ¡Qué tragedia! —Lou dejó escapar un largo suspiro detrás de la mascarilla y el protector facial.

—Las desgracias nunca vienen solas —le comentó Jack con un suspiro equivalente—. Sin duda este caso acabará en juicio por asesinato, que me involucrará a mí, y odio los casos judiciales.

Todos los médicos forenses trabajaban en estrecha colaboración con la Oficina del Fiscal del Distrito y participaban con frecuencia en los juicios, razón por la cual la OCME era tan cuidadosa con la cadena de custodia. La mayoría de los médicos forenses valoraban el papel legal que debían desempeñar y algunos de ellos lo disfrutaban. No era el caso de Jack. Ir a los juicios y pasarse horas y horas sentado mientras los abogados discutían e intentaban intimidarlo no era su idea de tiempo bien empleado. Además lo alejaba de la sala de autopsias. Al final había llegado a fastidiarle tener que ir a los juicios.

—Pero eso no es lo peor —siguió diciendo Jack—. Contaba con que este caso fuera complicado y me mantuviera ocupado durante un par de días, y así habría sido si el marido hubiera tenido un poco de astucia criminal. Pero ha resultado ser claro y sencillo. No es lo que quería. Necesito desesperadamente algo que me distraiga de mi turbulenta vida familiar.

—Vaya —le dijo Lou, preocupado—. ¿Qué pasa en casa?

—Si yo te contara... —le contestó Jack—. Ya hablaremos cuando este caso esté resuelto y no haya oídos indiscretos.

—¡Ja, ja! —exclamó Vinnie con sorna—. Como si me importara una puta mierda.

Lou era lo bastante buen amigo para que Jack le pidiera muchas veces su opinión sobre temas relacionados con Laurie, porque había aprendido a respetar sus comentarios sobre ella. Hacía años incluso habían conspirado juntos para intentar evitar que ella se casara con un hombre que estaban convencidos de que era un turbio traficante de armas, sin principios y con dos caras, que habría hecho muy desgraciada a Laurie.

—Eres un capullo —se quejó Lou bromeando—. Ahora tengo que quedarme más tiempo del que tenía previsto.

Tras haber extraído la bala de la mandíbula, lo que hicieron con mucho cuidado por motivos balísticos, el resto del caso fue rápido, ya que se trataba de una mujer de treinta y tres años sana. Apenas hablaron hasta que Jack le abrió el útero y de repente se detuvo sin decir nada.

—¿Es lo que creo que es? —preguntó por fin Lou. Se inclinó para verlo más de cerca.

—Me temo que sí —le contestó Vinnie.

Jack cogió una regla metálica.

—Casi dos centímetros y medio. O sea, un feto de unas diez semanas, amigos míos.

—Por Dios —comentó Lou—. Esto agrava la tragedia. Me

pregunto si lo sabían. Paul no me dijo que su mujer estuviera embarazada.

—Puede que él no lo supiera, pero ella sin duda lo sabía —le dijo Jack—. En cualquier caso no va a ayudarle.

—Tampoco debería —dijo Lou negando con la cabeza.

Durante el resto de la autopsia hablaron poco. El descubrimiento del feto los había dejado desconcertados. Cuando terminaron, la sala de autopsias estaba a pleno rendimiento, con todas las mesas ocupadas. Se oía el murmullo de muchas conversaciones, interrumpidas intermitentemente por el sonido de herramientas eléctricas, en especial las sierras vibratorias que utilizaban para abrir los cráneos.

—Si Lou y tú queréis hablar, ya acabo yo —le dijo Vinnie a Jack en cuanto hubieron cosido a Sharron Seton y su aspecto volvía a ser normal, al menos en apariencia. Habían vuelto a introducir los órganos internos en el cuerpo, dentro de una gran bolsa de plástico, excepto el cerebro, que estaba en un frasco lleno de formol.

—Qué raro que seas tan amable —bromeó Jack.

Como la mayoría de los médicos forenses, Jack solía ayudar en las tareas posteriores a la autopsia ya que eso aceleraba bastante el proceso. Cuando las cosas iban bien, hacia el mediodía habían terminado los casos de la jornada.

—Supongo que hemos terminado por hoy —le contestó Vinnie.

—Yo también lo supongo —le dijo Jack indicándole a Lou con un gesto que lo siguiera.

Al salir de la sala, Jack se detuvo un instante en la mesa de Jennifer para volver a presentarle a Lou. Ya se conocían, pero Jack quería que Lou se sintiera bienvenido.

—¿Algún caso más para mí? —le preguntó Jack.

—Ya has terminado por hoy. Lamento que tu supuesto caso de suicidio no fuera tan complicado como esperabas. Me han dicho que ha sido claro y simple.

—No es culpa tuya —le aseguró Jack. No le sorprendió que ya lo supiera. Era una confirmación más de que en la OCME los chismes estaban a la orden del día. En general había pocos secretos—. Quizá tenga más suerte mañana.

—Haré lo que pueda —bromeó Jennifer, y Jack le respondió levantando un pulgar.

Jack se detuvo además en la mesa de su antiguo compañero de despacho, el doctor Chet McGovern, para que también saludara a Lou. En la época en que ambos compartían despacho, Chet había visto a Lou muchas veces, cuando Jack y el detective colaboraban en casos. Chet les presentó a Margaret Townsend, una de los dos nuevos residentes de patología de la Universidad de Nueva York que pasaban por la OCME para adquirir experiencia práctica en patología forense. Habían llegado a principios de mes y se quedarían hasta finales de año.

Jack y Lou empujaron las puertas batientes que conducían al pasillo principal. Después de haberse quitado el equipamiento de protección, acabaron sentados uno en cada extremo del banco situado entre las taquillas del vestuario. Ambos todavía llevaban puesto el uniforme quirúrgico.

—Vale, ya me has tenido en vilo más que suficiente —le dijo Lou—. ¡Suéltalo! ¿Qué te tiene desanimado en casa?

—Antes de eso —le dijo Jack—, ¿te acuerdas de la doctora Sue Passero? Su marido y ella estuvieron en la fiesta de disfraces de Halloween que Laurie y yo organizamos hace tres años. Recuerdo que os presenté.

—Claro que la recuerdo —le contestó Lou—. Vino a la fiesta disfrazada de corredor de los Giants, y lo parecía. Ahora que lo pienso, creo que los Giants podrían haberla fichado este año. Bromas aparte, ¿qué pasa con ella?

—Sí, tenía cuerpo de deportista y sé que hacía ejercicio con regularidad y que era vegetariana. Aun así, anoche sufrió un episodio terminal en su coche, en el aparcamiento del MMH. A petición expresa de Laurie, yo mismo le he hecho la autopsia esta mañana.

Lou negó con la cabeza, consternado.

—No puede haber sido agradable.

—No lo ha sido.

—¡Madre mía! —exclamó Lou—. Que alguien que está en forma la palme de repente es un shock y nos recuerda que todos estamos de paso. La recuerdo sana como un puto roble. ¿O es como una manzana?

—Cualquiera de las dos comparaciones funciona —le contestó Jack pasando por alto la diferencia—. Y tienes razón, la autopsia lo ha demostrado. Aunque tenía diabetes, que muchas veces afecta al corazón, no he encontrado ninguna patología. Nada. Existe la posibilidad de que las muestras microscópicas ofrezcan alguna explicación, por supuesto, pero lo dudo sinceramente, porque he revisado el corazón con cuidado. La verdad es que nunca había tenido un caso como este, y me fastidia, sobre todo por la relación de Laurie con ella y su familia.

—Lo siento —le dijo Lou—, pero ¿por qué me lo cuentas? ¿Sospechas que la han matado o algo así?

—Esta mañana Laurie ha hablado por teléfono con el marido, que debo añadir que no quería que le hiciéramos la autopsia, al parecer porque es musulmán, cosa que no sabíamos a pesar de que su mujer y Laurie eran buenas amigas. Incluso habíamos quedado los dos matrimonios más de una docena de veces, y nunca salió el tema de que fuera musulmán. Y, por si fuera poco, le ha dicho a Laurie que necesita el certificado de defunción lo antes posible para reclamar un seguro de vida.

—Vale —le dijo Lou, que puso los ojos en blanco antes de volver a mirar a Jack—. Ya veo cómo giran las ruedas de ese cerebro tuyo demasiado inventivo. Así que sospechas que el marido ha cometido un crimen. ¿Tengo razón o me equivoco?

—Bueno... —Jack buscó las palabras porque, ahora que estaba dando rienda suelta a sus pensamientos, era consciente de que estaba sacando conclusiones con muy pocas pruebas. Lou se había burlado de él en el pasado cuando intentaba jugar a los detectives y le había advertido muchas veces que no lo hiciera. Este era otro ejemplo más.

—¡Has visto demasiadas películas en la televisión! Si quieres saber lo que pienso, te lo diré. Te estás buscando una distracción para no pensar en tus problemas familiares, sean estos los que sean, y ya has recurrido a jugar a los detectives en el pasado. ¿Estás oyéndote? Me cuentas que una mujer diabética ha muerto en su coche sin signos de lesiones y que sospechas del marido. ¡Por favor! A ver, ¿de qué estaríamos hablando? ¿De algún veneno misterioso o quizá de monóxido de carbono? Bueno, corrígeme si me equivoco, pero tu Departamento de Toxicología investigará estas cosas. ¿Me equivoco?

—No te equivocas —le contestó Jack, avergonzado. Todo lo que acababa de decirle Lou era cierto.

—Y si el marido fuera culpable, ¿ofrecería la información del seguro de vida de inmediato? No lo creo.

—De acuerdo, tienes razón. Siento habértelo comentado.

—No lo sientas —le dijo Lou—. Aprende la lección. Como te he advertido muchas veces, jugar a los detectives es peligroso, no es para aficionados, y tú eres exactamente eso, un puto aficionado en investigación de homicidios. Joder, basta mirarte para ver el peligro. Ese diente roto y esa cicatriz en la frente, si no recuerdo mal, fueron el premio que te llevaste por haber jugado a los detectives hace unos años. ¿Me equivoco?

—¡De acuerdo, de acuerdo! —repitió Jack levantando las manos como para repeler las burlas de Lou. Su amigo tenía toda la razón. Esa cicatriz y el diente roto lo acompañaban desde que había investigado un complot de una importante empresa de atención médica contra otra que consistía en provocar brotes de enfermedades infecciosas en su hospital principal—. Mensaje recibido.

—Perfecto —le dijo Lou—. Eres patólogo forense, y cojonudo. Déjalo ahí. Y cuando tengas alguna sospecha de actuación delictiva, en especial homicida, llámame. ¿Entendido?

—Entendido —le contestó Jack.

—Muy bien, pues cuéntame qué te pasa. A ver si lo adivino...
Tu suegra y su postura antivacunas, el autismo de Emma o el
posible TDAH de J.J. ¿Cuál de las tres?

—Las tres —le respondió Jack.

Lou escuchó con atención a Jack, asintiendo en señal de apoyo cuando lo creía oportuno, mientras este le contó cómo estaba
la situación en su casa en esos momentos.

7

Jack se cargó la bicicleta al hombro y subió el corto tramo de escalones situado junto a la zona de descarga del alto bloque de la OCME de la calle 26, a solo cuatro manzanas al sur del viejo y obsoleto edificio. Antes de entrar, se detuvo un instante a contemplar la amplia zona de aparcamiento en la que Laurie esperaba construir la nueva morgue. En ese momento era donde estaban aparcados muchos de los camiones frigoríficos que se habían dispersado por los hospitales de la ciudad durante la pandemia de COVID para almacenar los muertos de toda la ciudad, que aumentaban a gran velocidad. Como todos en la OCME, Jack estaba impaciente por que construyeran la nueva morgue. Iba a facilitarles el trabajo a todos. Tener que trasladarse de un lado a otro era un gran inconveniente, algo que Jack sabía por propia experiencia, aunque en bicicleta al menos tardaba poco. Pero en ese momento estaba más impaciente por llevar las muestras de tejido de Sue Passero al laboratorio de biología forense para que analizaran el ADN en busca de mutaciones de canalopatía cardiaca. Podría haberle pedido a un empleado subalterno que las acercara, pero sabía que para acelerar el proceso era mejor que entregara las muestras personalmente, como había hecho con Maureen en histología y con John en toxicología. El refrán «el que no llora, no mama» se aplicaba a la perfección en la OCME, como Jack había comprobado una y otra vez.

Utilizó uno de los muchos ascensores para llegar hasta el quinto piso, donde se recibían las muestras para el análisis de ADN. Mientras se elevaba hacia el cielo como un cohete, no pudo evitar comparar la experiencia con el antiguo equipamiento del edificio 520, en concreto con el ascensor trasero, que no podía ser más lento. En segundos estaba donde tenía que estar. El quinto piso también albergaba el Departamento de IML y el Departamento de Comunicación, que funcionaban todos los días del año, veinticuatro horas al día. Jack avanzó por el pasillo en dirección este echando un vistazo a ambas zonas, separadas con mamparas de vidrio del suelo al techo.

Como la cadena de custodia era muy importante en las pruebas de ADN, el procedimiento para entregar las muestras era complicado, y Jack siguió las reglas al pie de la letra. Sabía que en el quinto piso extraerían el ADN de las muestras. Hecho esto, las subirían al sexto piso para que las amplificaran. A continuación, las trasladarían al séptimo piso para que volvieran a amplificarlas y las secuenciaran. No pudo evitar sentirse orgulloso de que el laboratorio de biología forense de la ciudad de Nueva York, que ocupaba tres plantas, fuera el laboratorio público criminalístico de ADN más grande del mundo.

Después de haber entregado las muestras de Sue Passero, Jack se dirigió al despacho de la jefa del laboratorio de biología forense, Naomi Grossman. Como siempre estaba muy ocupada, antes tuvo que ir a ver a su secretaria, Melanie Stack, cosa que no le importó, porque se trataba de una mujer de carácter extrovertido y amable. Además, ya conocía a Jack, que se había pasado por allí cuando llevaba otros casos urgentes.

—Está disponible —le dijo Melanie en tono alegre señalando la puerta abierta del despacho.

Naomi Grossman, cuya característica física más destacable era un halo de pelo rizado, que rodeaba una cara ancha y ovalada, no era tan extrovertida como su secretaria, aunque sí igual de amable.

—Vaya, doctor Stapleton —le dijo con una gran sonrisa—. Seguro que necesitas algo lo antes posible. ¿De qué se trata esta vez?

—¿Tan insistente soy? —le preguntó él en tono burlón.

—Por desgracia sí —le respondió Naomi.

—Bueno, ahora que lo mencionas, es cierto que necesito algo.

Jack le explicó lo que necesitaba y por qué. Después de escucharlo, Naomi le dijo:

—Es curioso que tu solicitud tenga que ver con canalopatías, porque últimamente en la literatura médica se interesan cada vez más por ellas, desde el punto de vista genético. ¿Por qué corren prisa los resultados? ¿Algo que debería saber?

—Las muestras son de una buena amiga de la jefa —le explicó Jack—. Laurie ya se ha puesto en contacto con su marido y sus dos hijos, que resulta que son médicos en formación. Está muy impaciente por tener una explicación de la muerte de su amiga, además de su historial de diabetes. Le he practicado la autopsia, pero estaba limpia, aunque todavía tengo que mirar al microscopio.

—¿El corazón era normal a grandes rasgos?

—Completamente.

—¿Historial de arritmias cardiacas?

—No.

—¿Y su familia? —le preguntó Naomi frunciendo el ceño.

—No que sepamos.

—Supongo que sabes que las posibilidades de encontrar una canalopatía en estas circunstancias son muy pocas. La mayoría son autosómicas dominantes, e incluso si muestran penetrancia variable, en general tienen historia positiva.

—Lo sé —le contestó Jack—. Estoy aferrándome a un clavo ardiendo, pero voy a necesitar algo para el certificado de defunción.

—Bien, de acuerdo —le dijo Naomi—. ¿Ya están aquí las muestras?

—Las he entregado hace dos minutos.

—Me ocuparé de que las examinen cuanto antes —le aseguró Naomi.

—Genial —le dijo Jack—. Laurie te lo agradecerá.

Aunque solo debía recorrer cuatro manzanas para volver al edificio 520, Jack disfrutó del trayecto. Un carril bici relativamente nuevo en la Primera Avenida le permitió evitar los incontrolables taxis y los vehículos privados que les hacían la competencia, cuyos conductores a menudo se comportaban como si despreciaran a los ciclistas. Para aprovechar al máximo el momento, intensificó el ritmo, como había hecho por la mañana desafiando a los ciclistas con equipamiento profesional. Pasó los cuatro semáforos en verde y completó el trayecto en segundos.

Tras haber dejado la bicicleta y el casco, subió en el ascensor trasero al tercer piso. Ya en su despacho, se quitó el chaquetón de pana, lo colgó en el respaldo de la silla y se sentó a su mesa con la intención de acabar de una vez con el papeleo pendiente. Como siempre, casi toda la mesa en la que tenía el ordenador estaba llena de carpetas de autopsias por completar y certificados de defunción por firmar. En el lateral de la mesa, donde se hallaba el microscopio, había montones de bandejas de portaobjetos pendientes de ser observados. Al ser el médico forense que realizaba la mayor cantidad de autopsias, siempre iba con retraso, lo cual era motivo de bromas, ya que se pasaba el día incordiando a compañeros como Maureen y John para que trabajaran más rápido.

Con toda la intención de ponerse manos a la obra, Jack colocó la bandeja superior de portaobjetos junto al microscopio y encendió la luz del objetivo. Incluso había extendido sobre la mesa el contenido de la carpeta de la autopsia correspondiente cuando su mente empezó a divagar y se quedó inmóvil con la mirada perdida. Pensaba en la ironía de que los dos casos de esa mañana hubieran resultado ser lo contrario de lo que esperaba. Sabiendo que la única pista para poner en cuestión que el caso de suicidio fuera realmente eso era que la IML hubiera anotado que la difunta estaba desnuda, se había preparado para recurrir a todos los trucos forenses con la intención de intentar descubrir la verdad, fuera la que fuese. El caso había resultado ser un homicidio claro gracias a la sorprendente ineptitud del marido. Como detective, incluso inexperto, no debería haber disparado a su mujer en la sien izquierda, puesto que sin duda sabía que era diestra, cosa que Janice Jaeger había determinado en su investigación. Y debería haberse asegurado de que el arma estuviera en ángulo recto con el eje longitudinal del cuerpo y de no apuntar al eje anterior.

El caso de Sue Passero también era sorprendente, pero en sentido contrario. Había estado aún más seguro de que sería un aburrido caso rutinario desde el punto de vista forense, pero no estaba resultando ser nada de eso.

Jack, nervioso, se pasó las manos por el pelo y acabó sujetándose la cabeza y apoyando los codos en la mesa. Oía los comentarios burlones de Lou acusándolo de ver demasiadas películas policiacas en televisión y sabía que tenía razón cuando le decía que estaba sacando conclusiones precipitadas al plantearse la posibilidad de que la muerte no hubiera sido natural. Al mismo tiempo debía admitir que era muy poco probable que hallaran una canalopatía, como le había recordado Naomi Grossman. Por si fuera poco, era muy consciente de que Laurie lo presionaría para que entregara pronto el certificado de defunción.

De repente se puso de pie tan rápido que la silla rodó por el despacho y se estrelló contra la estantería.

«Muy bien —se dijo con determinación apagando la lámpara del microscopio—, estaba buscando un caso complicado y, como ha dicho Laurie, lo he encontrado. O, mejor dicho, me ha encontrado él a mí».

Con una descarga de energía y determinación, Jack hojeó el contenido de la carpeta de la autopsia de Sue Passero y sacó el informe de Kevin Strauss. Se lo metió en el bolsillo, cogió el chaquetón y salió del despacho. Había tomado una decisión precipitada. Aunque la OCME de Nueva York prohibía rigurosamente que los médicos forenses salieran a investigar la escena, porque los profesionales preparados para ello eran los IML, Jack iba a hacerlo. Entendía que si tenía preguntas o necesitaba información concreta, debía llamar al IML que se había ocupado del caso y pedírsela, pero el problema radicaba en que estaba atrapado en el dilema socrático de no saber qué era lo que no sabía, así que era imposible pedirle ayuda a Kevin Strauss. Desde la perspectiva de Jack, se trataba de una decisión sencilla y no le parecía tan mal desobedecer las reglas que la jefa de la OCME, su mujer, se había comprometido a hacer cumplir.

Mientras bajaba al sótano en el lento ascensor trasero, que había elegido porque reducía las posibilidades de toparse con alguien que le preguntara adónde iba, consideró muy seriamente la extraordinaria situación en la que se encontraba. Nunca había trabajado en un caso en el que conociera tanto al fallecido como a Sue Passero, y además sabía que había sido una madre y una esposa feliz, comprometida y orgullosa, así como una excelente internista, bien formada y experta en su campo. Dado que una persona así debía ser muy capaz de manejar su diabetes tipo 1, era imposible que su muerte hubiera sido accidental, es decir, que se hubiera administrado una dosis incorrecta de insulina o algo así. Lo mismo sucedía con la posibilidad de suicidio sin antecedentes de depresión, sin nota y sin método evidente. Solo quedaba el homicidio, que también parecía improbable, porque no había evidencias claras de asesinato y no se había producido ningún robo. Kevin Strauss anotó en su informe que habían encontrado sus pertenencias personales, incluida cierta cantidad de dinero en efectivo, intactas en su BMW.

Se descubrió a sí mismo sonriendo con expresión culpable

mientras salía del ascensor. No sabía si echar un vistazo al lugar serviría de algo, pero estaba decidido a hacerlo. Lo que sí sabía era que si Laurie se enteraba, se pondría hecha una fiera. En las reuniones de todo el departamento de los jueves por la tarde había recordado muchas veces al equipo de médicos forenses que la investigación externa estaba prohibida, aunque cuando ella era una médica forense más, antes de ser la jefa, la regla la fastidiaba y se la saltaba casi tan a menudo como Jack. Ahora justificaba su postura argumentando que los médicos forenses tenían trabajo más que suficiente en sus puestos, que casi todos ellos, incluido Jack, cerraban los casos con retraso y, aún más importante, que los IML eran mucho mejores investigando la escena, ya que se habían formado para ello. Los IML también se llevaban mejor con la policía, porque se veían más como iguales en el día a día. Y, a diferencia de Jack, tendían a no herir la susceptibilidad de personas influyentes, como presidentes de hospitales, directores ejecutivos y altos mandos de la policía, cosa que Laurie sabía que él solía hacer, ya que, como ella decía, Jack no soportaba a los idiotas.

Otra razón del empeño de Laurie era la necesidad de tener contentos a los investigadores médicos legales, y no resultaba fácil, porque estaban sobrecargados de trabajo, orgullosos del papel que desempeñaban y resentidos por el hecho de que se hubiera puesto en cuestión su autonomía y su experiencia. Cuando Laurie se convirtió en jefa, tuvo que enfrentarse a la dificultad de mantener en plantilla el número de IML necesarios para manejar las cuarenta mil muertes anuales. Para poder ser forenses, los IML antes debían ser asistentes médicos, lo que exigía mucha formación e inversión. Dado que a menudo los asistentes podían conseguir puestos en los que pagaban más de lo que el servicio civil de la ciudad podía ofrecer, contratarlos y retenerlos no era tarea fácil, y menos teniendo en cuenta que lidiar exclusivamente con muertos no atraía a todo el mundo.

Mientras Jack desataba la bicicleta, se prometió a sí mismo

que se quedaría el menor tiempo posible y que haría un esfuerzo por ser diplomático. Quería mantener su actividad en secreto y, a menos que Laurie se lo pidiera, no iba a quedarse a hacer horas extras. Era casi la hora de comer, así que seguro que no le sorprendería su ausencia. Su plan consistía en investigar rápidamente, y en cuanto tuviera una idea de lo que necesitaba saber, devolvería el caso a la OCME y le pediría a Kevin Strauss o incluso a Bart Arnold, el jefe del departamento de IML, que hicieran un seguimiento y consiguieran lo que necesitara.

8

En la esquina de la Primera Avenida y la calle 30, Jack esperó a que el semáforo se pusiera en verde. Después cruzó la avenida para acceder al carril bici, en el lado izquierdo de la carretera. Como era la hora de comer, había más bicicletas que antes, pero, al ser diciembre, no tantas como acostumbraba a esa hora, y por razones de seguridad circulaba por los carriles bici. Sabía que a Laurie le parecía peligroso que usara ese vehículo para desplazarse, pero él pensaba seguir haciéndolo. El ciclismo era parte de su identidad y un símbolo de la libertad que caracterizaba su nueva vida. En lugar de renunciar a usar la bicicleta, hizo algunas concesiones, como utilizar los carriles bici. Aunque sabía que por la carretera podría ir más rápido, en realidad no ganaba mucho tiempo. Calculó que el trayecto duraría unos veinte minutos, y solo cinco minutos menos si circulaba por la carretera con el tráfico motorizado.

Utilizar el carril bici tenía sus peligros y exigía una atención considerable. En primer lugar, el carril no era igual hasta la calle 78, en la que tenía previsto girar hacia el oeste hasta Park Avenue, donde estaba la entrada principal del Manhattan Memorial Hospital. En las primeras quince manzanas, el carril bici se hallaba separado de los coches, pero en la calle 46 pasaba a ser un carril pintado a un lado de la calzada. Además, en el centro de la ciudad había muchos repartidores en bicicletas eléctricas que se saltaban todas las normas, hasta el punto de ir incluso en dirección contraria. En varias ocasiones, mientras se dirigía hacia el norte, Jack tuvo que meterse en la calzada y mantener el ritmo de los coches, taxis, camiones y autobuses antes de volver a entrar en el carril bici.

Cuando giró a la izquierda en la calle 78, el tráfico se redujo de forma significativa, pero el carril bici era una mera franja pintada junto a los coches aparcados, lo que suponía el peligro adicional de que alguien abriera la puerta del coche sin mirar. Aún más estresantes eran los numerosos taxis y vehículos privados con conductor, que pasaban por alto la prioridad y bloqueaban el carril para recoger o dejar a los pasajeros.

A pesar de los posibles obstáculos y peligros, incluido el hecho de que en Park Avenue no había carril bici, Jack llegó sano y salvo a la entrada principal del Manhattan Memorial Hospital en poco menos de los veinte minutos que había previsto. Se detuvo junto a la acera, desmontó y observó el edificio de varias plantas. El centro médico era un enorme complejo de edificios del Upper East Side de Manhattan que se extendían desde Park Avenue hasta Central Park. Era el hospital principal de Ameri-Care, una gran empresa de atención médica que poseía muchos hospitales y clínicas de atención rápida en todo el país.

Jack había tenido una mala experiencia con la empresa, que compró el hospital donde hasta ese momento se había dedicado a la oftalmología. Tomar conciencia de que la medicina estadounidense estaba siendo absorbida por los intereses comerciales y el afán de lucro había precipitado su decisión de cambiar la medicina clínica por la patología forense. Fue durante su formación en Chicago como médico forense cuando toda su familia —su mujer y sus dos hijas pequeñas— murió en un accidente de avioneta después de haber ido a visitarlo. Aunque con el tiempo pudo recuperarse lo suficiente para formar una segunda familia, nunca perdonó a AmeriCare.

Jack ató la bicicleta y el casco a una señal de prohibido aparcar junto a la entrada principal del hospital. Cuando terminó, volvió a mirar el edificio. También había tenido una mala experiencia con AmeriCare y el MMH como médico forense antes de que el hospital hubiera cambiado el nombre de Manhattan General Hospital por Manhattan Memorial Hospital, tras haber comprado otro hospital más pequeño de Nueva York y haberse fusionado con él. Unos diez años antes, en otra visita, había desenmascarado a una empleada del hospital que estaba infectando de forma deliberada a pacientes con enfermedades graves y causando múltiples muertes con diagnósticos confusos. Esa experiencia de jugar a los detectives le costó el diente roto y la cicatriz de la frente a los que Lou se había referido en su conversación en el vestuario.

Irónicamente, en aquel momento, en lugar de aclamarlo como a un héroe por salvar vidas, lo que seguramente había hecho, recibió una bronca del entonces jefe de la OCME, el doctor Harold Bingham, por haberse dedicado a investigar; fue calificado de persona *non grata* por el entonces presidente del MGH, Charles Kelley, y se ganó la enemistad del jefe del Departamento de Microbiología del hospital, el doctor Martin Cheveau.

Jack se rio al recordarlo. «Así es la vida», murmuró mientras sacaba el informe de Kevin Strauss, que leyó rápidamente para decidir por dónde empezar. Su primera idea fue dirigirse a la administración y enseñar todas sus cartas, pero enseguida le entraron dudas porque no sabía qué tipo de persona sería Marsha Schechter, la nueva presidenta del hospital a la que habían contratado después del asesinato de Charles Kelley. La junta de AmeriCare había designado anteriormente a Kelley director del hospital, cargo para el que Jack creía que no estaba preparado, puesto que solo le interesaba la parte comercial en detrimento de la atención a los pacientes. Había pocas esperanzas de que la nueva presidenta fuera diferente y Jack pensó que, en lugar de ayudarlo, acabaría quejándose a Laurie por su injerencia. Al fin y al cabo, la muerte de un miembro del personal en el aparcamiento del hospital era mala publicidad, y cuanto antes se olvidara todo el asunto, mejor.

En lugar de dirigirse a la administración y presentarse, decidió pasarse por seguridad. Quería reunir más información sobre el lugar exacto y las circunstancias de la muerte de Sue de la que Kevin había anotado en su informe de investigación. Después iría al Departamento de Urgencias e intentaría obtener detalles sobre el intento de reanimación.

Se colocó la mascarilla para la COVID-19 que había cogido de un dispensador nada más cruzar la puerta principal y, en vez de meterse en el ascensor, subió por la escalera hasta la oficina del Departamento de Seguridad, en el segundo piso. Mientras subía, confió en no encontrarse con Martin Cheveau, ya que todos los laboratorios del hospital, incluido el de microbiología, también se ubicaban en el segundo piso. El hombre era muy capaz de montar una escena, lo que aumentaría las posibilidades de que le notificaran a Laurie que estaba incumpliendo sus órdenes.

La oficina de seguridad no era tan impresionante como las demás partes del reformado hospital. Se trataba de una gran sala con seis mesas metálicas. Las dos cosas que convertían ese espacio en único eran las grandes ventanas interiores desde el suelo hasta el techo que daban al vestíbulo de mármol de dos pisos y toda una pared de pantallas planas que mostraban alternativamente varias localizaciones dentro y fuera del hospital. Casi todos los miembros de seguridad que estaban en la sala miraban esas pantallas, aunque algunos de ellos tecleaban ante monitores de ordenador. Todos iban vestidos con un anodino traje oscuro y corbata, y ninguno llevaba mascarilla.

Jack se acercó a la mesa más cercana y preguntó por el jefe del Departamento de Seguridad. Mientras se dirigía a la mesa más alejada de la puerta de entrada decidió ser directo y serio, así que sacó su placa de médico forense y se la mostró a David Andrews al tiempo que se presentaba. Rara vez utilizaba la placa, pero siempre le había impresionado el efecto que causaba en la mayoría de las personas, dado su parecido con la placa de policía. A David Andrews no le impresionó demasiado, aunque quiso verla más de cerca. En la mesa había una foto enmarcada donde aparecía ese hombre con un uniforme azul, y al verla Jack tuvo la sensación de que había sido policía de alto rango antes de que lo contrataran como jefe de seguridad del hospital.

—¿En qué puedo ayudarle, doctor? —le preguntó con indiferencia.

—Necesito hacer el seguimiento de la muerte de la doctora Susan Passero —le contestó Jack—. Ante todo quisiera darles el pésame, porque sé que era muy querida y respetada por el personal del MMH.

—Sí, lo era —le confirmó David.

—¿Ha habido problemas de seguridad en el aparcamiento del hospital?

—No muchos. Tuvimos dos atracos hace relativamente poco, uno hace unos dos meses y otro hace cinco, ambos durante los cambios de turno y los dos en el primer piso. Hemos reforzado la seguridad en los momentos adecuados y creemos que se ha resuelto el problema. ¿Por qué lo pregunta? Me dijeron que la doctora Passero murió de un ataque al corazón.

—Estamos comprobando su muerte. Solo estoy haciendo un seguimiento de rutina del informe del investigador médico legal. —Jack se avergonzó por haberle dicho una pequeña mentira.

—Tengo que decir que el investigador parecía experto y profesional.

—Nuestros IML son los mejores del sector —le aseguró Jack—. El hecho de que yo haya venido de ninguna manera pone en cuestión su trabajo. Dígame, ¿estaba usted aquí cuando tuvo lugar el desafortunado acontecimiento?

—Me llamaron cuando la estaban intentando reanimar y vine de inmediato. Ya me había marchado a casa.

—Según el informe del IML, dio la alarma un enfermero

llamado Ronald Cavanaugh, que vio a la doctora Passero desplomada sobre el volante.

—Eso nos dijeron —le confirmó el jefe de seguridad—. Ronald Cavanaugh es uno de nuestros supervisores de enfermería. Él y una enfermera llamada Barbara Collins empezaban su turno de trabajo. Cuando vieron a la doctora en el coche, iniciaron la recuperación cardiopulmonar y alertaron al Departamento de Urgencias. La trasladaron lo más rápido posible a ese departamento para intentar reanimarla.

—¿Usted o alguno de sus empleados de seguridad revisó el coche?

—Por supuesto. Lo hice yo mismo y recogí las pertenencias de la doctora Passero.

—¿Había algo inapropiado en el coche?

—¿Inapropiado? ¿Qué mierda de palabra es esa?

—¡Perdón! —Jack hizo un gran esfuerzo por controlarse—. Lo que quería preguntarle es si observó algo inusual en el coche. ¿Nada en absoluto? ¿Estaba desordenado por dentro? ¿Algo inesperado? ¿Olía extraño?

—No, en absoluto. Nada. Parecía un BMW normal de alguien que lo cuidaba. En cuanto al olor, olía a cuero.

—¿Dónde está el coche ahora?

—Sigue estando donde estaba —le contestó David—. Al menos que yo sepa. —Hizo saltar a Jack cuando de repente y sin previo aviso le gritó a un compañero si el coche de la doctora Passero todavía estaba en el aparcamiento—. Pues sí —le dijo a Jack después de que le hubieran confirmado que aún no habían movido el coche.

Un poco sorprendido por el giro de los acontecimientos, Jack le preguntó si podía verlo.

—No veo por qué no —le contestó David—. Pero ¿para qué demonios quiere verlo?

—La ciencia forense recomienda examinar la escena en la que se ha producido la muerte —le contestó Jack. Le sorprendió que la pregunta se la hubiera hecho un exoficial de policía y de nuevo tuvo que controlarse para que no se le escapara un comentario sarcástico.

—¿Incluso cuando se trata de un ataque al corazón? —le preguntó el jefe de seguridad.

—Sí —le respondió Jack—. Incluso en esos casos.

—Como quiera —le dijo David—. ¡Vamos! Lo acompaño.

Antes de salir de la oficina, el jefe de seguridad se detuvo en la mesa de la persona que había gritado que el coche de Sue todavía estaba en el aparcamiento para que le diera las llaves. Luego cogió una mascarilla de un dispensador y se la enganchó por las orejas.

—Por la mañana tenemos un servicio de aparcacoches para acelerar la entrada de los médicos —le explicó David señalando el pasillo—. Me aseguré de que teníamos tanto las llaves del aparcacoches como las de la doctora para entregárselas a quien viniera a recoger el vehículo.

El trayecto hasta el aparcamiento era bastante complicado, ya que exigía atravesar varios edificios, aunque sin tener que cambiar de piso. Al final llegaron a un puente peatonal sobre Madison Avenue que daba al aparcamiento de varias plantas. Mientras lo cruzaban, Jack no pudo evitar recordar la experiencia tremendamente desagradable que vivió en el MMH hacía más de diez años. Había perseguido por ese mismo puente a una enfermera que había estado a punto de matar a Laurie. Jack no contaba con que la enfermera estuviera armada, y no podía imaginarse que todo acabaría en un terrible tiroteo en el coche de la mujer. Sabía que si Lou Soldano no hubiera aparecido a tiempo, él no estaría vivo. El episodio fue otro recordatorio convincente de que su amigo tenía toda la razón al afirmar que jugar a los detectives era un pasatiempo peligroso para los aficionados.

Jack se estremeció al recordarlo y se obligó a concentrarse en el presente. El BMW negro de Sue estaba en la zona del aparcamiento reservada para los médicos, en la segunda planta, no muy lejos de la salida al puente peatonal y cerca de donde había tenido lugar años atrás el desconcertante tiroteo.

Cuando se acercaron al coche, David le entregó el llavero a Jack, que desbloqueó el coche. Abrió la puerta del lado del conductor y se inclinó hacia dentro. Como le había dicho el jefe de seguridad, olía a cuero, lo que sugería que el coche era bastante nuevo. Intentó visualizar a Sue desplomada sobre el volante, como la habían descrito. En el salpicadero había un vaso de café de papel vacío y un soporte para teléfono móvil en una barra flexible. La identificación del hospital de Sue colgaba de un cordón del espejo retrovisor. En el asiento del copiloto había un ejemplar reciente del *New England Journal of Medicine* con su emblemático diseño de portada. Jack se imaginó a Sue hojeándolo cuando se detenía en los semáforos en rojo. Sabía que Sue era una de esas personas que sienten la necesidad de aprovechar cada minuto.

—¿Alguna conclusión inesperada? —le preguntó David en tono burlón.

Jack volvió a controlarse y optó por no contestarle. Retrocedió y abrió la puerta trasera del coche. En el asiento había una caja de mascarillas N95, un rollo de servilletas de papel, una caja de pañuelos faciales, un cepillo para quitar la nieve y un paraguas plegado. Al darse cuenta de que todo estaba desplazado hacia el lado derecho, Jack supuso que era para que Sue pudiera alcanzar las cosas desde el asiento del conductor.

—Muy bien, gracias —le dijo Jack devolviéndole el llavero—. ¿Puede indicarme cómo ir al Departamento de Urgencias? Quisiera hablar con alguna persona que interviniera en el intento de reanimación. Supongo que los dos enfermeros que descubrieron a la doctora no están disponibles en este momento.

—No. Los dos trabajan en el turno de noche, así que suelen llegar entre las seis y las siete de la tarde. No sé si trabajan esta noche.

—Es comprensible —le dijo Jack.

—Vamos. Lo llevaré al Departamento de Urgencias. No es fácil si no se sale del aparcamiento y se entra por la entrada de urgencias.

9

Como Jack se imaginaba, la sala de espera del Departamento de Urgencias estaba prácticamente llena de pacientes. Era frecuente que las personas decidieran ir a la hora de comer, aunque en su mayoría no necesitaban que las atendieran en un centro de urgencias. El problema era que no tenían otro lugar de atención primaria al que ir, y el hospital estaba obligado por ley a atenderlas. Muchas estaban allí por razones especialmente triviales, como renovar una receta o un síntoma menor que llevaban días, si no semanas, padeciendo. Así que Jack tuvo que esperar su turno para hablar con una enfermera de triaje. Podría haber forzado el asunto, pero decidió no hacerlo para no causar problemas. Incluso rechazó la oferta de intercesión de David Andrews.

Cuando llegó al mostrador, le enseñó a la enfermera su placa de médico forense y le dijo que estaba allí por un asunto oficial y que necesitaba hablar con el responsable del departamento. El resultado fue impresionante. En uno o dos minutos se acercó a Jack una mujer delgada con ojos de acero y con equipamiento de protección personal encima del uniforme médico. La mascarilla le impedía ver su expresión, pero, a pesar de su tamaño, rezumaba una imagen de persona competente, sensata y responsable.

—Soy la doctora Carol Sidoti —le dijo con autoridad—, la

supervisora de turno del Departamento de Urgencias. ¿En qué puedo ayudarle?

Como había hecho con el jefe de seguridad, Jack se presentó y le dijo a la mujer que estaba haciendo un seguimiento rutinario de la desafortunada muerte de la doctora Sue Passero, que había investigado un IML de la OCME y que estaban revisando. Le dijo que ya le habían hecho la autopsia, pero que necesitaba hacer unas preguntas a alguno de los miembros del equipo que había intentado reanimar a la doctora.

—Yo estuve a cargo de la reanimación —le contestó Carol—. Estaré encantada de hablar con usted. Vayamos a un lugar un poco más privado. Venga conmigo, por favor.

Carol volvió a introducir a Jack en las profundidades del Departamento de Urgencias hasta una zona cuadrada delimitada por un mostrador y rodeada de compartimentos individuales, en su mayoría ocupados por pacientes. Le indicó con un gesto que entrara por uno de los múltiples puntos de acceso del mostrador, empujó una silla hacia él y cogió otra para ella. Dentro había más de una docena de médicos y enfermeros trabajando delante de una pantalla. Otros iban y venían. En el fondo, varios dispositivos de monitorización emitían pitidos constantes. Estaban todos muy ocupados.

—Perdón por el caos —se disculpó Carol.

—No hay problema —le contestó Jack, aunque el nivel de actividad lo distraía, sobre todo cuando en un monitor empezó a sonar una alarma y a nadie le importó demasiado. Le sorprendió que a esa mujer aquello le pareciera «un lugar un poco más privado». Para Jack era cualquier cosa menos eso.

—Bueno.... —le dijo Carol—, ¿qué quiere que le cuente?

A diferencia del jefe de seguridad, que en un principio se había mostrado algo receloso, le dio la impresión de que la supervisora de turno del Departamento de Urgencias quería ayudarlo.

—Me interesa contrastar la información de nuestro investigador para asegurarme de que tenemos todos los detalles —le explicó Jack—. Sabemos que a la paciente la descubrió un supervisor de enfermería, y que otra enfermera y él le realizaron la maniobra de recuperación cardiopulmonar antes de traerla aquí.

—Así fue —le confirmó Carol—. Nuestro supervisor de enfermería del turno de noche, Ronald Cavanaugh, le practicó la maniobra de reanimación. Creímos que eso sería favorable.

—¿Qué quiere decir con «favorable»?

—Ronnie es un enfermero competente y un supervisor meticuloso. Para que se haga una idea, siempre que está de servicio llega al hospital casi una hora antes. Suele venir al Departamento de Urgencias solo para ver cómo van las cosas, y en concreto qué tipo de casos están en curso. De esta manera se hace una idea de lo que puede suceder durante su turno. Es así de entregado. También es muy válido desde el punto de vista clínico. Entre sus responsabilidades se incluye la de atender todos los paros cardiacos del hospital, lo que hace con auténtica dedicación. Tiene mucha experiencia. Pensándolo bien, seguramente más que nuestros cardiólogos residentes. Y ha tenido mucho éxito con las reanimaciones. No hay duda de que ha salvado a más pacientes de los que le correspondían.

—Entiendo —le dijo Jack—. Lo que ha querido decir con «favorable» es que creyeron que había más posibilidades de que la reanimación tuviera éxito porque él participó en todo momento.

—Sin la menor duda —le corroboró Carol—. En especial cuando nos dijo que en un principio la paciente parecía responder a la recuperación cardiopulmonar.

—¿Se refería a algo en concreto? ¿O fue solo una intuición por su parte?

—Fue muy concreto. Nos aseguró que después de varias respiraciones y unos minutos de compresión torácica, el color de la paciente mejoró muchísimo.

—Diría que era una buena señal —admitió Jack—. Dígame, ¿vio usted a la paciente cuando llegó aquí?

—Por supuesto. Nos habían avisado de que iba a entrar un paro cardiaco desde el aparcamiento, y todos estábamos listos y esperando en una sala de urgencias.

—¿Cómo era el color de la paciente cuando llegó?

—No tenía mal color, y lo recuperó bastante en cuanto le pusimos un tubo endotraqueal y le administramos oxígeno.

—Me parece lógico. ¿Cuál era el supuesto diagnóstico en ese momento?

—Ataque al corazón, seguro, sobre todo después de haber confirmado los niveles elevados de troponina y conocer su historial de diabetes tipo 1. ¿Se ha confirmado?

—Todavía no —le contestó—. Curiosamente, no hemos visto ninguna evidencia en términos generales, aunque aún no tenemos la histología. También estamos investigando una posible canalopatía.

—Eso sí que sería interesante —le comentó Carol—. Explicaría por qué no conseguimos que el corazón latiera ni siquiera con un marcapasos. Fue frustrante, y más teniendo en cuenta que la paciente era una respetada doctora del hospital a la que todos conocíamos. Puedo asegurarle que hicimos todo lo posible por salvarla.

—Me lo imagino —le dijo Jack mientras se levantaba. Se sentía un poco culpable por robarle tiempo cuando otra alarma de un monitor había empezado a sonar. Se preguntó cómo podían trabajar en un entorno con tanta presión día tras día—. Le agradezco su cooperación. Parece que está muy ocupada y no quiero robarle más tiempo.

—Siempre estamos ocupados —le comentó Carol—. Y más con esta maldita pandemia. Si quiere más detalles, le sugiero que le pregunte directamente a Ronnie Cavanaugh. Es un tipo agradable y estoy segura de que estará encantado de hablar con usted. Le toca trabajar esta noche.

—Puede que lo haga —le contestó Jack.

El problema era que el hombre trabajaba en el turno de noche, así que sin duda dormía durante el día, lo que significaba que reunirse con él exigiría que Jack se pasara por el MMH a unas horas intempestivas. No sería fácil organizarse para que Laurie no se enterara de que estaba investigando.

—Si necesita algo más, ya sabe dónde estoy —le dijo la supervisora. Se levantó ella también y le indicó a Jack con un gesto que saliera de la zona del mostrador delante de ella.

10

De vuelta en la sala de espera del Departamento de Urgencias, Jack revisó su teléfono. Quería asegurarse de que no hubiera llamadas ni mensajes, ya que lo había silenciado mientras estaba en el MMH. Se sintió aliviado al ver que todavía estaba libre de sospechas y que nadie le había preguntado dónde estaba. También miró la hora y resopló al ver que ya llevaba más de una hora y cuarto fuera de la OCME. Aunque de momento su ausencia no había llamado la atención, sabía que pronto lo haría y que sería mejor que volviera. El problema era que, al menos hasta ese momento, su visita no había servido para resolver el dilema de no saber lo que no sabía sobre la muerte de Sue Passero. Aún quedaba un lugar que podría ofrecerle alguna pista: su despacho.

Una visita al mostrador de información le sirvió para enterarse de dónde estaba. En cuestión de minutos se dirigía al edificio Kaufman para pacientes ambulatorios. Le habían dicho que el despacho de la doctora Susan Passero estaba en el cuarto piso de la Clínica de Medicina Interna.

Mientras subía en el ascensor, fue consciente de que estaba adentrándose en un terreno más o menos resbaladizo desde el punto de vista legal. Hasta ese momento, como médico forense encargado de investigar la muerte de Sue Passero, se encontraba en su derecho de verificar el lugar donde la habían encontrado, así como el Departamento de Urgencias, donde la declararon muerta. Pero ir a su despacho sin motivo era traspasar los límites permitidos. Sabía que debería haber pedido una orden judicial; sin embargo, eso exigía mucho tiempo y no disponía de él si lo obligaban a presentar un certificado de defunción cuanto antes. También se arriesgaba a que la administración del hospital descubriera que había traspasado los límites legales y avisara a Laurie.

Como ya era primera hora de la tarde, la Clínica de Medicina Interna se hallaba tan llena de gente o más que el Departamento de Urgencias. Al igual que las clínicas de todos los hospitales privados, los médicos estaban sobrecargados para maximizar los ingresos de la empresa. La clínica se encontraba saturada todos los días, y a medida que avanzaba la jornada, la cantidad de pacientes que esperaban ser atendidos en visitas supuestamente programadas se multiplicaban. Como había sucedido en el Departamento de Urgencias, Jack tuvo que hacer cola en el mostrador. Cuando le llegó su turno, volvió a enseñar la placa y preguntó si podía hablar con la persona que trabajaba más estrechamente con la doctora Sue Passero. La recepcionista lo dirigió a la oficina de programación para que hablara con Virginia Davenport.

Jack llamó a la puerta. Tras unos segundos en los que nadie respondió, llamó de nuevo un poco más fuerte. Como seguía sin recibir respuesta y vio que la puerta no estaba cerrada con llave, entró. En la sala sin ventanas había cuatro mesas ocupadas por cuatro mujeres de edades diversas. Todas llevaban auriculares y estaban frente a una pantalla de ordenador programando visitas. Al igual que en la oficina de seguridad, ninguna de ellas llevaba mascarilla.

Se dirigió a la mesa más cercana y preguntó por Virginia Davenport. La mujer le señaló a una de sus compañeras sin interrumpir la conversación telefónica que estaba manteniendo.

Jack se acercó a ella y esperó a que terminara su llamada. Cuando esta finalizó, la mujer se quitó los auriculares y lo miró con curiosidad. Jack supuso que no solían recibir visitas en la oficina de programación de la clínica. Al mirarla, dos cosas le llamaron la atención: unos ojos oscuros y penetrantes, y unos dientes tan blancos que estuvo tentado de preguntarle qué marca de pasta de dientes utilizaba.

—Lamento interrumpir —empezó a decirle Jack volviendo a mostrar la placa mientras se presentaba. Le explicó que quería hacerle unas preguntas sobre la doctora Sue Passero.

—¿Es usted el marido de la doctora Laurie Montgomery? —le preguntó Virginia después de repetir su nombre. Lo miraba de soslayo y con cierta sorpresa.

—Sí —le contestó Jack. Hizo una mueca mentalmente ante la inesperada pregunta en la que se mencionaba a Laurie.

—He hablado con su mujer muchas veces —le dijo—. He programado numerosos almuerzos y cenas entre ella y la doctora Passero. Qué sorpresa conocerlo.

—Qué pequeño es el mundo —le comentó Jack intentando adoptar un tono despreocupado—. ¿Podemos hablar un instante en algún sitio, si tiene tiempo? Si está muy ocupada, podría volver en otro momento. —El murmullo de las conversaciones lo distraía.

—No, ahora está bien. Siempre tenemos mucho trabajo. Podemos ir al despacho de la doctora Passero, si le parece bien.

—Perfecto —le contestó Jack.

Su objetivo era ver el despacho de Sue. Su cuestionable justificación era verificar si tenía allí insulina y, de ser así, si todo parecía normal.

Después de decirles a sus compañeras adónde iba y coger una mascarilla, Virginia salió con él de la oficina de programación, cruzaron la abarrotada sala de espera, recorrieron un pasillo y al final se detuvieron en una puerta cerrada sin identificación. Sacó unas llaves, la abrió y se hizo a un lado para dejar pasar a Jack. Entró detrás de él y cerró la puerta. En el despacho reinaba un repentino y agradable silencio.

Era una habitación pequeña con una ventana que daba a un patio interior. Había espacio para una mesa anodina, una silla de oficina, una silla de lectura y una pequeña estantería. En la parte superior de la estantería había una colección de fotos familiares, en su mayoría de los hijos de Sue a distintas edades. En la mesa había una pantalla y varios sujetalibros que sostenían carpetas de colores vivos, cada una con sus gomas a juego. El despacho era funcional y estaba ordenado.

—Ante todo permítame darle mi más sincero pésame por la muerte de la doctora Passero —empezó a decirle Jack acercándose a la mesa.

—Gracias —le contestó ella—. Ha sido un golpe terrible para todos nosotros y especialmente para mí. Soy la empleada de programación más veterana y trabajaba en estrecha colaboración con la doctora Passero, casi como su asistente. Por eso he hablado tantas veces con su mujer. La doctora Passero y ella eran muy amigas.

—Puedo asegurarle que la muerte de la doctora también ha sido un golpe terrible para mi mujer —le comentó Jack—. ¿Cómo era el estado de salud en general de la doctora Passero? ¿Había tenido algún problema últimamente? —Miró las etiquetas de las carpetas. Cada una parecía estar etiquetada con el nombre de un comité del hospital.

—Estaba perfecta, que yo sepa —le contestó Virginia. Se sentó en el borde de la silla de lectura, con las piernas recatadamente inclinadas hacia un lado. Llevaba unos pantalones oscuros, un jersey y una larga bata blanca—. Había empezado a ir al gimnasio tres veces por semana ahora que habían vuelto a abrirlo.

—¿Y su diabetes? —le preguntó—. ¿Sabe si era estable?

—Sí, por lo que yo sé. Era muy cuidadosa.

—¿Tenía insulina aquí?

—Claro. Está en el armario, detrás de usted.

Jack se volvió y abrió la puerta del armario. Dentro había

varias batas blancas muy almidonadas colgadas en perchas. A un lado, en la parte de abajo, había un pequeño frigorífico. Lo abrió y miró los viales de insulina. Era evidente que todo estaba en orden. Incluso las etiquetas estaban alineadas. No tenía sentido que su muerte se hubiera debido a una confusión accidental de medicamentos. No es que Jack se lo hubiera planteado en serio, pero era otro dato que podía tachar de su lista mental.

Estaba cerrando la puerta del frigorífico cuando contuvo el aliento al sentir que el teléfono le vibraba en el bolsillo. Lo sacó, inquieto, y miró la pantalla. Se sintió aliviado al ver que era John DeVries, jefe del Departamento de Toxicología.

—Discúlpeme —le dijo a Virginia mientras contestaba la llamada.

Ella le indicó con un gesto que lo entendía.

—Tengo novedades sobre el caso Passero y quería contártelas cuanto antes —le dijo John—. No hay cetoacidosis y tampoco hiperglucemia ni hipoglucemia, lo que significa que no es necesario verificar su fuente de insulina ni sus niveles.

—¿Qué me dices de la prueba general de drogas? —le preguntó Jack.

—Madre mía, eres imposible —bromeó John—. Nunca estás satisfecho. Lo demás sigue pendiente. Te avisaré en cuanto tengamos las respuestas.

Después de volverse a meter el teléfono en el bolsillo, Jack se disculpó de nuevo con Virginia por haber atendido la llamada y le comentó que tenía que ver con la doctora Passero. Después le preguntó si sabía quién era su médico de familia.

—La doctora Camelia Gomez. Es internista en el Hospital Universitario y especialista en diabetes. Si quiere, puedo darle su número.

—No es necesario. Seguro que puedo encontrarlo —le dijo—. ¿Sabe si la doctora Passero la había visto recientemente?

—Lo dudo —le contestó Virginia—. Solía concertar yo las visitas y la última vez que lo hice fue hace unos seis meses.

—¿Le importa que eche un vistazo a estas carpetas y a los cajones de la doctora Passero?

Virginia se encogió de hombros.

—No me importa. Como quiera. Pero ¿por qué? Seguramente yo podría responder a cualquiera de sus preguntas. ¿Qué más quiere saber?

—Para serle sincero, está costándome un poco determinar la causa exacta de la muerte —admitió Jack—. Sabía que era poco probable que la descubriera aquí, pero creí que quizá había una pequeña posibilidad de encontrar notas suyas o algo que sugiriera que estaba preocupada por algún problema de salud personal que no había comentado con nadie.

—Nos dijeron que tuvo un ataque al corazón —le dijo Virginia, confundida—. ¿No es esa la causa del fallecimiento?

—Seguramente sí —le contestó Jack—. Aún no tenemos los resultados de las pruebas. Solo quiero asegurarme de ser lo más concreto posible. Mi mujer quiere conocer todos los detalles para hablar con su familia, en especial con sus hijos, que ahora también son médicos.

—Por favor, mire todo lo que quiera —le dijo Virginia—. Yo hacía todas las copias de la doctora Passero, que siempre fueron muchas por sus responsabilidades en los comités del hospital. Además, ella era de la vieja escuela en cuanto a tener copias impresas. Puedo asegurarle que nunca se ha tratado de ninguna enfermedad ni de síntomas que le preocuparan. Pero, hablando de su familia…, quizá debería saber que el marido de la doctora Passero ha estado aquí, ha echado un vistazo a la mesa y creo que se ha llevado algunos objetos personales de su mujer.

Jack, que se disponía a echar un vistazo al cajón central de la mesa, se quedó inmóvil y levantó la mirada hacia ella muy despacio. No estaba seguro de haberla oído bien.

—¿Ha dicho que Abraham ya ha estado aquí?

—Sí, esta mañana, bastante temprano. Todavía estábamos preparándonos para abrir.

—Qué curioso —dijo Jack y de inmediato pensó en el tema del seguro de vida y sus implicaciones. Pero en cuanto se le pasó por la cabeza, lo descartó. La idea de que Abby hubiera contratado un seguro de vida para su mujer y después la hubiera asesinado era absurda. Lo mismo que la idea de que Sue estuviera involucrada en algún plan perverso, esperando que finalizara el periodo de carencia, y después se suicidara de alguna manera indetectable.

Jack se pasó los dedos por el pelo un par de veces, lo que solía hacer para reiniciar su cerebro, y le preguntó:

—¿Por casualidad se ha fijado en si se ha llevado muchas cosas?

—No sé si se ha llevado algo porque no lo he visto marcharse —le contestó Virginia—. Pero, por lo que veo, no lo parece. Bueno, todas las fotos de sus hijos siguen en la estantería.

—Me he fijado en las fotos nada más entrar —le dijo.

Jack se encogió de hombros preguntándose por qué Abby había considerado prioritario ir al despacho a recoger objetos personales, sobre todo teniendo en cuenta que había dejado todas las fotos. Como médico forense en constante relación con la muerte, Jack era muy consciente de que el dolor por el fallecimiento de un miembro de la familia, en especial la pareja, dejaba a la mayoría de las personas paralizadas. ¿Y por qué iba a hacer Abby el esfuerzo de ir al despacho y dejar el BMW en el aparcamiento?

—Cambiando de tema, permítame que le haga una pregunta —le dijo Jack—. ¿Cuál era el estado de ánimo de la doctora Passero en los últimos tiempos? ¿Parecía deprimida durante el último mes?

—En absoluto —le contestó Virginia sin dudarlo—. La doctora Passero nunca se deprimía. Estaba siempre demasiado ocupada para deprimirse. Incluso insistía en venir casi todos los sábados, aunque la clínica estuviera cerrada. Venía únicamente para visitar a los pacientes a los que no podía ver durante la semana, pero sentía que necesitaban que los atendiera. No me parecía bien dejarla aquí sola, de manera que yo también venía.

—A veces la depresión puede ser imperceptible —le sugirió Jack mientras miraba los cajones de uno en uno.

—Soy consciente de ello —le dijo Virginia—. De hecho, seguramente soy más consciente que la mayoría de las personas. Tengo un máster en psicología y sé bastante sobre depresión. En todo caso, la doctora Passero no solo no mostraba síntomas de depresión, sino que en los últimos tiempos estaba muy animada. Estaba, digamos, muy entusiasmada con muchos temas relacionados con los comités y haciendo campaña a pesar de lo ocupada que estaba con los pacientes.

—Me he fijado en estas carpetas —le dijo Jack dirigiendo la atención a la mesa.

Sacó un par de carpetas en cuyas etiquetas se podía leer COMITÉ DE CUMPLIMIENTO y COMITÉ DE CONTROL DE INFECCIONES. Les echó un vistazo. Las dos estaban llenas de programas de reuniones y copias de historiales médicos, así como de correos electrónicos que Sue había enviado a miembros del comité sobre diversos temas. Era evidente que Sue había sido un miembro muy activo, como acababa de comentarle Virginia.

—¿Para qué hacía campaña? —le preguntó Jack dejando las dos carpetas en su sitio. Después sacó otra cuya etiqueta decía ARTÍCULOS DE INTERÉS SOBRE MORTALIDAD HOSPITALARIA. Retiró la goma y la abrió.

—Sobre todo para dos puestos que deseaba mucho —le contestó Virginia—. En primer lugar, el Grupo de Trabajo de Mortalidad y Morbilidad, que era un subcomité del Comité de Mortalidad y Morbilidad, del cual ya era miembro. El segundo era convertirse en miembro de la junta del hospital. Llevaba casi un año haciendo lo posible por unirse a ambos, y era frustrante para ella.

—¡Vaya! —exclamó. La miró, sorprendido—. ¿La doctora Passero estaba intentando entrar en la junta del hospital? No lo tenía fácil, sobre todo siendo una trabajadora de primera línea que atendía a pacientes.

AmeriCare Corporation, la propietaria del Manhattan Memorial Hospital, supuestamente sin ánimo de lucro, estaba controlada por un grupo de capital privado, que exigía una mayor rentabilidad. La forma más rápida de conseguirla era subir los precios y reducir al máximo los costes despidiendo a un grupo de enfermeros muy bien pagados, en especial los de mayor antigüedad. El *New York Times* había publicado un extenso artículo al respecto.

—Ella sabía que era muy complicado —le dijo Virginia—, pero eso no la disuadió de intentarlo. Le horrorizaba que el hospital redujera la proporción de enfermeros por paciente, porque creía que con ello la atención al paciente se resentía. Estaba intentando revertir la tendencia.

—No hay la menor duda de que reducir el personal de enfermería afecta negativamente los resultados de los pacientes —le dijo Jack—. Pero me cuesta imaginar que a la administración le gustara la idea de que ella estuviera en la junta.

Esta información estaba dando un nuevo giro a su pensamiento. Siempre había creído que a Sue Passero la apreciaba todo el mundo. Al parecer no era del todo cierto.

—Eso es quedarse corto —admitió Virginia—. La doctora Passero tenía frecuentes enfrentamientos con varias personas por su activismo, en especial con Peter Alinsky, uno de los vicepresidentes ejecutivos a cargo de las clínicas ambulatorias, que también dirige el Comité de Reorganización de Pacientes Ambulatorios, otro comité del que la doctora Passero era miembro. La doctora intercambiaba con él correos electrónicos poco amables sobre todo tipo de temas. Lo sé porque yo los imprimía todos para sus archivos. Y por si fuera poco, el señor Alinsky también era el principal opositor para que ella se uniera al Grupo de Trabajo de Mortalidad y Morbilidad, del que también era miembro, junto con un cirujano y un anestesiólogo que compartían sus puntos de vista sobre la doctora Passero. Alinsky era, en muchos aspectos, la bestia negra de la doctora Passero.

—¡Vaya! —exclamó Jack—. Todo esto es nuevo para mí. Creía que la doctora Passero era un miembro especialmente querido y muy respetado del MMH. —Recordó que acababa de escuchar a la doctora Carol Sidoti cantando las alabanzas de Sue.

—No me malinterprete. La adoraban, de verdad, pero sobre todo la comunidad clínica, en especial el Departamento de Medicina Interna, y por supuesto todos sus pacientes. Desde mi punto de vista, era de lejos la doctora más respetada. Por desgracia, eso no se extendía a determinados sectores de la administración, y los sentimientos eran mutuos.

—Sí, lo entiendo —le dijo—. Nunca me ha entusiasmado la administración del MMH ni su empresa matriz, AmeriCare. Pero volviendo a ese grupo de trabajo al que quería unirse: ¿qué es o cuál es su función? Nunca había oído hablar de él, aunque conozco el Comité de Mortalidad y Morbilidad. Incluso estuve una temporada en uno.

—No sé mucho del tema, pero, por lo que decía la doctora Passero, se trata de un pequeño comité cuya función principal es decidir qué muertes o casos con desenlace adverso presentan los residentes al Comité de Mortalidad y Morbilidad. No se presentan todos. También genera el índice de mortalidad del hospital, que, si le soy sincera, nunca he acabado de entender. Pero la doctora Passero lo entendía y le interesaba mucho. Me explicó que es la estadística que utilizan el hospital y el Comité de Mortalidad y Morbilidad para mantener su acreditación, y por eso quería asegurarse de que fuera exacta.

—Creo que tampoco he oído hablar del índice de mortalidad —le comentó Jack.

Anotó mentalmente que debía buscarlo mientras volvía a dirigir la atención a la carpeta que tenía en las manos, ARTÍCULOS DE INTERÉS SOBRE MORTALIDAD HOSPITALARIA. Sacó el contenido y observó que eran fotocopias de artículos, algunos de revistas médicas y otros de periódicos y revistas. El primero era un impactante informe publicado por el Instituto de Medicina en 1999 que se titulaba «Errar es humano». Estaba muy subrayado. Jack lo recordaba muy bien, como cualquiera que lo hubiera leído, porque revelaba el inquietante dato de que entre 44.000 y 98.000 personas morían en hospitales estadounidenses cada año a causa de errores médicos evitables.

—Este es el artículo que animó a la doctora Passero a involucrarse tanto en el trabajo de su comité —le explicó Virginia. Se levantó de la silla—. Al menos es lo que me dijo cuando llegué. En los diez años que llevo aquí, la doctora Passero nunca ha dejado de defender a los pacientes. Todos vamos a echarla mucho de menos. Y hablando de echar de menos, será mejor que vuelva con mi equipo. La doctora Passero atendía a más pacientes que cualquier otro médico, así que reprogramar sus visitas nos llevará semanas, si no un mes. Va a ser difícil sustituirla y la echaremos en falta en muchísimos aspectos.

—Seguro que sí —le dijo Jack—. ¿Le importa que me quede un poco más?

—Por supuesto que no —le contestó—. Quédese todo el tiempo que quiera. Estaré en la oficina de programación si desea hacerme alguna pregunta más.

—Gracias —le dijo Jack—. Le agradezco mucho su ayuda.

—No hay de qué —le contestó Virginia antes de salir del despacho.

11

Aprovechando que estaba solo, Jack se quitó la mascarilla y la dejó a un lado. Después volvió a hojear los artículos que tenía en las manos y admitió que eran suficientes para deprimir a cualquier persona a la que le interesara el bienestar de los pacientes, aunque también para motivarla. Había casos de muertes hospitalarias lamentables debido a toda una serie de circunstancias inexcusables y a errores graves como sobredosis de medicamentos, administración de fármacos y operaciones a pacientes equivocados, o en órganos o extremidades que no necesitaban intervención. Era una letanía de historias de terror en hospitales.

Debajo de estos artículos había otro grupo separado con una pesada pinza de metal. También eran casos impactantes, pero de un tipo concreto de muertes: las causadas por asesinos en serie que habían formado parte del personal sanitario. Jack reconoció de inmediato el primer artículo. Era uno del *New York Times* publicado hacía poco más de un mes sobre un enfermero de Texas que había matado a varios pacientes de cuidados intensivos cardiacos inyectándoles aire, lo que les había provocado un accidente cerebrovascular. Había otros artículos horribles, varios de ellos debido a la gran cantidad de pacientes involucrados. Uno era sobre un médico del Reino Unido y otro sobre un enfermero de New Jersey, ambos responsables de cientos de muertes. Mientras echaba un vistazo a los artículos, se dio cuenta de que no tenía ni idea de la magnitud del problema y se preguntó a cuántos asesinos en serie que trabajaban en hospitales no habían descubierto. La idea de que un individuo optara por dedicarse profesionalmente a curar a personas y acabara matándolas le parecía pérfida. Como médico, le resultaba vergonzoso e inconcebible.

Un caso que conocía bien era el de una enfermera llamada Jasmine Rakoczi. Le habían pagado para que eliminara a pacientes postoperatorios portadores de mutaciones genéticas que los hacían susceptibles a futuras enfermedades graves, lo que en última instancia habría costado millones de dólares a la compañía de seguros de salud. Era la misma enfermera a la que había recordado con inquietud mientras cruzaba el puente peatonal con el jefe de seguridad. La que le había disparado a él y había intentado matar a Laurie por haberla descubierto.

En ese momento Jack encontró otro grupo de artículos separados con una pinza de metal más pequeña. Parecían sobre todo de revistas de psicología y comentaban casos de asesinos en serie en hospitales desde el punto de vista del móvil. Al echar un vistazo a los títulos vio que comentaban temas como el asesinato por piedad, casos en los que los asesinos creían hasta cierto punto que estaban evitando a los pacientes los estragos de enfermedades terminales. Otros trataban sobre asesinos héroes, que de forma deliberada ponían en peligro a pacientes para atribuirse el mérito de salvarlos. Incluso vio un artículo sobre el síndrome de Munchausen por poderes. Sintió curiosidad por las razones por las que Sue Passero había incluido este artículo, así que lo leyó rápidamente. Comentaba el caso de una enfermera a la que habían condenado por haber matado durante años a niños que estaban bajo su cuidado creándoles enfermedades que habían requerido múltiples ingresos en el hospital donde trabajaba.

De repente la puerta del pasillo se abrió de golpe, lo que provocó que Jack se sobresaltara, y tres personas irrumpieron en el despacho, todas con mascarilla. La primera era una mujer alta, bronceada y llamativa, con fríos ojos de color azul y pelo castaño liso hasta los hombros. Iba impecablemente vestida con un traje chaqueta azul oscuro y una blusa blanca con el cuello abierto.

—¿Es usted el doctor John Stapleton? —le preguntó con autoridad y con los brazos en jarras.

—Prefiero que me llamen Jack —le contestó él cogiendo la mascarilla y poniéndosela.

Detrás de la mujer había un hombre de baja estatura con una larga bata blanca. Jack vio que de los bolsillos sobresalían tubos de cultivo y otros objetos de laboratorio, lo que le dio una idea de quién era.

—¿Sería tan amable de explicarme qué está haciendo en este despacho sin previo aviso y a solas, revisando documentos privados? —le preguntó la mujer.

—Disfrutando de un poco de lectura en calma —le contestó Jack en tono sarcástico, aunque al instante se arrepintió de ello. Lo último que quería era causar problemas que pudieran llegar a oídos de Laurie, pero no había podido evitarlo. El tono autoritario de la mujer lo había pillado por sorpresa, y el sarcasmo era instintivo en él.

—Esta respuesta me lleva a pensar que su preocupación estaba justificada, doctor Cheveau —le dijo la mujer al hombre de baja estatura, y a continuación se dirigió al más alto—: Señor Alinsky, creo que debería llamar a seguridad, como ha sugerido, y pedir que acompañen al doctor Stapleton a la salida del centro.

Jack reaccionó al oír el nombre de Alinsky, al que Virginia había descrito como la bestia negra de Sue.

—He venido como forense que investiga oficialmente la muerte de la doctora Susan Passero —les explicó.

Dejó los artículos en la mesa y se levantó sin dejar de mirar a Alinsky mientras el hombre se apartaba con el teléfono en la mano, probablemente para llamar a seguridad. Jack sintió el impulso de hacerle algunas preguntas.

—El ataque al corazón de la doctora Passero se produjo en el aparcamiento —dijo la mujer dirigiéndose de nuevo a Jack—. No murió en este despacho. Anoche colaboramos al máximo con un investigador médico legal de la OCME. Hace unos minutos me he enterado de que usted había venido a vernos y estaba haciendo preguntas. Lo he consultado con el abogado del hospital y me ha dicho que para estar aquí necesitaría una orden judicial, y que para que se la concedieran debería tener un motivo razonable. Como mínimo podría haber tenido la deferencia de pedir permiso a la administración. Seguramente se lo habrían dado, ya que el doctor Cheveau me ha dicho que en el pasado prestó un importante servicio a esta institución.

—Lamento discrepar —le replicó Jack—. Fue más que un servicio. Descubrí a una asistente de laboratorio empeñada en propagar enfermedades infecciosas a pacientes con la intención de crear una epidemia.

—Sí, eso me han dicho, y reconozco su mérito —le dijo la mujer—. Pero, según el doctor Cheveau, también provocó serios problemas en el hospital y enfrentamientos con varios miembros del personal. Como dice el doctor Cheveau, es usted una mosca cojonera.

—Como si él fuera una autoridad evaluando caracteres —le replicó Jack poniendo los ojos en blanco—. El doctor Cheveau era en última instancia responsable de haber permitido que su técnica de laboratorio llevara meses realizando intervenciones letales delante de sus narices. En cualquier caso, ¿quién es usted?

—Para su información, me llamo Marsha Schechter y soy la presidenta de este hospital desde que Charles Kelley, que en paz descanse, nos dejó.

Jack miró a la impresionante mujer y se preguntó si ser alto, estar bronceado y tener aspecto aristocrático eran requisitos para que la junta del hospital o los poderes fácticos de AmeriCare te eligieran como presidente del MMH. Aunque de géneros distintos, Marsha Schechter y Charles Kelley parecían salidos del mismo molde.

—Quiero estar absolutamente segura de que esta vez no creará problemas —siguió diciéndole Marsha—. Para el hospital ya es bastante difícil manejar la prematura muerte de la doctora Passero sin que nos lo compliquen más. ¿Ha quedado claro?

—No tengo intención de causar ningún problema —le explicó Jack—. Solo quiero asegurarme de que a los médicos forenses no se nos pasa nada por alto.

—¿A qué se refiere exactamente? La doctora Passero murió de un infarto. ¿No es cierto?

—Aún no hemos determinado la causa ni la manera de la muerte —le contestó Jack de forma evasiva.

Mientras hablaba, observó que Alinsky había concluido su llamada telefónica. Jack lo miró y le preguntó si se llamaba Peter Alinsky. Aunque la pregunta pareció desconcertarlo, le contestó que sí.

—Qué casualidad —dijo Jack—. Dígame, ¿qué tenía usted en contra de que la doctora Passero estuviera en el Grupo de Trabajo de Mortalidad y Morbilidad?

La pregunta de Jack debió de tocarle un nervio sensible, porque el hombre pareció atónito. En lugar de responder, miró a Marsha en busca de ayuda.

—¿Qué demonios tiene que ver el Grupo de Trabajo de Mortalidad y Morbilidad con la muerte de la doctora Passero? —le preguntó Marsha, enfadada y con el ceño muy fruncido, al parecer tan sorprendida como Alinsky.

—No lo sé —le contestó Jack—. Por eso he preguntado.

—Empiezo a entender por qué el doctor Cheveau lo considera una mosca cojonera —le dijo Marsha con una risa breve y frustrada. Era evidente que estaba perdiendo la paciencia—. Nuestro Grupo de Trabajo de Mortalidad y Morbilidad no es asunto suyo ni de la OCME. Sin duda el infarto de la doctora Passero no ha tenido nada que ver con los asuntos internos del hospital. ¿Se le ha ocurrido lo contrario mirando estos papeles privados? —Se inclinó hacia delante y giró varios artículos sobre la mesa para leer los títulos.

—Indirectamente —admitió Jack.

En ese momento llegó David Andrews sin aliento junto con un tipo de seguridad enorme. Los dos llevaban una radio en la mano.

—¿Cuál es el problema, señora Schechter? —preguntó con su imponente voz de barítono.

—Tenemos a un intruso al que el doctor Cheveau ha visto salir del Departamento de Urgencias y quiero que lo acompañen a la puerta.

—Muy bien, señora —le dijo David.

Sin dudarlo, avanzó hasta colocarse delante de Jack. Mientras lo hacía, sin que lo vieran los demás, le puso a Jack los ojos en blanco y después le señaló la puerta.

—Ha sido una fiesta divertida, pero sé cuándo no soy bienvenido —le dijo Jack a Marsha dirigiéndose hacia la puerta.

En cuanto el comentario hubo salido de su boca, se arrepintió de haberlo hecho, porque sabía que la frivolidad solo serviría para empeorar la situación. En última instancia quería evitar que se quejaran oficialmente de su presencia, cosa que ya había sucedido en el pasado, ahora que Laurie era la jefa.

—Cuídese, doctor Stapleton. Tengo ojos y oídos en todas partes —le advirtió Marsha.

Ya en el pasillo y de camino a los ascensores, David le preguntó en voz baja qué demonios había hecho para provocar la ira de la presidenta. El otro guardia de seguridad los seguía en silencio unos pasos atrás.

—Supongo que solo ser yo mismo —le contestó Jack—. La diplomacia no es uno de mis puntos fuertes.

—Pero ¿qué demonios la ha hecho venir y enfrentarse a usted personalmente?

—Supongo que porque he tenido una relación accidentada

con el MMH —le contestó Jack—. Unos me idolatraron y otros me condenaron. Y lo que es más importante: tuve una relación complicada con el presidente anterior, y parece que con esta no va a ser mejor.

—Es una mujer impresionante —le comentó David—. Por lo visto es una gran ejecutiva y la respeto enormemente. Lleva el negocio con mano dura.

—Si le soy sincero, a mí también me ha sorprendido que apareciera —le confesó Jack.

En el fondo, su aparición lo había confundido desde el principio. Al unirlo a la curiosa e inesperada reacción que le había provocado al mencionar el Grupo de Trabajo de Mortalidad y Morbilidad, en concreto a su enérgica negación de que hubiera tenido algo que ver con la muerte de Sue Passero, no pudo evitar sentirse intrigado. Era el tipo de información aleatoria que hacía sonar las alarmas y le sugería la idea de que podría haber alguna misteriosa relación entre la muerte de Sue y ese enigmático comité. Y si el laboratorio de biología forense o los departamentos de Histología y Toxicología no encontraban una causa y un mecanismo que confirmaran la muerte natural, Jack iba a necesitar nuevas ideas.

—¿Cómo va a volver a la OCME? —le preguntó David cuando llegaron al ascensor—. Se lo pregunto solo para saber a qué salida debo llevarlo.

—He venido en bicicleta —le contestó Jack—. La he dejado cerca de la entrada principal. Pero antes tengo que pedirle un favor.

—¿En bicicleta? —le preguntó David, asombrado—. ¿Habla en serio?

—Totalmente —le contestó Jack—. Es mi medio de transporte preferido. No hay que pagar tasas antiatascos, y con el tráfico que hay en esta ciudad y un servicio de metro impredecible, es sin duda la mejor manera de moverse.

—Es la mejor manera de matarse —le replicó David—. Pero

¿qué es eso de un favor? No me meta en problemas con la jefa, por lo que más quiera. Mis órdenes son acompañarlo a la puerta de inmediato.

—No se me ocurriría interponerme entre usted y su espectacular presidenta —lo tranquilizó Jack—. Solo me gustaría volver a ver un momento el coche de la doctora Passero, y en el aparcamiento puedo estar. Quería hacer unas fotos del interior para el informe.

Jack no necesitaba esas fotos, pero asegurarle que sí fue la única excusa que se le ocurrió para conseguir volver al coche. Si al final resultaba que Maureen, John y Naomi no confirmaban que la muerte de Sue había sido natural o accidental, iba a querer volver al MMH para investigar el asunto del Grupo de Trabajo de Mortalidad y Morbilidad, del que se había enterado por pura casualidad. Con su estatus de persona *non grata* iba a necesitar una manera de entrar, así que había pensado en tomar prestada por un tiempo la identificación de Sue Passero, que colgaba de un cordón en el espejo retrovisor del BMW. Sabía que tendría que procurar mantenerse alejado de Marsha Schechter y del doctor Cheveau, y aunque la identificación no llevara su nombre ni su foto, con ella al cuello sería menos probable que su presencia llamara la atención. Creía que si giraba la tarjeta para que no se viera la foto, podría salirse con la suya.

Mientras bajaban en el ascensor, David pidió por la radio a un empleado de seguridad que los esperara en el aparcamiento con el llavero del BMW. Y poco más de veinte minutos después y tras haber vuelto a echar un vistazo al coche, acompañaron a Jack sin contemplaciones a la entrada principal del hospital.

12

Después de girar por la Segunda Avenida hacia la calle 30, Jack sintió cómo el teléfono le vibraba en el bolsillo. Teniendo en cuenta que eran más de las dos de la tarde, lo que significaba que había salido de la OCME hacía más de dos horas, le pareció prudente ver quién lo llamaba. Frenó la bicicleta, se detuvo a un lado de la carretera, junto a una boca de incendios y, en cuanto consiguió sacarse el teléfono del bolsillo trasero, miró la pantalla. Para su consternación, era Laurie.

Tras dudar un instante sobre si contestar o esperar a volver a la OCME, que solo sería cuestión de minutos, descolgó. Por desgracia, en ese momento una sirena con un fuerte efecto Doppler pasaba detrás de él por la Segunda Avenida, lo que provocó que Laurie empezara la conversación preguntándole dónde estaba.

—He salido un momento —le contestó de forma evasiva—. Quería llevar las muestras de Sue al laboratorio de biología forense lo antes posible, pero ya estoy volviendo y llegaré en unos minutos.

Jack no solía mentir, pero tampoco tenía ningún problema en no ser del todo sincero para evitar meterse en líos.

—Te agradezco que le des prioridad a este caso —le dijo Laurie—. De todos modos, ¿puedes pasarte por mi despacho cuando llegues? He mantenido otra larga conversación con Abby y me gustaría comentarla contigo.

—Claro —le contestó Jack en tono amable.

Después de meterse de nuevo el teléfono en el bolsillo, hizo el resto del trayecto a toda prisa. Dejó la bicicleta en su sitio habitual, saludó al guardia de seguridad y a los dos técnicos mortuorios de la morgue y subió los escalones de dos en dos hasta el primer piso. Como de costumbre, Cheryl Stanford estaba hablando por teléfono con los auriculares puestos. Jack le señaló la puerta del despacho de Laurie. Ella asintió y le levantó el pulgar para indicarle que Laurie estaba sola.

Cuando entró se encontró a su mujer tal y como la había dejado unas seis horas antes, sentada detrás de su enorme mesa contemplando los planos arquitectónicos. Jack se dejó caer en el colorido sofá, como solía hacer.

—Antes que nada, déjame decirte que Abby está destrozado —le dijo Laurie levantando los ojos hacia él y reclinándose en la silla—. Me ha quedado del todo claro después de esta segunda conversación con él, así que estoy segura de que nuestras ideas de película de serie B sobre que quisiera estafar a la compañía de seguros están fuera de lugar.

Él asintió, pero no dijo nada. Estaba pensando en el paso de Abby por el despacho de Sue a primera hora de la mañana y se preguntó si le habría dicho algo al respecto a Laurie durante su conversación telefónica. Aunque Jack quería comentárselo, no sabía cómo hacerlo sin desvelar que había estado investigando en el MMH.

—Hemos charlado mucho rato de la necesidad de hacer la autopsia —siguió diciéndole Laurie—. Y cuando le he contado que ya estaba terminada, se ha calmado y me ha dicho que lo que más le preocupaba era que el entierro se celebrara antes de veinticuatro horas, lo que coincide con lo que te he dicho esta mañana. Así que tema zanjado.

—Me alegro —le dijo Jack. Seguía pensando en alguna forma

de comentarle el extraño paso del hombre por el despacho de su mujer.

—También hemos hablado de su religión —añadió Laurie—. Le he dicho que no sabíamos que era musulmán.

—¿Y qué te ha contestado? —le preguntó. En el fondo, también este detalle alimentaba su inquietud.

—Me ha dicho que creía que todo el mundo lo daba por sentado, porque todos sabían que había crecido en Egipto, donde más del noventa por ciento de la población es musulmana. También me ha explicado que su reserva se debía a que al principio de su relación con Sue habían llegado al acuerdo de que no impondrían sus creencias religiosas al otro. Sue había crecido en una familia bautista del sur. También habían decidido que no obligarían a sus hijos a adoptar ninguna de las dos religiones, sino que dejarían que decidieran por sí mismos después de haber vivido de cerca ambas.

—Aleluya —le dijo Jack—. Ojalá todo el mundo fuera tan razonable. ¿Por casualidad te ha comentado lo que decidieron Nadia y Jamal? Tuvieron una oportunidad única.

—Curiosamente, ambos son agnósticos. Es evidente que ninguna de las dos religiones ganó, al menos hasta ahora.

—Interesante —le comentó Jack en tono distraído—. Cambiando un poco de tema, ya he tenido noticias de John. Toxicología no ha encontrado cetoacidosis y los niveles de glucosa son normales. Sue tenía la diabetes controlada, como tú suponías.

—Lo único que me sorprende es lo rápido que has conseguido los resultados. ¿Cómo te las has arreglado para azuzar a John?

Jack se rio.

—No ha sido difícil. Es un hombre nuevo con su flamante laboratorio y un despacho de verdad. No tiene nada que ver con la persona irascible que era antes.

—Volviendo a Abby —le dijo Laurie—, le he asegurado que recibiría noticias tuyas de inmediato sobre los resultados de la autopsia. Cheryl tiene su número de móvil, así que pídeselo y llámalo.

—El problema es que no tengo mucho que contarle —le contestó—. Después de haber insistido en hacer la autopsia en contra de su voluntad, no sé cómo decirle que el estado de salud de su mujer era totalmente normal. No hay explicación para su muerte.

—No lo hagas más difícil de lo necesario —le replicó Laurie, que empezaba a mostrarse impaciente. Con todo el estrés y las presiones administrativas a las que se enfrentaba, era algo que le ocurría con frecuencia a medida que sus conversaciones con cualquiera se alargaban. Como jefa, tenía que lidiar con uno o más problemas urgentes desde primera hora de la mañana hasta que apagaba la luz por la noche—. Soluciónalo como quieras, pero llámalo. También le he dicho que eres el responsable de entregar el cuerpo de Sue al servicio funerario, y que lo harías hoy para que puedan celebrar el entierro.

—No sé si puedo entregar el cuerpo —le replicó Jack.

Laurie gimió, se inclinó hacia delante y apoyó la cara en las palmas de las manos y los codos en la mesa. Respiró hondo un par de veces mientras se frotaba los ojos con las puntas de los dedos. Cuando lo miró, tenía los ojos rojos y tuvo que parpadear un par de veces.

—No estoy pidiéndote la luna —le dijo en tono cansado y contenido.

—La luna quizá no, pero es importante —le contestó Jack—. Esta mañana, cuando lo hemos comentado, te he dicho que tenía problemas con la causa y la manera de la muerte y con lo que iba a poner en el certificado de defunción, suponiendo que no consiga algo convincente de Maureen, John o Naomi, lo que me parece muy probable. Llámalo intuición forense. ¿Qué tipo de muerte me queda si no es natural, accidental ni suicidio? Te diré la que me queda… ¡homicidio!

—No me digas que sigues pensando en el tema del seguro —le dijo Laurie.

—No lo he descartado del todo —admitió Jack.

—Pues deberías —le dijo ella—. Abby lo ha mencionado cuando me ha explicado que necesitaba el certificado de defunción. Me ha dicho que habían contratado el seguro de vida porque Sue había insistido en tener un respaldo para pagar la cara formación médica de sus hijos si por alguna razón ella perdía su sueldo. Me ha asegurado que él nunca creyó que fueran a necesitarlo y se ha atragantado cuando me ha dicho que ella tenía razón.

—Todo eso tiene sentido —admitió Jack—, pero, mira, no me interesa demasiado el por qué ni el quién, ni me interesará hasta que haya descubierto el cómo. Me he centrado en descubrir la causa real y cómo se ha producido la muerte, y estoy totalmente bloqueado. El único hallazgo más o menos positivo ha sido el edema pulmonar leve. Dado que ambos estamos bastante seguros de que Sue no consumía drogas, quizá alguien le pasó algo como fentanilo. Sé que parezco desesperado, pero te pido que entiendas mi dilema, porque no voy a firmar la muerte como indeterminada. Eso es escurrir el bulto.

—Si ha sido por fentanilo, toxicología lo encontrará —le contestó Laurie, impaciente.

—Sí, por supuesto, pero no es eso lo que me preocupa. Mi intuición me dice que John no lo encontrará. Te lo comento porque estoy desesperado. Saco una posibilidad de la nada, por improbable que sea, porque en este caso hay algo raro. Estoy convencido. El problema es si puedo entregar el cuerpo con la conciencia tranquila. ¿Qué pasa si aparece nueva información, si tengo que investigar algo más que no había previsto y ya no tenemos el cuerpo?

—Madre mía —se quejó Laurie—. ¡Estás dándole demasiadas vueltas! Dime, ¿has tomado muestras de todo, de todos los órganos, líquidos y demás?

—Sí, claro.

—Pues listos. Eso debería cubrir casi cualquier contingencia.

—Ojalá estuviera tan seguro como tú.

—¡Limítate a solucionarlo! —le ordenó con evidente exasperación—. Me encantaría implicarme más, pero he conseguido organizar una presentación esta tarde con el alcalde electo y su equipo para explicarles por qué nuestro presupuesto y la nueva sala de autopsias están justificados. Será en el auditorio principal del 421 dentro de una hora, y acabo de empezar a prepararla.

—De acuerdo —le contestó Jack encogiéndose de hombros con resignación mientras se levantaba.

—Como te he dicho antes, el certificado de defunción puede modificarse si se dispone de nueva información. —Laurie dirigió su atención a la pantalla del ordenador.

—Sí, claro —le dijo Jack sin entusiasmo—. Buena suerte con el alcalde.

Mientras se dirigía a la puerta, se preguntó una vez más por qué la había animado a aceptar el puesto de jefa.

13

Al salir del despacho de Laurie, Jack casi se topó con George Fontworth, el subdirector, que había estado esperando a que se marchara. Dieron unos pequeños pasos de baile para rodearse. Para empeorar las cosas, George llevaba un montón de folletos de la OCME contra el pecho.

Jack se detuvo en la mesa de Cheryl. Aunque la secretaria estaba hablando por teléfono, había previsto que él iba a necesitar el número de móvil de Abby y se lo tendió sin que se lo hubiera pedido. Él cogió el papel y articuló un gracias. Cheryl le respondió volviendo a levantar el pulgar sin interrumpir su conversación.

Después de haber dado un rodeo para comprar una chocolatina en una de las máquinas expendedoras del comedor del segundo piso, Jack subió a su despacho. Allí se quitó la chaqueta, se sentó a su mesa y dejó el número de teléfono de Abby delante de él. Lo miró fijamente un rato, se debatió entre llamarlo o no, y al final lo pospuso. Pero, mientras se comía la chocolatina, llamó al Hospital Universitario, donde el padre de Laurie había sido uno de los mejores cirujanos cardiacos. Cuando la operadora le contestó, se identificó como el doctor Stapleton y pidió hablar con la doctora Camelia Gomez.

Jack tardó mucho en hablar con ella, porque tuvo que pasar

por distintos operadores de diferentes clínicas, y cada vez lo dejaban en espera un buen rato. No le sorprendió, ya que sabía que la medicina estadounidense había elaborado múltiples formas de proteger a los médicos del contacto con el mundo exterior. Mientras esperaba, intentó pensar en cómo iba a proceder con el caso Passero. Entendía la postura de Laurie, que había sido muy amiga de Sue y quería ayudar todo lo posible a su marido, y la respetaba. También admitía que Laurie tenía razón en que había tomado muestras de todos los tejidos y fluidos que se le habían ocurrido durante la autopsia, así que le costaba imaginar una circunstancia en la que tuviera que volver a hacerla. Por lo tanto, decidió cumplir la orden de Laurie y entregar el cuerpo. Pero el problema del certificado de defunción era otro tema. Nunca había firmado una muerte indeterminada, y no iba a hacerlo ahora, dijera Laurie lo que dijese. Para él era una cuestión de integridad profesional.

La paciencia de Jack tuvo su recompensa y al final consiguió hablar con la doctora Gomez. Tras haberse presentado, le dijo que la doctora Susan Passero había muerto la noche anterior.

—Lo siento mucho —le dijo la doctora Gomez—. Lamento enormemente oír esta noticia tan terrible. ¿Qué ha pasado?

—Aún no hemos determinado la causa de la muerte —le contestó Jack—, por eso la llamo. Como médicos forenses, tenemos derecho a consultar el historial médico si es necesario.

—Por supuesto. Lo entiendo.

—Lo que necesitamos saber es si alguna vez tuvo problemas o síntomas cardiacos, que usted sepa.

—No lo creo —le respondió la doctora Gomez—, pero deme un momento para consultar su historial en nuestro sistema.

—Desde luego —le dijo.

Durante la breve pausa oyó cómo la mujer tecleaba.

—No me ha fallado la memoria —le confirmó la doctora Gomez—. No tuvo problemas cardiacos. Incluso el último electrocardiograma, que le hicieron hace poco, es totalmente normal. En nuestra opinión, la doctora Passero gozaba de una excelente salud cardiovascular. Tampoco tenía ningún indicio de retinopatía diabética. Lo comprobamos mediante una consulta oftalmológica y una prueba de fluoresceína.

—Gracias por su ayuda —le dijo Jack.

Colgó y lanzó el móvil a un lado de la mesa. Ni siquiera había pensado en preguntarle por el estado de la retina. Sin retinopatía, las posibilidades de que tuviera una enfermedad de las arterias coronarias eran casi nulas, lo que significaba que histología no iba a ayudarlo a descubrir cómo se había producido la muerte. Solo quedaban toxicología y el laboratorio de ADN, y no tenía esperanzas.

Como ya no tenía excusa para seguir posponiendo la llamada a Abby, Jack cogió el teléfono y se acercó el papel que Cheryl le había dado para poder leer el número. No le apetecía llamarlo por muchas razones, pero la más importante era que le recordaba la peor llamada que había recibido en su vida. Había sido una llamada de un pequeño hospital rural de Illinois informándole de que su mujer y sus hijas habían muerto en un accidente aéreo después de haber ido a verlo a Chicago, donde estaba haciendo su segunda residencia, esta vez en patología forense.

«¡Contrólate!», se dijo a sí mismo mientras marcaba el número. Casi esperaba que Abby no respondiera, pero lo hizo, y de una manera que Jack no había previsto.

—Gracias por llamarme, Jack —le dijo Abby de inmediato con voz triste y titubeante, sin haberlo saludado siquiera. Al parecer tenía memorizado su número en el teléfono—. Supongo que no debe de ser fácil para ti hacer esta llamada porque seguramente te traerá recuerdos muy dolorosos. —Abby tenía un ligero y refinado acento inglés. Aunque había crecido en Egipto, antes de trasladarse a Estados Unidos para ir la universidad había estado en un internado en Inglaterra.

Jack tardó unos segundos en volver en sí. Estaba escuchando a un hombre que sin duda estaba sufriendo mucho, pero que empatizaba con otra persona y sus experiencias. Jack había contado la triste historia de su vida anterior a Sue y Abby una noche después de varias botellas de vino.

—Lamento muchísimo la muerte de Sue —consiguió decirle.

—Ha sido muy inesperada —le dijo Abby con la voz quebrada—. Todavía no acabo de creérmelo. Era tan vital y estaba tan sana... mucho más que yo. ¿Por qué soy yo el que está aquí y ella se ha ido? Es muy injusto.

—Sé cómo te sientes —le comentó, pero no supo qué más decirle. Era la primera vez en años que se quedaba sin palabras. El sentimiento de culpa por haber contemplado, aunque fuera por un momento, la loca idea de que Abby estuviera involucrado en algún fraude para cobrar el seguro lo tenía avergonzado y sin palabras.

—Laurie me ha dicho que te ocuparías de Sue —siguió diciéndole Abby, que al parecer no se había dado cuenta de la incomodidad de Jack—. Muchas gracias. Estoy seguro de que no es fácil, pero te lo agradezco. También me ha dicho que te las arreglarías para que nos entreguen el cuerpo hoy y así podamos celebrar el entierro. Te lo agradecemos también.

Jack carraspeó, pero aun así su voz salió en un tono más alto del habitual.

—Sí, me las arreglaré. Lo único que tienes que hacer es elegir un servicio funerario y pedirle que nos llamen. Ya saben cómo va.

—Ya he elegido una funeraria —le dijo Abby—. Los llamaré y se lo diré. En fin, lo siento, pero tengo que dejarte. Nadia y Jamal acaban de llegar y, como puedes imaginar, están destrozados. Quiero estar con ellos.

—Por supuesto —le contestó Jack, de nuevo sorprendido. Los giros inesperados de la conversación eran desconcertantes—. Pero antes quería hacerte una pregunta rápida. Hace un rato he hablado con Virginia Davenport y me ha comentado que habías pasado por el despacho de Sue esta mañana. ¿Por alguna razón en concreto?

—Solo por razones sentimentales —le contestó Abby—. Sue amaba su trabajo. Estaba muy implicada. Ha sido una forma de despedirme.

—¿Te has llevado algo?

—No, pero sé que tendré que hacerlo —le contestó Abby—. Ya hablaremos. Y gracias de nuevo.

Jack tardó un momento en darse cuenta de que había colgado. Bajó el teléfono muy despacio. Había esperado que a Abby le interesara la causa exacta de la muerte de Sue, aunque solo fuera para que justificara que le hubieran hecho la autopsia pese a sus objeciones, pero no le había preguntado nada, lo que le hizo cuestionarse de nuevo si el fraude para cobrar el seguro estaba tan lejos del ámbito de lo posible. Pero recordó su voz al responder al teléfono y su sorprendente empatía con la pérdida de su mujer y sus hijas.

Jack negó con la cabeza, frustrado. Nunca se había visto envuelto en un misterio forense en el que estuviera tan involucrado emocionalmente. Había querido un caso complicado para distraerse, pero no era esto lo que tenía en mente. Cogió el teléfono, llamó a la morgue y preguntó por Vinnie. Marvin Fletcher le dijo que lo buscaría y le pediría que lo llamara.

Volvió a dejar el teléfono y miró la imponente pila de carpetas de autopsias junto a la pantalla y el grupo también imponente de bandejas de portaobjetos de histología junto al microscopio. Sabía que tenía que ocuparse de ellas, pero en ese momento se sentía incapaz. Se le ocurrió una idea que requería llamar a la Clínica de Medicina Interna del MMH con la esperanza de poder hablar con Virginia. Aunque no fue ella quien respondió a la llamada, lo pasaron con ella enseguida, en mucho menos tiempo del que había necesitado para contactar con la doctora Gomez.

—Lamento molestarla otra vez, porque ya sé que está muy ocupada —le disculpó Jack.

—No es molestia —le contestó Virginia—. Al final hemos

conseguido controlar la situación y lidiar con la ausencia de la doctora Passero. ¿En qué puedo ayudarle?

—Ante todo quiero darle las gracias por la ayuda que ya me ha prestado —le dijo Jack.

—Ha sido un placer.

—He estado pensando en el trabajo de la doctora Passero en los comités —le dijo—. Me ha comentado que le obsesionaban dos objetivos: ser miembro del Grupo de Trabajo de Mortalidad y Morbilidad y llegar a formar parte de la junta del hospital.

—Así es, en especial del grupo de trabajo.

—Me ha dicho que a la doctora le parecía frustrante. ¿Cree usted que podría estar deprimida por eso?

—En absoluto. Como le he dicho, Sue era cualquier cosa menos depresiva. Creo que el desafío era estimulante para ella, no frustrante.

—Después de haber hablado con usted, tenía previsto echar un vistazo a la carpeta del Comité de Mortalidad y Morbilidad. Por desgracia, de repente he tenido que salir del hospital y regresar a mi despacho. —Jack se calló un instante para darle a Virginia la oportunidad de responder y ver si el rumor de que Marsha Schechter lo había expulsado se había extendido por el hospital. Como ella no reaccionó, siguió hablando—: Estoy pensando que podría serme útil ver esa carpeta. ¿Me haría el favor de dejarla en el mostrador de información a mi nombre? Podría pasar esta tarde de camino a casa y recogerla. Puedo devolvérsela mañana si la necesita.

—Claro que sí —le contestó Virginia sin dudarlo ni un segundo.

Animado por su respuesta, le preguntó si también podría incluir la carpeta con la etiqueta ARTÍCULOS DE INTERÉS SOBRE MORTALIDAD HOSPITALARIA, y Virginia volvió a aceptar al instante. Jack colgó, muy satisfecho. Había decidido que informarse sobre los puntos de vista de Sue podría ayudarle, aunque no sabía exactamente por qué.

Después de hablar con Virginia y tras recordar la conversación que había mantenido con ella en el despacho de Sue, Jack encendió la pantalla y buscó en Google «índice de mortalidad». La expresión había surgido cuando la secretaria le comentó el interés de Sue en unirse al Grupo de Trabajo de Mortalidad y Morbilidad del hospital. No recabó demasiada información. En su mayoría, la búsqueda arrojó artículos sobre tasas de mortalidad en general. Pero después encontró un artículo sobre el índice de mortalidad que había publicado la Clínica Mayo.

Jack echó un vistazo al artículo y descubrió que el índice de mortalidad era la cantidad de muertes en un hospital dividida por la cantidad de muertes esperada en ese hospital. Un valor de uno significaba que el hospital funcionaba como estaba previsto. Un valor superior a uno significaba que el hospital no funcionaba bien, y un valor inferior a uno significaba que funcionaba mejor de lo esperado. Cuando terminó de leer, cayó en la cuenta de que el artículo no explicaba cómo se determinaba el denominador, la cantidad de muertes esperada, aunque supuso que tendría que ver con la mortalidad esperada en cada enfermedad concreta.

El estridente tintineo del teléfono del despacho lo interrumpió. Era Vinnie, que le devolvía la llamada. Jack le dijo que preparara la entrega del cuerpo de Sue Passero.

—Lo haré, mi comandante —bromeó Vinnie—, pero permíteme que te pregunte si estás enfermo.

—No estoy enfermo —le contestó—. ¿Por qué me lo preguntas?

—Mira, son las tres de la tarde y llevas horas sin molestarme, ni enviarme mensajes, ni nada. —Vinnie se rio—. Estaba convencido de que estabas muriéndote.

—Has tenido suerte —le dijo Jack, y colgó el teléfono.

Al haberle recordado Vinnie lo tarde que era, a Jack de repente se le ocurrió una idea. Como seguía sufriendo por no saber lo que no sabía, a pesar de haber ido al MMH, y como sabía que los IML del turno de tarde llegaban a las tres, pensó que era un buen momento para hablar con Kevin Strauss. Aunque había leído varias veces su excelente informe sobre Sue, creía que sería interesante hablar con él en persona sobre la remota posibilidad de que no hubiera incluido algo creyendo que no tenía importancia. Con esto en mente, Jack levantó el teléfono del despacho una vez más y marcó el número de la oficina de los investigadores médicos legales.

14

Como había hecho por la mañana, Jack entró en el gran edificio de la OCME por la zona de recepción trasera. Al llegar por la parte de atrás, tenía que pasar por las puertas batientes del auditorio para llegar a los ascensores. Creyendo que Laurie estaría en plena presentación al nuevo alcalde, estuvo tentado de asomar la cabeza para ver cómo iba, pero se resistió. No tenía tiempo. Había hablado por teléfono con Kevin, que le advirtió que si quería hablar con él en persona, como le había pedido, tendría que darse prisa. Le había dicho que tenía un montón de investigaciones asignadas, porque justo antes de que él llegara al trabajo habían recibido una enorme cantidad de llamadas de fallecimientos.

En el quinto piso, cruzó la pared completamente de cristal que separaba el Departamento de Investigación de Medicina Legal del pasillo. Era una sala grande dividida en cubículos con mamparas a la altura del pecho y con las columnas estructurales del edificio a la vista. En la OCME de Nueva York había casi tantos investigadores médicos legales como médicos forenses, unos cuarenta, aunque la cantidad variaba porque la tasa de rotación del personal era mayor.

Pese a que Jack iba con relativa frecuencia al Departamento de Investigación de Medicina Legal, no conocía personalmente a

Kevin Strauss, de modo que tuvo que preguntar cuál era su cubículo. Mientras Jack entraba en la sala, vio que casi todos los IML del turno de tarde, que acababan de llegar, estaban al teléfono. El departamento era un lugar concurrido que funcionaba como antesala de la OCME. En la ciudad de Nueva York cada año se contabilizaban entre setenta y ochenta mil muertes, un tercio de las cuales debían ser informadas a la OCME debido a criterios concretos y muy publicitados, y los IML debían verificarlas todas por teléfono. No todas debían investigarse a fondo, algo que implicaba ir a la escena en la que había tenido lugar la muerte, y menos aún acababan en la OCME para que les hicieran la autopsia, de modo que los investigadores médicos legales cumplían una función muy importante, y por eso debían estar muy preparados.

—¿Kevin Strauss? —preguntó Jack mientras entraba en el cubículo que le habían indicado.

Un hombre estaba sentado a una mesa empotrada y con una larga lista bajo el título de NOTIFICACIONES TELEFÓNICAS DE MUERTES en la pantalla. Cuando Jack empezó a trabajar en la OCME, las notificaciones se hacían en formularios de papel carbón de varias hojas. Ahora todo estaba informatizado. Al final del pasillo, en una sala mucho más pequeña, los empleados de comunicación atendían los teléfonos veinticuatro horas al día, siete días por semana, respondían a las «llamadas de muertes» e introducían la información junto con un número de caso en la base de datos de la OCME. Estos casos se repartían después entre los IML.

—¿Doctor Stapleton? —le preguntó el hombre al tiempo que se levantaba, cogía una mascarilla e intentaba colocarse las gomas alrededor de las orejas.

Jack supuso que aún no habría cumplido los cuarenta años. Tenía un aspecto juvenil, con la cara ancha, la nariz respingona, la tez pálida y el pelo rubio, bastante largo.

—Gracias por esperarme —le dijo Jack. Cogió la silla que

Kevin empujó hacia él mientras se sentaba en la suya—. Sé que está muy ocupado, así que no le robaré mucho tiempo.

—No hay problema —le contestó Kevin. Se apartó de la cara unos mechones de pelo rebeldes—. ¿En qué puedo ayudarle?

—He hecho la autopsia a Susan Passero esta mañana —empezó a explicarle Jack—. Estaba limpia, cosa que no esperaba. No hay indicios de patología, en concreto no hay indicios de enfermedad de las arterias coronarias.

—Me sorprende.

—Es lo que he pensado yo —dijo Jack—. Antes de continuar, quisiera felicitarlo por su informe. Me ha impresionado que hubiera consultado el historial clínico digital de la paciente. Su informe es excelente.

—La investigación fue sencilla —dijo Kevin—. Ojalá fueran todas así.

—Este es el problema —comentó Jack—. Si histología no aparece con una gran sorpresa, y lo dudo sinceramente, voy a estar perdido, y es un problema porque me presionan para que entregue el certificado de defunción lo antes posible. También existe la remota posibilidad de un problema hereditario de conducción cardiaca, que están investigando en el laboratorio de ADN.

»Lo que quería preguntarle es si hay algún dato o incluso alguna opinión que haya oído o que se le haya pasado por la cabeza y que no haya incluido en su informe. Sé que estoy aferrándome a un clavo ardiendo, pero me temo que no me queda otra. ¿Se le ocurre algo... lo que sea?

Kevin echó la cabeza hacia atrás para apartarse el pelo de los ojos, pero no funcionó, así que tuvo que volver a hacerlo con la mano. Miró a Jack unos segundos con ojos vidriosos. Jack se dio cuenta de que estaba buscando en su memoria. Por desgracia, la breve pausa concluyó en el momento en que el técnico negaba con la cabeza.

—Lo siento, pero no se me ocurre nada —contestó.

—¿Pudo hablar con el médico que realizó el intento de reanimación? —preguntó Jack. No nombró a la doctora Carol Sidoti porque no quería decirle que había ido al MMH, por varias razones. La primera, que Kevin interpretara que había valorado de forma negativa su trabajo y se ofendiera. Los IML sabían que los médicos forenses no debían ir a la escena de la defunción. En segundo lugar, al no ser habitual, habría llamado la atención y seguramente el chisme habría circulado por la OCME. Si eso sucedía, existía la posibilidad de que Laurie se enterara y explotara de rabia.

—Sí, pero solo por teléfono —le contestó Kevin—. Fue ella la que comunicó su muerte, y hablamos un momento. Cuando llegué al MMH, se había marchado. Sí pude hablar con el supervisor nocturno del Departamento de Urgencias, el doctor Phillips, que me contó lo que sabía y me permitió leer todas las notas del departamento, incluido el informe de la doctora Sidoti. Mi conclusión fue que el equipo de urgencias había hecho todo lo posible por reanimarla y que estaba de verdad hundido por no haberlo conseguido. No lo mencioné en el informe, pero lo intentaron durante varias horas y no se dieron por vencidos. No sé si esto puede ayudarlo.

—¿Durante su investigación tuvo la sensación de que la doctora Sue Passero era una persona muy querida?

—Absolutamente —contestó Kevin—. Creo que por eso continuaron con la reanimación durante mucho tiempo, aunque era obvio que no iba a funcionar.

—¿Y la administración del hospital? ¿Tuvo alguna impresión de lo que pensaban de ella?

—No, ninguna —le contestó Kevin negando con la cabeza—. No había necesidad de hablar con el administrador de ese turno.

—¿Habló con alguno de los dos enfermeros que empezaron la reanimación en el aparcamiento?

—Sí, claro —le contestó Kevin—. Hablé mucho rato con Ronnie Cavanaugh, que es uno de los supervisores de enfermería nocturnos del MMH. Si quiere hablar con alguien sobre el caso, le recomendaría que se ponga en contacto con él, y no solo porque fue quien encontró a la paciente desplomada en el coche. Es un tipo listo. He tratado con él bastantes veces porque es la persona que hace casi todas las llamadas de muerte del turno de noche del MMH, y la mayoría de las veces no es necesario que nos presentemos allí porque es muy minucioso y sabe lo que estamos buscando.

Las alabanzas de Kevin a Ronnie Cavanaugh le recordaron a Jack los comentarios también elogiosos de la doctora Sidoti, así como su recomendación de que hablara con él si quería más detalles. Aunque en ese momento Jack había pensado que reunirse con él sería complicado, porque trabajaba de noche, recordó que la doctora Sidoti le había dicho que el hombre solía llegar al Departamento de Urgencias una hora antes. De repente a Jack se le ocurrió pasarse por allí de camino a casa, cuando fuera a recoger las carpetas que Virginia le había dicho que le dejaría en el mostrador de información. Parecía un plan razonable siempre y cuando el hombre apareciera lo bastante temprano para que Jack pudiera llegar a casa hacia las siete.

—¿Por qué no mencionó el nombre de la otra enfermera involucrada en la recuperación cardiopulmonar inicial?

—Creí que no era importante —le contestó Kevin—. Obtuve todo lo que necesitaba y más de Ronnie Cavanaugh. Y ella no se quedó en el Departamento de Urgencias mientras seguían intentando reanimarla. Su principal contribución fue llamar al Departamento de Urgencias mientras Ronnie iniciaba la recuperación cardiopulmonar. Pero seguro que puedo conseguir su nombre si cree que es importante.

—No estaría de más —dijo Jack, aunque ya sabía cómo se llamaba.

—Bueno, ¿esto es todo? —preguntó Kevin después de una pausa—. Si es así, tengo que ponerme en marcha.

—Una pregunta más —le dijo Jack—. En su informe anota que Ronnie dijo que en un principio había visto cierta mejoría, pero no explicó cuál.

—Oh, lo siento —se disculpó Kevin—. ¡Qué fallo! Debí ser más concreto. Lo que mejoró fue la cianosis de la paciente. Pensé que era interesante porque le sugirió a Ronnie que la reanimación podría funcionar, pero probablemente el cerebro pasó demasiado tiempo sin oxígeno.

—Bien, gracias —dijo Jack levantándose—. Si se le ocurre algo más, no dude en llamarme, y yo haré lo mismo si tengo más preguntas.

—De acuerdo —contestó Kevin levantándose también.

Los dos hombres se tocaron los codos, sonrieron por tener que emplear el saludo pandémico, y se despidieron.

Al salir del Departamento de Investigación de Medicina Legal, Jack miró la fila de ascensores, pero de repente recordó que el despacho de la directora del laboratorio de biología forense, Naomi Grossman, se encontraba justo al final del pasillo. Estaba tan desesperado que no pudo evitar pasar por allí con la esperanza de conseguir alguna información, aunque solo fuera preliminar, sobre la posibilidad de canalopatía. Lo que obtuvo fue una risita de Naomi acusándolo de esperar lo imposible, ya que había entregado las muestras hacía solo unas horas. Pero su visita no fue del todo en vano. Sirvió para que Naomi llamara a un supervisor del laboratorio para recordarle al equipo que el caso era de especial interés para la jefa, Laurie Montgomery. En esa misma llamada pidió que hicieran una prueba de detección rápida, que no sería definitiva, es decir, que no definiría una canalopatía concreta, sino que simplemente determinaría si existía canalopatía. Jack se puso muy contento, porque estaba convencido de que se había ahorrado días de espera, si no semanas.

Satisfecho consigo mismo, bajó en el ascensor a la planta baja y se dirigió a la zona de recepción de carga. Esta vez, al pasar por las puertas del auditorio, se detuvo. Como sentía curiosidad por saber cómo le estaba yendo a Laurie y si seguía con la presentación al nuevo alcalde, abrió la puerta y asomó la cabeza.

El auditorio era lo bastante grande para acomodar a varios cientos de personas, pero Jack calculó que solo había unas veinte o treinta, todas sentadas junto al atril, en las dos primeras filas. Como las luces estaban atenuadas, parecían meras siluetas. Siendo tan pocos, Laurie podría haber utilizado la sala de conferencias del antiguo edificio de la OCME, donde cada jueves se celebraban las reuniones semanales de los médicos forenses, pero la antigua sala de conferencias no contaba con el equipo audiovisual de alta tecnología del que disponía el nuevo auditorio, que Laurie quería aprovechar al máximo. En ese momento su mujer estaba mostrando una presentación muy profesional en Power-Point sobre las enormes prestaciones que la OCME brindaba a la ciudad.

Jack cerró las puertas del auditorio procurando que no hicieran ruido. Había visto la presentación varias veces y había participado en su elaboración. Además, con tantas cosas en la cabeza, sabía que no sería capaz de quedarse sentado escuchando. Confiaba en que por la noche Laurie le contaría cómo había ido. Sabía lo nerviosa que esa presentación la había puesto y esperó que todo fuera bien.

15

El breve trayecto en bicicleta desde la calle 26 hasta la 30 le dio a Jack la oportunidad de despejar un poco la mente. Aunque en el alto edificio de la OCME no había descubierto nada nuevo, ir hasta allí al menos lo había ayudado a elaborar un plan de ataque, ya que había decidido reunirse con el supervisor de enfermería Ronald Cavanaugh, o Ronnie, como parecía que lo llamaba todo el mundo. Jack pensó que si por alguna razón no podía encontrarlo en el Departamento de Urgencias, intentaría hablar con él por teléfono, aunque sabía por experiencia que, cuando no sabes lo que no sabes, era mucho mejor entrevistar a alguien en persona, porque en muchas ocasiones había sacado más información del comportamiento y las expresiones de un individuo que de sus respuestas. En cualquier caso, se aseguraría de hablar con el hombre.

Cuando el semáforo se lo permitió, avanzó por la Primera Avenida y giró en la calle 30 hasta la OCME. Al pasar entre varias furgonetas Sprinter de la OCME, reparó en algo que no esperaba: un Chevy Malibu negro que reconoció como el de Lou Soldano. Jack veía a Lou con frecuencia, pero nunca dos veces el mismo día. Se bajó de la bicicleta, se acercó al coche y vio a Lou sentado en el asiento del conductor con la cabeza hacia atrás y la boca entreabierta, sin duda dormido. Aunque le había extrañado encontrar allí a su amigo, no le sorprendió verlo durmiendo. El hombre trabajaba sin descanso, en especial en homicidios nocturnos, como el caso de Seton, así que echaba una cabezada cada vez que se le presentaba la oportunidad.

En lugar de despertar al teniente detective de inmediato, Jack entró a dejar la bicicleta, la ató y volvió a salir. Como sabía que a veces Lou se despertaba sobresaltado, listo para el combate, dio unos golpecitos en la ventanilla del lado del conductor. Al ver que Lou no se movía, golpeó más fuerte. Al final dio un puñetazo al vidrio, lo que tuvo el efecto deseado. Lou se incorporó, parpadeó un par de veces y abrió la puerta del coche.

—¿En qué año estamos? —le preguntó intentando ser gracioso—. ¡Perdona! El guardia de seguridad me dijo que acababas de salir, así que he aprovechado la ocasión para echar una cabezadita.

—¿Y a qué debo el honor? —le preguntó Jack retóricamente—. Es raro verte dos veces el mismo día.

—Lo sé, pero tenía que hablar contigo. Ha surgido algo inesperado.

—¿El qué?

—Necesito unos minutos para explicártelo —le dijo Lou—. ¿Vamos a tu enorme despacho?

—Vamos —le contestó señalando la zona de carga.

Mientras subían en el lento ascensor trasero, Lou bostezó ruidosamente y le dijo que no se sentía tan cansado desde el día anterior. Jack se rio de su broma.

Ya en el despacho, después de que Lou se hubiera quitado el abrigo y Jack el chaquetón de pana, este empujó su silla hacia el detective. Las ruedas se deslizaron por el suelo resbaladizo y la silla golpeó a Lou, que la agarró, se sentó del revés y apoyó los antebrazos en el respaldo. Jack apoyó el culo en la mesa y se llevó las manos a las caderas mirando a Lou, expectante. Estaba intrigado porque le parecía que este actuaba de forma extraña.

—Bueno, ¿qué pasa? —le preguntó Jack.

Lou carraspeó y le preguntó si había dado alguna vuelta al caso que había presenciado esa mañana.

—¿Te refieres al caso Seton? —le preguntó Jack—. No, no le he dado ninguna vuelta. La verdad es que solo he pensado en el caso de Sue Passero. ¿Por qué me lo preguntas?

—Ha sucedido algo que deberías saber.

—¿Sí? —dijo Jack—. ¿El qué?

—Ha aparecido una nota de suicidio.

—¿En serio? —le preguntó Jack, incrédulo. No se lo esperaba. Su instinto forense estaba convencido de que la muerte había sido un homicidio. Teniendo en cuenta la trayectoria de la bala, era casi imposible, aunque quizá no del todo, que Sharron Seton se hubiera pegado un tiro—. La verdad es que me sorprende, y mucho. ¿La habéis verificado?

—Sí, de entrada un experto en caligrafía del laboratorio criminalístico.

—¿Por qué no la encontraron en la investigación inicial?

—Estaba en la agenda de la mujer.

—¿Quién la ha encontrado?

—Paul Seton, su marido.

—¿La has visto?

—Sí —le contestó Lou—. Y también me ha dado la impresión de que es auténtica. Parece que Sharron Seton había sufrido depresión la mayor parte de su vida, así que estaba en tratamiento desde que era una adolescente. Tomaba un montón de medicamentos, y sus médicos le aumentaban o le disminuían las dosis cada dos por tres. Al parecer no se sintió capaz de lidiar con su embarazo. Eso decía en la nota. Paul asegura que ignoraba que estuviera embarazada. Solo sabía que su depresión había empeorado mucho en los últimos tiempos y, como ella se negaba a ver a su terapeuta, discutían. Por eso muchas veces él dormía en la habitación de invitados.

—Supongo que harán responsable del error a tu equipo de investigación —dijo Jack.

—Sin duda —le confirmó Lou—. Lo que me pregunto es si esta nueva información influirá en lo que piensas sobre las circunstancias de la muerte y lo que acabarás poniendo en el informe. Está claro que va a ser determinante.

—No tanto —le dijo Jack lamentándose para sus adentros—. Desde el punto de vista forense, la prueba es irrefutable. Es un homicidio, no un suicidio.

Estaba más claro que el agua que el caso implicaría un largo juicio, y Jack recordó lo mucho que los odiaba.

—Creo que el abogado defensor va a pedir otra autopsia —le comentó Lou—. ¿Te importa?

—En absoluto —contestó Jack—. Está en su derecho. Me da la impresión de que quieres que ese Paul Seton sea absuelto.

—Por supuesto —admitió Lou—, pero solo si no la mató.

—Si no hubo allanamiento, la tuvo que matar él o ser cómplice de quien lo hiciera —dijo Jack—. La única alternativa es que lo hiciera en connivencia con su mujer. Quizá estaba convencido de que era lo mejor para ella, pero su mujer no pudo hacerlo por sí misma.

Lou sonrió y movió la mano descartando esa posibilidad.

—Muy original, pero poco probable.

—Desde mi punto de vista, al menos es una posibilidad, por pequeña que sea. Aun así firmaré el caso como homicidio, tanto con nota de suicidio como sin ella. Lo siento, amigo mío.

—Me parece bien, es tu obligación, aunque esperaba que la nota de suicidio te hiciera replanteártelo. Pero cambiemos de tema. ¿Qué te ha desconcertado tanto del caso Passero esta mañana para llegar a sospechar un uxoricidio?

—¿Qué mierda es un uxoricidio?

—Asesinato de la esposa —le contestó Lou—. Cuando llevas tanto tiempo metido en asesinatos como yo, oyes todas las palabras, incluso las que vienen del latín.

—Te alegrará saber que he descartado al marido —le dijo Jack con una sonrisa autocrítica—, pero sigo confundido. Aunque he hecho la autopsia, no tengo clara la causa de la muerte ni la manera en que esta se produjo, y ahora la situación me inquieta más que esta mañana, cuando hemos hablado. No se lo digas a nadie, pero he ido al Manhattan Memorial para investigar un poco. He hablado con la doctora que dirigió el equipo que intentó reanimarla y con otras personas.

—¡Vaya! —exclamó Lou—. ¿Es mi impresión o has vuelto a jugar a los detectives? Se supone que los forenses no podéis investigar nada.

—Sé que no está bien visto —admitió Jack con una sonrisa culpable—. Y en general no es necesario, porque nuestro equipo de investigadores es muy bueno.

—Resulta que sé directamente por la gran jefa que no se trata solo de que no esté bien visto.

—Vale, puede ser, pero cuento con que no le digas nada a la gran jefa —le contestó Jack—. Además, lo peligroso de ser detective tiene que ver con el «quién», mientras que a mí solo me preocupa el «cómo». Si cuando descubra el «cómo» apunta a un «quién», serás el primero en saberlo.

—Perdona —le dijo Lou—, pero estás buscándole los tres pies al gato. Si hay un «quién» implicado, no le sentará bien que busques el «cómo». ¡Créeme! Joder, ¿por qué me meto en estas extrañas conversaciones contigo? Por tu bien, quédate aquí y mantente alejado del MMH. Recuerdo con claridad que tuve que salvarte el culo allí. Además, resulta que sé que tienes trabajo más que suficiente para mantenerte ocupado las veinticuatro horas del día, los siete días de la semana. Pero te diré algo más. Llevo todo el día pensando en lo que me has dicho esta mañana sobre Laurie, tus hijos y tu suegra. Si quieres mi consejo, las madres siempre parecen saber qué es lo mejor para sus hijos. Lo llevan en los genes. ¡No la líes!

—Es más fácil decirlo que hacerlo —le contestó Jack—. Parte del problema es que Laurie está asumiendo tan bien su papel de jefa aquí, en la OCME, que muestra en casa la misma actitud de «lo que yo digo, y punto». Y en esta situación es cada vez más difícil no liarla.

—Vaya, no lo sabía. Y entiendo que esa actitud pueda llegar a ser un problema.

—Pero seguramente tengas razón. Voy a seguir tu consejo y a suavizar las cosas en casa. Al menos este caso de Sue Passero está dándome algo en lo que ocupar la mente.

Mientras Lou se levantaba, sonó el móvil de Jack. Miró la pantalla con la intención de silenciarlo, pero al ver que era Naomi Grossman contestó indicándole a Lou con un gesto que esperara un momento.

—Bueno, tu insistencia ha dado sus frutos —le dijo ella sin preámbulos.

—¿Qué habéis encontrado? —le preguntó Jack, de repente esperanzado.

—Es solo un resultado preliminar, como te he dicho, y seguiremos con el proceso habitual de amplificación completa, pero la prueba rápida nos dice que no hay evidencia genética hereditaria de canalopatía. No aparece ninguna de las mutaciones habituales.

Las esperanzas de Jack se desvanecieron a la misma velocidad a la que habían aparecido.

—Confío en que haberte dado esta información tan rápido te ayude en el caso —le dijo Naomi—. Te enviaremos el informe completo en cuanto lo tengamos, pero tardará una semana o dos.

Jack le dio las gracias a la jefa de departamento, colgó el teléfono y lo lanzó a la mesa. Miró a Lou con expresión decaída.

—Era mi última esperanza de que la ciencia me ofreciera el «cómo» —le comentó—. Quedan la histología y la toxicología, pero mi intuición me dice que también serán negativas.

—¿Ha llegado el momento de que intervenga? —le preguntó Lou.

—Aún no —le contestó Jack—, pero quizá pronto.

—Estaré esperando —le dijo Lou—. Tengo que marcharme, pero tú quédate aquí. —Se despidió de él levantando la mano mientras salía al pasillo y giraba hacia los ascensores.

Jack volvió a mirar la pila de carpetas de autopsias sin terminar y a continuación la pila de bandejas de portaobjetos de histología. Sabía que debía terminar parte del papeleo que lo acechaba, sin embargo, tras la breve conversación con Lou y la decepcionante llamada de Naomi, sintió renovadas energías para seguir con el caso Passero.

Cogió nuevamente el teléfono y le envió un mensaje a Laurie, que sin duda aún estaba en el 421 intentando convencer al nuevo alcalde. En el mensaje le hacía saber que había terminado el trabajo y que se marchaba para que no lo buscara cuando volviera a su despacho. Cuando hubo terminado, se metió el teléfono en el bolsillo y se puso el chaquetón. Cogió una mochila de un gancho en la parte de atrás de la puerta y se la colgó. Pensaba pasar por el MMH, recoger las carpetas de Sue en el mostrador de información, dirigirse al Departamento de Urgencias para hablar con Ronnie Cavanaugh y después volver a casa. Mientras se dirigía a los ascensores, pensó en lo agradable que sería aprovechar el buen tiempo e ir al campo de baloncesto por la tarde. Un poco de ejercicio competitivo le sentaría de maravilla para afrontar con más paciencia los problemas que le esperaban en casa.

16

Aunque Jack siguió la misma ruta que al mediodía, el trayecto fue muy diferente porque se había puesto el sol. También era hora punta, así que había más tráfico y más bicicletas. La congestión era intensa sobre todo en el centro y no disminuyó hasta que hubo pasado el puente de Ed Koch Queensboro. El tráfico que cruzaba la ciudad era terrible, lo que le hizo alegrarse mucho de ir en bicicleta y dejarlo atrás.

Delante del MMH ató la bici y el casco en la misma señal de prohibido aparcar. Jack quería pasar por el mostrador de información lo más rápido posible. Unas horas antes Martin Cheveau lo había visto por casualidad en el vestíbulo, lo que provocó el enfrentamiento con Marsha Schechter. Por suerte, cuando llegó no había nadie esperando y pudo acercarse directamente al mostrador.

—Hola, soy el doctor Jack Stapleton y creo que Virginia Davenport ha dejado un paquete para mí. —Mientras hablaba, se descolgó la mochila y abrió la cremallera.

Su comentario desencadenó una breve conversación entre las dos mujeres y el hombre que estaban detrás del mostrador. Una de las mujeres pareció recordarlo, chasqueó los dedos, se inclinó hacia delante y por un momento desapareció de la vista de Jack, pero en lugar de sacar un paquete, le tendió un sobre de tamaño carta con una amable sonrisa. Jack lo cogió, confundido. Habían escrito su nombre en elegante letra cursiva, y en la esquina inferior izquierda, PASARÁN A RECOGERLO.

Jack metió el pulgar debajo de la solapa del sobre, lo abrió y sacó una nota escrita con la misma letra. Era breve y amable. Virginia solo le decía que lo sentía, pero que cuando había vuelto al despacho de Sue, las carpetas de los comités habían desaparecido y no sabía adónde habían ido a parar ni quién podría habérselas llevado. En la posdata añadía: «Si tiene alguna pregunta, estoy aquí al menos hasta las seis de la tarde».

Jack maldijo por lo bajo, convencido de que había sido Marsha Schechter. El hecho de que las carpetas hubieran desaparecido también reforzó su sensación de que la relación de Sue Passero con la administración y algunos miembros de los comités no podía ser excelente. Si así fuera, ¿por qué iban a llevarse esas carpetas de su despacho, en especial la de ARTÍCULOS DE INTERÉS SOBRE MORTALIDAD HOSPITALARIA? No contenía ninguna carta ni comunicación privada.

No tenía ni idea de si la desaparición de esas carpetas podría guardar alguna relación con su muerte. Sabía que tenía más que ver con el «quién» que con el «cómo», pero si le negaban toda la información que pudieran haberle proporcionado las carpetas, tendría que pensar en un plan alternativo.

Dio las gracias a la mujer con evidente decepción y se dirigió al vestuario de los médicos, donde tenía la intención de conseguir una bata blanca y dejar la mochila. Los médicos que no formaban parte del personal asalariado utilizaban el vestuario para dejar el abrigo y ponerse una bata. Si conseguía una, podría mezclarse con el personal, lo que le interesaba para volver a la Clínica de Medicina Interna. Jack había recurrido a esta artimaña en el pasado, cuando se colaba en MMH para investigar. Quería evitar en la medida de lo posible que Cheveau o alguien de administración o seguridad lo viera, en especial alguno de los que habían irrumpido en el despacho de Sue ese mismo día.

Ya con una bata blanca de médico muy almidonada y una mascarilla del hospital, se dirigió al edificio Kaufman para pacientes ambulatorios. Para completar su disfraz, se colgó del cuello la identificación de Sue Passero teniendo la precaución de que la foto quedara en la parte de atrás.

Aunque en el vestíbulo del hospital había bastante gente, el edificio de la clínica estaba tranquilo. Jack subió al cuarto piso, muy contento de ser la única persona en el ascensor.

Como ya eran más de las cinco de la tarde y se suponía que la clínica estaba cerrada, había muy pocos pacientes esperando. En el mostrador de registro no había nadie, y las dos únicas recepcionistas que quedaban estaban sentadas charlando.

—Perdón —les dijo acercándose al mostrador—. Estoy buscando a Virginia Davenport.

Casi de forma simultánea, las dos recepcionistas señalaron hacia atrás, hacia la oficina de programación donde Jack la había encontrado ese mismo día. Al acercarse a la puerta, se preguntó por un instante si debía llamar, pero decidió no hacerlo al recordar que esa mañana no había sido necesario. Dentro la encontró sentada a su mesa. Al parecer, las otras dos secretarias de programación habían concluido su jornada.

—¿Aún trabajando? —le preguntó.

—Es lo que tiene ser la supervisora —le explicó Virginia. Se quitó los auriculares y cogió la mascarilla.

—Espere —le dijo Jack—. ¿Está vacunada contra la COVID-19?

—Sí, y con dosis de refuerzo —le contestó.

—Yo también. ¿Le parece bien que nos quitemos la mascarilla si mantenemos cierta distancia?

—Sí —le respondió Virginia—. Gracias. A ver si acaba ya esta pandemia. En fin, entiendo que ha recogido mi nota.

—Sí —le confirmó Jack guardándose la mascarilla en el bolsillo—. Y quisiera hacerle algunas preguntas. Estoy muy decepcionado, por decirlo de una forma suave, por no haber conseguido las carpetas, en especial la de mortalidad y morbilidad. ¿Se le ocurre por qué se las han llevado o quién puede haberlas cogido?

—Ni idea. Sinceramente, si me pidieran que las encontrara, ni siquiera sabría por dónde empezar.

—Me lo temía —comentó Jack. Cogió una silla, la acercó a la mesa de Virginia y se sentó—. Ante todo, lamento no haber podido despedirme antes y le doy las gracias de nuevo por su ayuda.

—No tiene que disculparse —le contestó ella—. No esperaba que volviera a agradecérmelo. Perdone, pero veo que lleva una bata. ¿Significa que estaría dispuesto a atender a algunos pacientes ahora que vamos cortos de personal? —Sonrió para indicarle que era una broma.

Jack se rio entre dientes de su ocurrencia.

—No creo que me quisieran. Hace muchísimo tiempo que no atiendo a pacientes vivos, desde que era estudiante de medicina, el siglo pasado. Y también he tomado prestada la identificación de la doctora Passero. —Le dio la vuelta a la identificación para que Virginia pudiera ver la foto.

Virginia se inclinó hacia delante para ver la foto y volvió a sonreír negando con la cabeza.

—No se parece mucho a ella.

—Cierto, por eso procuro que la foto no se vea —le dijo Jack—. Me he puesto la bata y me he colgado la identificación para intentar pasar inadvertido y que nadie de la administración me reconozca. La verdad es que no me llevo muy bien con los presidentes del MMH. Después de que usted me dejara solo en el despacho de Sue, ha llegado Marsha Schechter y ha pedido a seguridad que me acompañaran a la puerta del hospital.

—¡No me diga! ¿Por qué? ¿No puede estar aquí investigando la muerte de la doctora Passero?

—Sí, sí que puedo —le contestó—. Y podría forzar la situación, pero necesitaría una orden judicial, y eso tardará. Como le he explicado antes, en este caso no tengo tiempo.

—Aun así, me parece raro que la presidenta del hospital intervenga personalmente —le comentó Virginia frunciendo el ceño.

—Es personal —le explicó Jack—. No tengo la menor duda. Hace tiempo ofendí al jefe del Departamento del Laboratorio de Microbiología del MMH, el doctor Martin Cheveau, porque puse en evidencia que era un incompetente. Seguramente él le ha dicho a Marsha Schechter que el anterior presidente y yo no nos llevábamos bien. Kelley me consideraba un provocador, ya que solía sacar a la luz problemas graves del MMH. El doctor Cheveau estaba con Marsha este mediodía, y también Peter Alinsky.

—¡Madre mía! —exclamó Virginia—. Quizá eso explique por qué han desaparecido las carpetas, en especial la que contenía todo el material del Comité de Mortalidad y Morbilidad. En esa carpeta había muchas cartas que criticaban al señor Alinsky. Vale, ahora empieza a tener sentido.

—Me da la impresión de que no espera que las carpetas vuelvan a aparecer —le comentó Jack.

—No.

—Es una lástima —se lamentó Jack—. Como le he contado antes, no puedo explicar la causa de la muerte de la doctora Passero, por eso me interesa descubrir lo que pueda sobre sus circunstancias recientes y quizá su visión de las cosas, sobre todo respecto de su enfrentamiento con ese tal Alinsky. Usted me ha dicho que no estaba deprimida, pero la ha descrito como frustrada.

—Creo que la descripción es exacta —le contestó Virginia—. La doctora Passero era una persona tenaz y obstinada, y no se callaba lo que sentía. Por desgracia, eso molestaba a algunas personas, en especial al señor Peter Alinsky, que creo que es bastante machista y testarudo. Pero es solo mi opinión, por los comentarios que le oía a la doctora Passero. Ella nunca me lo dijo explícitamente. Son mis propias deducciones.

—Entiendo —le dijo Jack—. Y me ha dicho antes que también tenía problemas con un cirujano y un anestesiólogo.

—Sí, estoy segura. Se enfrentaba a menudo con el doctor Carl Wingate, jefe de anestesia, y con el doctor Henry Thomas, jefe de cirugía. La doctora Passero creía que ambos estaban conchabados con el señor Alinsky. Los dos forman parte del Grupo de Trabajo de Mortalidad y Morbilidad, del Comité de Mortalidad y Morbilidad y del Comité de Reorganización de Pacientes Ambulatorios, al menos de forma nominal. Creo que la doctora Passero tenía la impresión de que se limitaban a aprobar cualquier decisión del señor Peter Alinsky.

—Interesante —le comentó Jack—. ¿Qué puede decirme de esas cartas que había en las carpetas, que supongo que escribió a estas personas? ¿Tiene copias de ellas o sabe si existen? ¿Y qué me dice de los correos electrónicos y de los mensajes de texto? ¿Utilizaba la doctora Passero el correo electrónico?

—Sí, claro, pero yo no tenía sus contraseñas.

—Qué lástima —le dijo Jack. Pensó un momento y después le preguntó—: ¿Estaba la doctora Passero sola en estas batallas o tenía algún apoyo?

—Contaba con el soporte de una persona que, sin duda, estaba de su lado —le contestó Virginia—. Cherine Gardener.

Jack se animó ante la perspectiva de una fuente que lo ayudara a rellenar el hueco que habían dejado las carpetas, las cartas y los correos electrónicos desaparecidos.

—¿Quién es?

—Es la enfermera jefe de la planta de ortopedia. La hicieron miembro del Comité de Mortalidad y Morbilidad hace unos seis meses. La doctora Passero y ella estaban de acuerdo en muchos temas, en especial en los casos que se presentaban en las sesiones del comité y quizá todavía más en los casos que no se presentaban. Esa era otra de las principales quejas de la doctora Passero: no se presentaban muchos casos que ella creía que debían comentarse. Estaba claro que a Cherine tampoco le caía bien el señor Peter Alinsky, y creo que por eso se ganó las simpatías de la doctora Passero.

—Debería hablar con ella —le comentó Jack—. ¿Cree usted que le importará que le haga algunas preguntas? ¿Es una persona amable?

—He hablado con ella muchas veces, pero solo por teléfono. Si quiere mi sincera opinión, me da la sensación de que es muy buena enfermera, pero reservada. La describiría como una persona práctica y seria que lleva su planta con mano dura. Creo que es la principal razón por la que la doctora Passero conectó con ella y valoraba su apoyo y su opinión. La doctora Passero también era muy organizada y meticulosa.

—Me hago una idea —le dijo Jack.

La descripción de Virginia le recordó a su maestra de sexto curso, que llevaba las clases como un dictador del tercer mundo. Esa imagen no lo animó especialmente, pero sabía que no tenía muchas más posibilidades de enterarse de lo que había sucedido en la vida de Sue en los últimos tiempos. Por eso le pareció oportuno hablar con Cherine Gardener, y más teniendo en cuenta que formaba parte del Comité de Mortalidad y Morbilidad. La pregunta era si ella estaría dispuesta a hablar con él.

—Tengo su número de móvil —le dijo Virginia—. Si quiere, puedo preguntarle si está aquí.

—Me sería muy útil —le contestó Jack—, sobre todo si pudiera hablar con ella ahora, ya que estoy aquí.

Virginia cogió el móvil de la mesa y la llamó. Mientras lo hacía, lo atravesó con sus penetrantes ojos oscuros, que parecían ser todo pupila con solo un ligero reborde de iris marrón. Jack oía el sonido electrónico del teléfono de Cherine, que de repente dejó de sonar, pero no distinguió su voz. Virginia se presentó y por un momento charló con ella sobre la muerte de Sue Passero y lo trágica e impactante que había sido. Después Virginia le preguntó a Cherine si estaba en el hospital.

—Se lo pregunto —siguió diciéndole Virginia— porque ahora mismo estoy hablando con el doctor Jack Stapleton, el médico forense que investiga la muerte de la doctora Passero, que además resulta que es el marido de su mejor amiga. Le gustaría hablar con usted unos minutos si tiene tiempo.

Virginia siguió mirando a Jack mientras este escuchaba la conversación, intentando sin éxito distinguir lo que Cherine decía al otro lado de la línea. Virginia asintió varias veces y al final dijo:

—¡Vale, vale! Lo entiendo. Se lo diré. ¡Adiós! —Y dirigiéndose a Jack—: Está aquí y podría arreglárselas para hablar con usted un instante si va a verla ahora mismo.

—De acuerdo, fantástico —le contestó él, sorprendido y complacido al mismo tiempo. La despedida de Virginia al teléfono le había sugerido otra cosa.

—Pero tiene que ser ahora —insistió Virginia—. A las siete sale del trabajo y está a punto de entregar el informe para el cambio de turno, así que tiene muy poco tiempo.

—Entendido —le dijo Jack. Se puso de pie y empujó la silla hacia atrás, donde la había cogido—. Por curiosidad, ¿hay alguna manera de llegar al edificio principal del hospital sin tener que pasar por el vestíbulo para llegar a los ascensores? Preferiría no encontrarme con Cheveau, Alinsky o Schechter, si es posible.

—Sí —le contestó Virginia—. Suba al sexto piso desde aquí. Hay un puente peatonal. Ortopedia está en la octava planta del edificio Anderson.

—Perfecto. Y gracias de nuevo por su tiempo.

—Espero que Cherine pueda ayudarlo —le dijo ella levantándose.

—Yo también —le contestó Jack.

Sacó la mascarilla, se la puso y le devolvió el saludo a Virginia mientras se dirigía a toda prisa al edificio principal de la Clínica de Medicina Interna.

17

En cuanto Jack subió al sexto piso del edificio Kaufman para pacientes ambulatorios, entendió por qué había un puente peatonal que daba al hospital principal. Toda la sexta planta estaba formada por salas para colonoscopias, cardioversiones y demás procedimientos para pacientes tanto hospitalizados como ambulatorios. Ya en el edificio Anderson, no le costó encontrar los ascensores principales, y en cuestión de minutos llegó a la planta de ortopedia.

Allí había más gente de la que esperaba, ya que eran casi las seis de la tarde y en el vestíbulo del hospital había visto un letrero que decía que se habían limitado las visitas debido a la pandemia de COVID. Además de las personas que esperaban visita, también había más pacientes que habían sido sometidos a cirugía de reemplazo articular de los que esperaba, porque sabía que este tipo de operaciones también se habían ralentizado por la misma razón. Por si el caos no fuera suficiente, el Servicio de Alimentación estaba repartiendo la cena. En general había bastante más alboroto del que a Jack le habría gustado ver, incluso en el concurrido mostrador central, donde más de una docena de médicos, enfermeros y auxiliares de enfermería trabajaban sin descanso. Sabía por experiencia que los enfermeros responsables se ocupaban de supervisarlo todo y mantenerlo bajo control, de modo que temía que Cherine Gardener no tuviera tiempo para hablar con él.

Jack se aseguró de que la foto de la identificación de Sue estuviera vuelta hacia dentro para evitar preguntas y se dirigió a la persona más cercana del mostrador central. Supuso que era un residente, porque llevaba el uniforme médico, incluido un gorro quirúrgico y el habitual estetoscopio colgado alrededor del cuello. Jack sonrió para sí mismo. A medida que cumplía años, los residentes del hospital le parecían cada vez más jóvenes. El hombre estaba tecleando ante una pantalla, al parecer ajeno al caos que lo rodeaba.

—Disculpe —le dijo Jack para llamar su atención—, ¿puede decirme quién es Cherine Gardener?

Sin decir una palabra, el hombre le señaló a la última persona a la que Jack habría elegido. Por cómo la había descrito Virginia, había imaginado a una mujer parecida a Sue Passero, es decir, atlética, musculosa y autoritaria, pero la que el hombre había señalado era muy menuda. Jack calculó que no pesaría más de cuarenta y cinco kilos. Y que tenía la piel clara, por lo poco que la mascarilla permitía ver. Lo único que tenía en común con Sue era el pelo corto y de punta. Jack supuso que la preferencia por ese estilo se debía a que necesitaba muy poca atención, como le había explicado Sue en alguna ocasión. Era evidente que estaba muy implicada en su trabajo. A medida que se acercaba, Jack observó que tenía pecas en la nariz y las sienes.

Esperó a que ella finalizara una llamada telefónica y se presentó. Cherine respondió llamando en voz alta a una compañera y explicándole que estaría un par de minutos en la sala de historias médicas. Después le indicó a Jack con un gesto que la siguiera.

La sala estaba detrás del mostrador central, al lado de la zona de suministros, y cuando la puerta se cerró detrás de ellos, Jack agradeció el silencio. Aunque seguían llamándola sala de historias médicas, ya no las había. El MMH, como todos los hospitales modernos, estaba totalmente informatizado, por lo que deberían haber actualizado el nombre y llamarla sala de informática o sala de entrada de datos, pero, como en muchos hospitales, el personal insistía en llamarla sala de historias médicas por costumbre. Dentro, tres personas, dos hombres y una mujer, tecleaban delante de sendas pantallas. Solo se oían los clics de las teclas, aunque a través de la puerta cerrada se filtraba el tumulto amortiguado del mostrador central y de la sala. Jack supuso que los tres eran cirujanos asistentes, ya que debajo de la bata blanca llevaban ropa de calle.

—Perdón por el caos —se disculpó Cherine señalándole una silla y cogiendo para ella otra que estaba a cierta distancia de las otras tres personas—. Siempre es así a estas horas.

—Lo recuerdo de cuando yo estaba en medicina clínica, hace muchos años —le comentó Jack.

—¿En qué puedo ayudarle? —le preguntó Cherine pasando por alto su comentario—. Como le he dicho a Virginia, tiene que ser muy breve, porque no dispongo de mucho tiempo. Esto está lleno de gente y en unos minutos debo empezar el informe.

Jack le repitió a toda velocidad quién era y por qué estaba allí. Le contó que aún estaban esperando los resultados toxicológicos e histológicos, pero que mientras tanto sentía la necesidad de investigar un poco más las circunstancias de la prematura muerte de Sue.

—No sé si lo entiendo —le dijo Cherine mirándolo fijamente con el ceño fruncido—. ¿Qué quiere decir con «las circunstancias de su muerte»? Me dijeron que tuvo un ataque al corazón en el coche, en el aparcamiento.

—Yo tampoco estoy del todo seguro de lo que quiero decir —admitió Jack sintiendo la impaciencia de la mujer, lo que confirmaba la descripción que Virginia había hecho de ella como una persona práctica y seria—. Supongo que me refiero a su visión de las cosas y a su estado de ánimo. Virginia me ha comentado que a la doctora Passero le frustraba la actitud de algunos miembros de la administración respecto de las asignaciones y responsabilidades de los comités. En su opinión, ¿existe alguna posibilidad de que estuviera sufriendo una depresión?

Cherine soltó una carcajada sarcástica.

—Tiene razón en que se sentía frustrada, pero, créame, no estaba deprimida. ¡Ni lo más mínimo! En todo caso, en las últimas semanas estaba cada vez más decidida, y no lo ocultaba.

—¿Se refiere a que quería ser miembro del Grupo de Trabajo de Mortalidad y Morbilidad? Virginia me ha dicho que era importante para ella.

—¡Importantísimo! No tengo la menor duda —le confirmó Cherine—. La doctora Passero estaba decidida a montar un escándalo porque habían rechazado su ingreso en el grupo de trabajo. Tenía la intención de presionar, y por eso su muerte es una tragedia tanto organizativa como personal. Ella creía que unirse al grupo de trabajo era la única forma de llevar a cabo una reforma muy necesaria, porque ese grupo básicamente dicta lo que hace el Comité de Mortalidad y Morbilidad. El grupo de trabajo elige qué casos, de todas las muertes y episodios con resultados adversos, se discutirán en las sesiones del comité y qué casos se pasarán por alto. Y yo iba a ayudarla. Soy miembro del Comité de Mortalidad y Morbilidad desde hace poco más de seis meses, pero para mí está claro, como lo estaba para la doctora Passero desde hacía años, que el comité no está capacitado para saber qué muertes hospitalarias y qué resultados adversos podrían haberse evitado si se hubieran introducido cambios. Es lo que el comité debería hacer, pero se ha convertido en una especie de farsa y se limita a cumplir los requisitos de la Comisión Conjunta para mantener la acreditación del hospital.

Jack se quedó desconcertado ante la vehemencia de ambas mujeres y la emoción de Cherine. La veía en sus ojos oscuros y la oía en su voz, que se había vuelto cada vez más estridente a pesar de sus esfuerzos por no subir el volumen. Jack dedujo de su evidente pasión que sin duda era tan defensora de los cambios como al parecer lo había sido Sue Passero, lo que significaba que bien podrían haberlas considerado unas provocadoras o unas agitadoras.

—Muy interesante —le dijo intentando controlar sus dispersos pensamientos y centrarse en esa nueva información. No pudo evitar reconocer lo que podría significar si resultaba que la causa y la manera de la muerte de Sue seguían siendo imprecisas y tenía que considerar la idea de un homicidio—. Virginia me ha comentado parte de lo que usted está diciéndome, pero no creo que esté muy al tanto de los detalles. Me ha nombrado a tres personas con las que la doctora Passero tenía problemas: Peter Alinsky, el doctor Carl Wingate y el doctor Henry Thomas.

Cherine soltó otra breve carcajada.

—¡Virginia lo ha entendido perfectamente! Son el triunvirato. Así los llamábamos la doctora Passero y yo. Pero no era solo que tuviera problemas con ellos. La doctora Passero no soportaba a ninguno de ellos, que son los que controlan a quién se designa para el Grupo de Trabajo de Mortalidad y Morbilidad. Los tres son unos narcisistas integrales. Es gracioso que mencione al doctor Thomas. Ahora mismo estaba hablando por teléfono con él; acababa de terminar con su último caso de la jornada. Como es cirujano ortopédico, tengo que interactuar con él casi a diario. Para que se haga una idea de cómo es, me ha llamado para informarme de que su paciente es alguien importante y me ha ordenado que lo trate como tal. ¿Se lo imagina? Soy enfermera jefa de planta. Trato a todos los pacientes por igual. ¡Qué caradura!

—Entonces ¿está en cirugía ahora mismo? —le preguntó Jack pensando que podría ser providencial. Por lo que acababa de descubrir, pensó que una conversación con el doctor Thomas le ayudaría a hacerse una idea de qué le parecían a la administración las presiones de Sue Passero.

—Seguramente —le contestó Cherine—. Me ha llamado desde la sala de recuperación. —Se inclinó hacia delante y tras haber lanzado una rápida mirada para asegurarse de que los médicos no estaban prestándole atención, le dijo en voz baja—: Puedo contarle un secreto importante que hace poco me confió la doctora Passero y que le sorprenderá, como me sorprendió a mí. Le preocupaba que un asesino en serie hubiera estado activo en este hospital durante el último año. No, en realidad no solo le preocupaba. Estaba convencida.

En el momento en que Cherine le hizo esta confidencia, en la mente de Jack sonó una alarma. De repente, el grupo de artículos sobre asesinos en serie que había visto en la carpeta de Sue etiquetada como ARTÍCULOS DE INTERÉS SOBRE MORTALIDAD HOSPITALARIA adquirió un nuevo significado. Más importante aún, si había un asesino en serie en el hospital y este había descubierto que Sue estaba convencida de su existencia, sin duda ella había estado en peligro de muerte. Para Jack, esta nueva información reforzaba seriamente la posibilidad de que la muerte de Sue hubiera sido un homicidio.

—¿Cuándo se lo contó la doctora Passero? —le preguntó Jack.

—Hace cuatro o cinco días —le contestó Cherine—. El jueves o el viernes. Creo que el jueves.

Una vez lanzada su bomba, Cherine miró fijamente a Jack, como si lo desafiara a rebatirle lo que acababa de contarle. Jack carraspeó para darse tiempo a organizar sus pensamientos y le preguntó en el tono más tranquilo que pudo:

—Bueno, me parece interesante por muchas razones. Pero, dígame, ¿la doctora Passero le explicó por qué estaba convencida de que en el hospital andaba suelto un asesino en serie?

—Sí, claro —le contestó Cherine sin dudarlo, aunque aún en voz baja—. Incluso me mostró datos que había recopilado a partir de material del Grupo de Trabajo de Mortalidad y Morbilidad y del Comité de Cumplimiento. Al principio no acababa de creérmelo, pero Sue estaba empezando a convencerme.

—Y cree que solo se lo contó a usted —le dijo.

—Sí —le contestó Cherine—. La única otra posibilidad es

Virginia Davenport. La doctora Passero y ella dirigían juntas la Clínica de Medicina Interna, pero, sinceramente, me sorprendería que hubieran hablado de este tema. La doctora Passero no solía hablar de estos asuntos, y menos de algo tan serio. Dígame, ¿por casualidad Virginia le ha comentado algo que pueda hacerle sospechar que se lo había dicho?

—No, en absoluto, y me ha dado la impresión de que ha sido muy sincera conmigo.

—Creo que es la única que podría haberlo sabido —insistió Cherine—. En los últimos días, la doctora Passero y yo comentamos a quién debíamos contárselo. No era una decisión fácil. Como no tenía pruebas contundentes, temía comentarlo con los altos cargos del hospital por temor a que lo consideraran una pésima publicidad e intentaran ocultarlo. Tampoco quería que advirtieran al responsable, porque la única forma de descubrir quién era atraparlo *in fraganti*.

—¿Sospechaba de alguien en concreto?

—No. Ese era el problema. No sabía si el asesino era médico, enfermero, asistente o miembro del equipo de limpieza. Todas estas personas tienen acceso frecuente a los pacientes.

—Vale, vale —le dijo Jack con la mente acelerada—. Dígame por qué estaba tan convencida de que en este hospital operaba un asesino en serie. —Sonrió para sus adentros ante su irónica elección del verbo.

—Ahora no puedo —le dijo Cherine—. Es una historia complicada que no puedo explicarle sin datos, estadísticas y normas del hospital, y eso llevaría demasiado tiempo. Ya me he retrasado con el informe y la verdad es que estoy agotada, pero hoy es el último día de mi turno de tres días de doce horas. Mañana no trabajo, así que si está disponible en algún momento después de que haya dormido un poco, puedo explicárselo todo.

—Muy bien —le contestó, aunque estaba decepcionado. Metió la mano en un bolsillo en busca de una tarjeta de visita. Marcó con un círculo el número de móvil y le entregó la tarjeta a

Cherine—. Llámeme mañana cuando pueda. Le agradezco mucho que hable conmigo, con lo ocupada que está. Gracias por su tiempo y espero tener noticias suyas mañana.

Los dos se levantaron.

—Creo que es importante que alguien lo sepa —le dijo Cherine—. Después de asimilar la noticia de la muerte de la doctora Passero, me he preguntado a quién iba a acercarme, por razones obvias. De alguna manera es usted un salvador inesperado.

—Me gusta ese papel —le contestó Jack—. Es lo que hacemos los médicos forenses: hablamos por los muertos.

Cherine asintió, salió a toda prisa por la puerta y desapareció en un instante. Jack se volvió y miró a los tres médicos esperando en cierta manera sus expresiones de sorpresa por haber oído lo que le había confiado Cherine, pero seguían absortos introduciendo datos en el insaciable sistema informático del hospital, ajenos a lo que acababan de contarle.

Al mirar el reloj y ver que eran poco más de las seis, Jack pensó que había llegado el momento de dirigirse al Departamento de Urgencias con la esperanza de que Ronnie Cavanaugh hubiera aparecido antes de que empezara su turno, como le había comentado la doctora Sidoti que solía hacer. Ahora que le habían dicho que podía haber un asesino en serie suelto, hablar con ese hombre y descubrir más cosas sobre la muerte de Sue le parecía aún más importante. Estaba a punto de dirigirse al Departamento de Urgencias cuando recordó que podría tener la suerte de encontrar al doctor Henry Thomas y charlar un momento con él.

Con este pensamiento en mente, Jack salió a toda prisa de la sala y se dirigió de nuevo a los ascensores. Hacerse una idea de lo que la administración del hospital pensaba de Sue Passero, en concreto un miembro de lo que Cherine había llamado el triunvirato, había adquirido un nuevo sentido. Sabiendo que las relaciones entre el personal clínico y el administrativo de los hospitales solían ser frías, a Jack no le pareció probable que Laurie llegara a enterarse de que él estuviera investigando sobre el terreno.

La planta de ortopedia estaba aún más llena de pacientes. Mientras avanzaba hacia los ascensores, se le ocurrió otra idea respecto de la posibilidad de que un asesino en serie estuviera operando en el MMH y sacó el móvil. Buscó en sus contactos y llamó a Bart Arnold, el jefe del Departamento de Investigación de Medicina Legal de la OCME, con la esperanza de encontrarlo antes de que se hubiera marchado. Jack se alegró cuando contestó al segundo tono.

—Me alegro de haberte pillado —le dijo Jack sin presentarse—. Tengo que pedirte un favor.

—Estaba a punto de marcharme —le contestó Bart—. ¿Qué necesitas?

Bart y Jack tenían una excelente relación laboral, ya que cada uno valoraba el talento del otro. Aunque trabajaban con frecuencia mano a mano en casos complicados, Jack no pensaba decirle dónde estaba en ese momento y qué estaba haciendo por temor a que se ofendiera. Era comprensible que protegiera las prerrogativas del Departamento de IML.

—Me gustaría que me consiguieras algunas cifras —le dijo Jack—. ¿Crees que es posible averiguar las tasas de mortalidad mensuales solicitadas a la OCME desde el Manhattan Memorial Hospital durante los dos últimos años?

—No veo por qué no —le contestó Bart—. ¿Puedes esperar hasta mañana?

—La verdad es que cuanto antes las tengas mejor —le dijo Jack.

—Si el equipo no está muy ocupado esta noche, pediré que alguien empiece a investigarlo. Supongo que tendré algo para ti mañana. ¿Te va bien?

—Perfecto —le contestó Jack.

18

Mientras Jack bajaba en el ascensor, pensó en la advertencia que le había hecho Lou Soldano de que no jugara a los detectives porque era peligroso. Sabía que su amigo tenía razón; el aterrador tiroteo que había recordado al cruzar el puente peatonal para dirigirse al aparcamiento del MMH era una prueba más que evidente. Sin embargo, ahora la situación era diferente. En aquel momento sin duda había estado jugando a los detectives, pero en esta ocasión no corría ningún riesgo, porque lo único que hacía era reunir pruebas para decidir si debía intervenir en el caso un detective como Lou Soldano. Jack aún no sabía si la muerte de Sue había sido un homicidio, pero la información de que ella creía que en el hospital andaba suelto un asesino en serie aumentó sus sospechas. Si al final la muerte de Sue resultaba ser un homicidio, el presunto asesino en serie sería el principal sospechoso. En definitiva, el mundo profesional de Sue era muy diferente del que Jack había creído en un principio, sobre todo teniendo en cuenta la supuesta antipatía mutua entre el triunvirato y ella.

Salió del ascensor en el tercer piso. Sabía exactamente adónde iba porque visitó varias veces el complejo quirúrgico del MMH cuando había jugado a ser detective. Cruzó un par de puertas batientes, giró a la derecha y entró en la sala de cirugía.

Como bien recordaba, la sala era de unos diez metros cuadrados y tenía ventanas que daban a un patio interior. El mobiliario consistía en un par de sofás de plástico desgastados, unas cuantas sillas, todas diferentes, varias cabinas y un televisor a bajo volumen en el que se veían las noticias de la tarde. Al fondo, al otro extremo de la entrada, había una nevera y una máquina de café.

Como la jornada llegaba a su fin, el ambiente era relajado, aunque en la sala había más de diez personas, todas con el mismo uniforme quirúrgico unisex. Algunas con gorro o capucha, y otras sin ellos. Nadie llevaba mascarilla, aunque muchos la tenían colgada alrededor del cuello. Jack se quitó la suya, confiando en que todos estuvieran vacunados. Casi todos los médicos charlaban con un compañero, seguramente comentando los casos del día, lo que generaba un murmullo de fondo. Unos leían y otros dictaban. Por su experiencia personal como cirujano oftalmólogo, sabía que la imagen igualitaria del entorno era una farsa. El quirófano era uno de los ámbitos más jerárquicos del hospital, ya que los cirujanos y los anestesiólogos siempre se consideraban superiores a los demás.

Jack se aseguró de que la foto de Sue quedaba oculta y se aproximó a las dos personas que tenía más cerca.

—Disculpen —dijo interrumpiendo a las dos mujeres—. ¿Pueden decirme si el doctor Henry Thomas o el doctor Carl Wingate están por aquí?

Las mujeres se miraron con expresión interrogante. Después una de ellas le contestó:

—Creo que he visto a Henry entrando en el vestuario.

Y la otra mujer añadió:

—Yo he visto al doctor Wingate entrando en el quirófano ocho.

—Bien, gracias —les dijo—. Disculpen la interrupción.

—No hay problema —le contestó una de ellas.

Mientras Jack se alejaba, oyó a la otra preguntando: «¿Quién es ese tío?». Jack no oyó la respuesta porque ya casi había llegado a la puerta del vestuario de hombres. La empujó sin dudarlo.

Sabía qué esperar en el vestuario. Los cirujanos que hacían operaciones largas y estresantes, como los cardiotorácicos, solían ducharse, mientras que los que atendían casos breves, como los oftalmológicos, no acostumbraban a hacerlo. Los cirujanos ortopédicos estaban en un punto intermedio. Según su experiencia, Jack consideraba a los cirujanos ortopédicos un colectivo de médicos que solían estar contentos, eran simpáticos y resultaba fácil hablar con ellos.

Aunque, al igual que la sala, el vestuario estaba bastante lleno, no tuvo ningún problema en encontrar al doctor Thomas. La primera persona a la que le preguntó por él se lo señaló. Le pareció alentador que el cirujano ortopédico estuviera silbando mientras se abrochaba la camisa delante de su taquilla abierta, lo que sugería que su último caso había ido bien y que estaba de buen humor. La primera impresión de Jack al observar al hombre un instante fue que era un tipo fuerte, competitivo y seguramente bastante deportista, no muy diferente de sí mismo. No llegaba al metro ochenta y cinco de Jack, pero era más fornido, con un amenazante flotador alrededor de la cintura. Tenía los ojos oscuros y hundidos, y una mata de pelo castaño oscuro algo canoso por encima de las orejas.

—¿El doctor Henry Thomas? —le preguntó Jack en tono alegre y optimista.

El hombre dejó de silbar, miró a Jack y, en un tono sorprendentemente serio, casi beligerante, le dijo:

—¿Quién pregunta por él?

Jack, un poco desconcertado por su reacción, consiguió reprimir su tendencia al sarcasmo, ya que sugería que ese tipo tenía mala conciencia, un ego exagerado o ambas cosas a la vez.

—Soy el doctor Jack Stapleton, de la oficina del médico forense —le contestó forzando una sonrisa—. Me han encargado que investigue la muerte de la doctora Susan Passero y quisiera preguntarle su opinión sobre las circunstancias.

—¿Mi opinión? —Henry elevó el tono de voz, como si fuera una pregunta tonta—. ¿Sobre las circunstancias?

—Sí —le contestó Jack—. Estamos teniendo dificultades para determinar la causa exacta de su muerte, lo que nos obliga a investigar las circunstancias que la provocaron. Me he enterado de que la doctora estaba en desacuerdo con varias personas que no querían que formara parte de algún comité de este hospital.

—¿Quién ha sugerido tal cosa? —le preguntó Henry en tono ofendido.

—No puedo darle esa información —le contestó Jack—. Lo que sí puedo decirle es que lo nombraron a usted como una de las personas enemistadas con la doctora Passero.

—¿Quién se lo ha dicho? —volvió a preguntarle Henry. Ahora era evidente que estaba enfadado—. A ver si lo adivino… ¿Cherine Gardener?

—Como le he dicho, no puedo darle esa información.

—Bien, permítame que le diga algo sobre la doctora Passero. Era una alborotadora de extrema izquierda que quería estar en todos los putos comités de este hospital y no dejaba de buscar razones para quejarse. Sus causas eran interminables y estaban en constante expansión, como la opresión de los nativos americanos, la historia de la esclavitud, la difícil situación de las personas trans y todo lo que se le ocurra. Podría seguir hasta el infinito. Le digo que era un grano en el culo y formaba parte de esa puta cultura que ve injusticias sociales por todas partes. Cherine Gardener y ella querían hundir la reputación de este hospital. Los que nos preocupamos por esta venerable institución estábamos igualmente comprometidos a poner fin a todo esto.

El doctor Thomas, muy enfadado, siguió vistiéndose. Al parecer ya había hablado más de lo que estaba dispuesto a tolerar. Jack lo observó. El hombre irradiaba hostilidad, pero ¿era suficiente para impulsar a alguien al homicidio? Jack no lo sabía, si bien alimentaba su teoría de que el ambiente de trabajo y la reputación de Sue entre el personal eran muy diferentes de lo que él había imaginado.

Cuando Henry Thomas acabó de vestirse, se volvió hacia Jack, que había esperado pacientemente. Era evidente que estaba muy enfadado. Incluso tenía el rostro congestionado.

—¡Lo único que puedo decirle a la doctora Passero es adiós, muy buenas! El MMH está mejor sin ella.

—Me han dicho que deseaba formar parte del Grupo de Trabajo de Mortalidad y Morbilidad, pero que usted y otras personas se oponían. ¿Podría decirme algo al respecto?

El doctor Thomas se puso todavía más rojo y por un momento Jack se planteó la posibilidad de que le diera un puñetazo, pero no pasó nada.

—No tengo nada más que decirle —le soltó. Cerró la puerta de la taquilla y se marchó sin mirar atrás.

Jack miró al médico situado más cerca de él, a escasos dos metros de distancia, que también estaba vistiéndose. Era bastante más joven que el doctor Thomas y sin duda había presenciado su enfrentamiento con él.

—No he podido evitar oír su conversación —le dijo el médico—. ¡No se preocupe por el doctor Thomas! Es quijotesco, y eso quedándome corto, y a menudo se le cruzan los cables, pero es un cirujano traumatólogo buenísimo y dirige el departamento a la perfección.

—Me ha parecido que se ofendía enseguida —le comentó Jack.

—Es muy narcisista. No se lo tome como algo personal.

—¿Se ha enterado de la muerte de la doctora Susan Passero? —le preguntó Jack.

—Sí, claro. No la conocía, pero dicen que era una internista muy respetada. Qué triste, la verdad.

—Parece que el doctor Thomas cree que era una alborotadora. ¿Había oído alguna vez algo por el estilo?

—Nunca lo he oído —le contestó el hombre—, pero lo cierto es que intento mantenerme al margen de la política del hospital.

—Gracias.

—No hay de qué.

Jack volvió a la sala. Se preguntó si se encontraría a Henry Thomas tomándose un café o charlando con un compañero, pero no lo vio por ninguna parte. Pensaba darle una tarjeta por si entraba en razón y estaba dispuesto a mantener una conversación más tranquila. Miró el reloj para confirmar que aún le quedaba mucho tiempo para bajar al Departamento de Urgencias a buscar a Ronald Cavanaugh y se acercó a otras dos mujeres que charlaban junto a las ventanas. El patio estaba iluminado por cientos de pequeñas luces blancas enrolladas alrededor de los troncos y las ramas de los árboles sin hojas, lo que anticipaba la Navidad.

—Discúlpenme —les dijo Jack—. Siento interrumpirlas, pero estoy buscando al doctor Carl Wingate. Hace unos minutos me han dicho que estaba en el quirófano ocho.

—Ya ha salido —le contestó una de las mujeres—. Es el que está en la máquina de café. —Señaló a un hombre muy corpulento de estatura media vestido como todos los demás: con uniforme quirúrgico y gorro. Tenía la cara regordeta y blanda, con un tupido bigote. Acababa de añadir crema de leche a un vaso de café mientras charlaba con un compañero algo más delgado.

Jack le dio las gracias a la mujer y se dirigió a él. Mientras se acercaba, observó que Carl Wingate tenía las mejillas muy rojas por debajo de los ojos, como si se hubiera puesto colorete. Como las luces decorativas del patio le habían recordado que faltaba poco para la Navidad, pensó que, con una barba blanca, podría ser un Papá Noel convincente.

—Discúlpeme, doctor Wingate —le dijo Jack—. Lamento interrumpirlo, pero ¿puede dedicarme un momento?

Tras la breve y turbulenta conversación con Henry Thomas, Jack estaba más preparado para lo que pudiera pasar. Ya tenía en la mano una tarjeta de médico forense, que tendió al anestesiólogo. El hombre cogió la tarjeta con la mano que le quedaba libre.

—Nos vemos luego —le dijo el compañero, y se dirigió hacia la puerta.

Mientras Carl miraba la tarjeta, Jack le repitió la introducción que le había ofrecido a Henry Thomas, incluido el problema del nombramiento de Susan para los comités del hospital. A medida que hablaba, su mente inquieta y creativa de forense recordó algo en lo que no había pensado hasta ese momento. Los anestesiólogos eran las personas del hospital que más sabían sobre las mejores formas de matar a una persona y que fuera difícil detectarlo. En sentido estricto, todos los casos de anestesia general requerían dejar al paciente en un estado cercano a la muerte, mantenerlo así durante un tiempo y salvarlo al final de la intervención.

Tras haber observado la tarjeta de Jack, Carl hizo el gesto de devolvérsela.

—No, quédesela —le dijo Jack levantando la mano con la palma hacia fuera—. Le será más fácil ponerse en contacto conmigo si después de nuestra conversación recuerda algo más que crea que podría ser importante.

—Dudo que pueda ayudarle —le respondió Carl. A diferencia de Henry Thomas, después de haber escuchado la introducción de Jack habló sin que este apreciara cambios en su actitud. Se limitó a encogerse de hombros, se guardó la tarjeta en el bolsillo y añadió—: ¿Con quién ha hablado hasta ahora sobre la doctora Passero?

Jack se relajó un poco. Hasta ese momento se había preguntado si Carl Wingate reaccionaría de forma similar a Henry Thomas. Se sintió aliviado cuando pareció que no iba a ser el caso.

—He hablado un instante con el doctor Thomas —le contestó Jack observando a su interlocutor con atención. De manera deliberada, se abstuvo de mencionar a Cherine Gardener.

—Me dijeron que la doctora tuvo un ataque al corazón —le comentó Carl manteniendo la compostura.

—Hasta ahora no tenemos indicios de que fuera esa la causa de la muerte —le explicó Jack—. Y una prueba preliminar ha descartado la canalopatía. Así las cosas, estamos procediendo como si no hubiera sido causa natural, sobre todo porque nos han llegado noticias de que la doctora se llevaba muy mal con varios miembros del personal, en concreto con el doctor Thomas, con Peter Alinsky y con usted.

Jack se quedó un instante en silencio observando a su interlocutor con atención. La única reacción de este a la posible acusación de Jack fue un ligero temblor en el bigote.

—¿Está preguntándomelo o contándomelo? —le dijo Carl después de una pausa.

—Supongo que las dos cosas —le contestó Jack—. ¿La información que tengo acerca de la relación entre la doctora Passero y usted es correcta? ¿Se llevaban mal?

—Permítame que le diga que, en mi opinión, la doctora Passero era una agitadora. Puede que tuviera buenas intenciones, pero los líos que provocaba cada dos por tres no beneficiaban a esta institución. Si ya ha hablado usted con Henry, estoy seguro de que le ha dicho lo mismo, aunque seguramente con más vehemencia. Lo mismo le contará Peter si habla con él. No digo que no fuera una buena internista, pero estaba siempre incordiando con sus múltiples causas y sus quejas triviales.

Jack asintió. Había captado el mensaje, pero tuvo que contenerse para no preguntarle si consideraba trivial la posibilidad de que en el hospital hubiera un asesino en serie suelto. Le habría gustado preguntárselo, pero le dio miedo porque sabía que, de ser cierto, podría ser cualquiera del personal, desde un conserje hasta un jefe de departamento como Carl Wingate. Al fin y al cabo, como se había recordado a sí mismo, ¿quién podría ser un asesino en serie más eficiente que un anestesiólogo?

—Creo que hubo una especial oposición a su deseo de formar parte del Grupo de Trabajo de Mortalidad y Morbilidad. ¿Es así? Y si lo es, ¿por qué le negaron el puesto?

—¿Se lo ha preguntado al doctor Thomas?

—Sí, pero no me ha contestado. De repente ha dado por terminada nuestra conversación.

—No me sorprende. A todos nos parecía que la doctora Passero era una pesadilla insufrible, pero en especial al doctor Thomas. Ninguno de nosotros la quería en el grupo de trabajo por la sencilla razón de que, si entraba, iba a fastidiar la labor de todo el Comité de Mortalidad y Morbilidad. El grupo de trabajo es deliberadamente poco numeroso y decisivo, y su función principal consiste en seleccionar los casos que se presentarán a las reuniones del comité. Si ella hubiera estado en el grupo, habría insistido en que se presentaran todas las muertes y todos los contratiempos de los pacientes, lo cual sin duda es imposible, porque las reuniones del comité duran un tiempo determinado. Si el grupo de trabajo no puede hacer su labor, tampoco el Comité de Mortalidad y Morbilidad, y si no tenemos un Comité de Mortalidad y Morbilidad, perdemos la acreditación del hospital. Y si perdemos la acreditación, Medicare y Medicaid no nos pagan. En ese caso, nos veríamos obligados a cerrar las puertas. Es así de sencillo.

»Mire, ha sido un placer conocerlo, pero debo volver al quirófano, porque aún tengo que supervisar varios casos. —Carl dejó el vaso de café lleno en el mostrador, como si ya no le apeteciera tomárselo—. Tengo su tarjeta, así que si se me ocurre algo más que deba saber sobre la doctora Passero, lo llamaré.

—Se lo agradecería —le dijo Jack.

Estaba a punto de hacerle una última pregunta sobre la elección de los miembros del Grupo de Trabajo de Mortalidad y Morbilidad, pero, sin decir una sola palabra más y sin girar siquiera la cabeza, el jefe del Departamento de Anestesia se dirigió hacia la salida y desapareció.

Tras una pausa, estupefacto por el precipitado final de la conversación, Jack lo siguió. Sus breves conversaciones con los dos médicos no habían ido como esperaba y se preguntó si merecía la pena contactar con Peter Alinsky o si la conversación con él sería similar. Ya en el pasillo, a través de las ventanas de las puertas batientes que conducían a los quirófanos vio a Wingate alejándose. Jack pensó que era sorprendente lo similares que habían sido las conversaciones con los dos médicos, aunque el anestesiólogo no se había enfadado tanto.

Se encogió de hombros. Sus intentos no habían servido para mucho, aparte de para enterarse de que a Sue Passero no la quería ni la respetaba todo el mundo, como le habían sugerido Carol Sidoti y Kevin Strauss. Si tenía que plantearse la posibilidad de homicidio, el dato bien podría adquirir importancia para determinar el móvil, sobre todo teniendo en cuenta la reacción visceral del doctor Thomas.

Jack lamentó no haber descubierto nada nuevo sobre el tema del asesino en serie. Aunque había estado tentado de mencionárselo tanto a Henry Thomas como a Carl Wingate, sintió que no podía, al menos hasta que tuviera más información. Antes de abordar una posibilidad tan espantosa, debía tener al menos alguna confirmación de que era cierta, al margen de que Sue estuviera convencida de que lo era. También quería tener una idea más clara de quién podría ser. Como había echado un vistazo a los artículos de la carpeta de mortalidad hospitalaria, sabía que cualquier miembro del personal, desde camilleros hasta enfermeros y médicos, podía ser un asesino en serie, porque todos tenían acceso directo tanto a los pacientes como a los medios para poner fin a la vida de alguien. Por la gran cantidad de artículos acumulados por Sue, era evidente que entre el personal sanitario había muchos más asesinos en serie de los que él creía, y los artículos trataban solo de asesinos a los que habían pillado. Jack se estremeció al preguntarse a cuántos no habían descubierto, por la sencilla razón de que los hospitales son lugares donde se cuenta con que los pacientes mueran, así que no siempre se investigan las muertes como se debería. Además existía el problema añadido de que el capital privado invertía cada vez más en el ámbito médico y quería conseguir las mayores ganancias posibles de los hospitales reduciendo la cantidad de enfermeros por paciente, y por lo tanto reduciendo la supervisión, lo que facilitaba la tarea a los aspirantes a asesino en serie.

Mientras se dirigía a los ascensores al tiempo que se volvía a poner la mascarilla, Jack intentó encarrilar su pensamiento. Sentía que había hecho cuanto estaba en sus manos con los dos médicos, pero había llegado el momento de ir al Departamento de Urgencias y buscar a Ronald Cavanaugh. Sabía que tenía que volver a su misión principal: descubrir la causa y la manera exactas de la muerte de Sue.

19

Mientras Jack se dirigía en ascensor a la planta baja, se descubrió negando con la cabeza al pensar que, efectivamente, había conseguido distraerse. Desde que había llegado al trabajo esa mañana y se topó con el caso de Sue Passero, sus problemas familiares le parecían insignificantes, incluso un poco egoístas y sin duda manejables, así que de alguna manera había logrado su objetivo. Pero también tenía un coste emocional. Había tenido muchos casos complicados en su carrera forense, pero ninguno tan perturbador a nivel emocional como el que le ocupaba ahora, y lo sería más si su insistente intuición resultaba correcta. Si era del todo sincero consigo mismo, debía admitir que desde el momento en que examinó el corazón de Sue y descubrió que su estado era completamente normal, no se había librado del temor de estar lidiando con el homicidio de una amiga de Laurie.

Perdido en estos pensamientos, y a pesar de que ya lo habían echado del hospital unas horas antes, no recordó que debía estar atento para que no lo reconocieran mientras cruzaba el vestíbulo principal en dirección al Departamento de Urgencias hasta que casi se topó con quien menos deseaba hacerlo, Martin Cheveau.

—¿Jack Stapleton? —le preguntó este en un tono artificialmente agudo. Levantó las manos, con las palmas hacia arriba, muy asombrado—. ¿Qué demonios está haciendo aquí otra vez si ya lo han echado hace unas horas?

—Supongo que es una especie de adicción —le contestó Jack—. Es un lugar tan intrigante que no puedo mantenerme alejado.

—¡Es usted imposible! —exclamó Martin, enfadado—. Y le aseguro que se lo voy a comunicar ahora mismo a la presidenta.

—Espero que tenga asuntos más importantes de los que ocuparse que de un médico forense que investiga legalmente la muerte de un miembro del personal del hospital. Además, ya casi he terminado y me marcho, así que no es necesario que se moleste.

Martin farfulló algo y, al ver que Jack lo ignoraba y seguía su camino hacia el Departamento de Urgencias, corrió furioso tras él. Todavía más enfadado porque Jack no le había hecho caso, le dijo que se ocuparía de que la presidenta presentara una denuncia formal al ayuntamiento. Jack hizo una mueca al oír la amenaza, porque sabía que podían hacerlo, como ya había sucedido en el pasado. Pero el daño ya estaba hecho, y no se le ocurría ninguna forma de calmar al furibundo jefe del Departamento de Microbiología.

Para alivio de Jack, Martin se dio por vencido cuando Jack empujó las puertas batientes y entró en el Departamento de Urgencias, pero su alivio duró poco porque en ese momento su teléfono vibró indicando que había recibido un mensaje. Al mirar la pantalla, vio que era Laurie. Se detuvo y leyó el mensaje sintiéndose culpable. Decía que la reunión con el alcalde electo había terminado por fin y que, aunque había recibido su mensaje, se preguntaba si aún estaba en el edificio.

Jack le contestó que estaba de camino a casa y que ya le contaría cómo le había ido. No mencionó dónde se encontraba, por supuesto. Cuando Laurie le mandó un emoticono con el pulgar hacia arriba, se guardó el teléfono en el bolsillo y siguió hasta la sala de espera principal del Departamento de Urgencias. Como esperaba, había mucha más gente que en su visita anterior. No le sorprendió, porque sabía que los síntomas que las personas pasaban por alto durante todo el día a menudo las llevaban a urgencias a la hora de cenar.

Al acercarse al mostrador, Jack se animó. Había pensado en preguntar por la doctora Carol Sidoti, pero no fue necesario. Estaba detrás del mostrador hablando con varias enfermeras de triaje. En cuanto interrumpió la conversación, Jack se dirigió a ella.

—Doctora Sidoti, he decidido seguir su consejo e intentar hablar con Ronnie Cavanaugh. ¿Lo ha visto esta tarde?

—Sí —le contestó Carol—. He hablado con él hace unos minutos.

—¿Sabe dónde puede estar?

—Creo que ha entrado en la sala del Departamento de Urgencias. —Señaló una puerta sin cartel detrás de Jack, en el pasillo que conducía al hospital—. Desde que empezó la pandemia, lleva uniforme médico durante su turno.

Jack le levantó el pulgar y se dirigió a la puerta que le había indicado. Mientras entraba en la sala, pensó en cuánto habían cambiado las cosas en urgencias desde que él había sido residente. En aquel entonces se llamaba sala de urgencias y era una gran habitación con compartimentos separados con cortinas. Más importante aún, la atendían médicos y cirujanos residentes. Ahora se llamaba Departamento de Urgencias y era enorme, dividido en zonas separadas en función del nivel de gravedad del paciente. La medicina de urgencia se había convertido en una especialidad, y contaba con médicos titulados y muy preparados, como Carol Sidoti. Ahora los residentes se limitaban a ayudar. En un hospital del tamaño del MMH, el Departamento de Urgencias era casi un hospital aparte bajo el mismo techo, con su sección de imágenes y su laboratorio, así como camas para pasar la noche, de modo que podían tener a pacientes en observación durante veinticuatro horas sin necesidad de pasar por el proceso de ingreso hospitalario.

A diferencia de la sala de cirugía, a esa hora la sala del Departamento de Urgencias se encontraba desierta. Tampoco tenía ventanas, ya que estaba en la zona central del departamento, aunque los muebles eran similares: un par de sofás anodinos, la misma mezcolanza de sillas y una pequeña zona de cocina. En un televisor de pantalla plana se veían las noticias de la tarde, pero sin sonido. Jack entró en el vestuario de hombres con la esperanza de encontrar a alguien y de inmediato vio a un hombre delgado y musculoso poniéndose la parte de arriba del uniforme quirúrgico. Calculó que tendría algo más de treinta años. Ya se había puesto los pantalones.

—¿Ronald Cavanaugh? —le preguntó.

—El mismo, pero prefiero que me llame Ronnie. —Sonrió. Tenía una bonita voz de barítono. A Jack le pareció detectar un ligero acento de Boston.

—Pues Ronnie —le dijo Jack.

Observó al hombre, de una estatura similar a la suya. Parecía tan irlandés como sugería su apellido. Tenía el pelo castaño oscuro, los ojos azules, la nariz respingona, los pómulos altos y la barbilla prominente y redonda. Su tez era pálida y algo enrojecida, como si acabara de llegar del frío. Unas pequeñas marcas en las mejillas sugerían que de adolescente había tenido un poco de acné.

Jack se presentó mientras le tendía una tarjeta. Le preguntó si tenía un momento para hablar sobre la muerte de la doctora Susan Passero.

—No hay problema —le contestó Ronnie después de haber mirado la tarjeta de Jack—, si no es mucho tiempo. Mi turno empieza a las siete en punto, pero, como los supervisores del turno de día ya me han pasado los informes, tengo tiempo hasta esa hora. —Cogió una mascarilla que había dejado en el banco situado debajo de las taquillas y la levantó—. ¿Quiere que me la ponga? —le preguntó en tono alegre.

—No será necesario si está vacunado y con dosis de refuerzo —le contestó Jack.

—Lo estoy —le confirmó Ronnie—, por supuesto.

—Yo también —le dijo Jack quitándose la mascarilla.

—¿Dónde prefiere que hablemos, aquí o en la sala? —le preguntó el enfermero señalando el largo banco. El vestuario era muy similar al de cirugía.

—Por mí está bien aquí —le contestó Jack.

Los dos hombres se sentaron a horcajadas en el banco, uno frente al otro, a unos dos metros de distancia. Ronnie volvió a mirar la tarjeta de Jack.

—¿Sabe? Me sonaba su nombre —le dijo Ronnie—. Y ahora recuerdo por qué. Leí un artículo sobre usted en el *Daily News* hace un par de años. Si no me equivoco ayudó a descubrir a un patólogo de la Universidad de Nueva York que había asesinado a su novia.

—Mi papel fue secundario —le explicó Jack—. El verdadero protagonista fue un residente de patología.

—Recuerdo sobre todo que juega al baloncesto y que solo se mueve por la ciudad en bicicleta. ¿Es cierto?

—Sí —se limitó a contestarle Jack.

—Yo jugaba mucho al baloncesto cuando estaba en la Marina —le comentó Ronnie—. Es un deporte fantástico, aunque duro para las rodillas.

—¿Estuvo en la Marina? —le preguntó Jack. No quería perder el tiempo hablando de sí mismo.

—Sí, ingresar en la Marina fue la mejor decisión de mi vida. Me retiré como ayudante médico independiente en un submarino nuclear de ataque rápido en Groton, Connecticut —le explicó Ronnie con orgullo—. Allí empezó mi formación médica. La Marina incluso me ayudó a conseguir la licenciatura en enfermería para veteranos. Pero volviendo al tema que nos ocupa, tengo que decirle que, en los cuatro años que llevo aquí, usted es el primer médico forense al que conozco. Suelo tratar con técnicos especializados en todos los casos forenses... no recuerdo cómo les llaman.

—Investigadores médicos legales —le aclaró Jack.

—¡Eso! —exclamó Ronnie—. Y doy por sentado que sabe que anoche hablé largo y tendido sobre la muerte de la doctora Passero con Kevin Strauss. He hablado con él muchas veces, sobre todo por teléfono, porque, como soy el supervisor de enfermería nocturno, siempre soy yo el que llama en los casos forenses. Es un tipo inteligente y sin duda sabe lo que hace.

—Sé que se reunió con Kevin —confirmó Jack—. Y he hablado con él sobre el caso. Debo decirle que él también habla muy bien de usted.

—Las abejas obreras nos apreciamos entre nosotras —le dijo Ronnie con una carcajada y un gesto de quitarle importancia—. No busco halagos. El problema es que creo que no voy a poder añadir nada a lo que le dije a Kevin. Lo siento si no puedo ser más útil.

—Puede que tenga razón —admitió Jack—, pero ahora sabemos más sobre el caso de la doctora Passero que anoche. Le hemos hecho la autopsia, pero no hemos encontrado evidencias de patología cardiaca, lo que significa que aún no tenemos la causa ni las circunstancias de la muerte. El corazón y las arterias coronarias parecían normales en la inspección ocular. Aunque aún está pendiente el análisis histológico, dudo que arroje alguna luz.

—¿En serio? —le preguntó Ronnie—. No me lo puedo creer. —Entrecerró los ojos y frunció el ceño dramáticamente—. ¿El corazón era normal? ¿Cómo es posible? Estaba seguro de que había sido un ataque cardiaco, y todo el mundo en el Departamento de Urgencias, en especial sabiendo que era diabética.

—A nosotros también nos ha sorprendido —le dijo Jack—, por eso estoy aquí.

—No esperaba algo así —le comentó Ronnie—. ¿Y un derrame cerebral o una canalopatía? No conseguimos un solo latido del corazón, creo que se lo dije a Kevin Strauss.

—No había signos de derrame cerebral, y en la prueba preliminar se ha descartado la canalopatía —le explicó Jack.

Estaba impresionado. Recordó a Carol Sidoti describiendo al enfermero como perspicaz desde el punto de vista clínico, además de amable, y a Kevin Strauss diciendo que era un tipo listo, y Jack se dio cuenta de que ambos tenían razón. Era alentador encontrarse con alguien así y un alivio después de las desagradables conversaciones que había tenido con los dos médicos. Jack estaba a punto de seguir preguntándole cómo se habían desarrollado las cosas en el aparcamiento minuto a minuto cuando se detuvo. Ronnie, que había cerrado los ojos y se sujetaba la cabeza con las dos manos, dejó escapar un suspiro quejumbroso y se frotó los ojos. Jack esperó respetuosamente. Era evidente que el enfermero estaba haciendo un gran esfuerzo.

Transcurrido un momento, Ronnie dejó caer las manos, resopló y miró a Jack con ojos llorosos.

—Lo siento —se disculpó—. No estoy siendo muy profesional, pero me temo que estoy en un territorio emocional desconocido para mí. Nunca había tenido que reanimar a un amigo y compañero, y le aseguro que no es fácil lidiar con ello, menos aún al no haberlo conseguido. He intervenido en muchísimos paros cardiacos, ya que me corresponde atender todos los que se producen cuando estoy de servicio, y he aprendido a manejarlos bien. De hecho, puedo decir que muy bien. Pero la única vez que de verdad me importaba, no lo he logrado.

—Siento hacerle revivir el momento —le dijo Jack—, pero estoy seguro de que entiende que puede ser importante. En medicina forense es fundamental descubrir la causa y la manera de la muerte, y de momento estamos perdidos.

—Claro que lo entiendo, pero debo admitir que me cuesta hablar de esto. Sue era una doctora maravillosa que valoraba a los enfermeros, porque somos los que estamos en las trincheras atendiendo a los pacientes. Y le aseguro que no todos los médicos lo reconocen. Además era una persona cariñosa y amable. Voy a echarla de menos, como muchas otras personas.

—¿Está diciéndome que, además de compañeros, eran amigos? —le preguntó Jack, algo extrañado. La información le sorprendió tanto como enterarse de la enemistad de Sue con Thomas, Wingate y Alinsky, solo que en este caso la sorpresa era positiva.

—Sí, por supuesto —le contestó Ronnie—. Si por la noche necesitaba que se hiciera algo a un paciente ingresado, siempre me llamaba directamente al móvil. No hace mucho incluso me invitó a su casa, en Jersey, donde conocí a su marido, Abby, y a sus dos hijos.

—Qué casualidad —le comentó Jack—. Mi mujer y yo también éramos amigos suyos, también hemos estado en su casa, en Fort Lee, y su marido y ella han estado en nuestra casa aquí, en la ciudad.

—No me sorprende —le dijo Ronnie—. Era amiga de casi todo el mundo, menos de algunos peces gordos del MMH.

—Me interesa este tema y me gustaría comentarlo con usted, pero antes quisiera que nos centráramos en los detalles del momento en que encontró a Sue en el aparcamiento.

Ronnie miró el reloj, un gesto que no le pasó inadvertido a Jack.

—¿Cómo va de tiempo? —le preguntó.

—Bien. Tengo diez minutos hasta la hora de fichar.

—De acuerdo, intentaré darme prisa —le dijo Jack—. Hablemos de cuando llegó al aparcamiento anoche. ¿Vio a alguien o algún vehículo fuera de lo común? Tómese un momento para pensarlo.

—No necesito pensarlo —le contestó Ronnie—. Anoche, cuando las cosas se calmaron, estuve repasándolo mentalmente, pero todo fue normal. Siempre llego una hora antes del cambio de turno, o sea, antes que la mayoría del personal del turno de noche, así que en ese momento apenas entraban coches. Me dejan aparcar mi Cherokee en la zona reservada para médicos, en el segundo piso, cerca del puente peatonal, siempre y cuando salga justo después de las siete de la mañana. Por eso vi a Sue desplomada encima del volante. Conozco su BMW, porque nos encontrábamos de vez en cuando. Al ver su coche, pensé: «Vaya, qué tarde se marcha Sue hoy», y después vi su silueta.

—¿Recuerda haber visto a alguien más cerca de usted o del coche de la doctora en ese momento?

—Alrededor del coche no —le contestó Ronnie—. Oí a alguien detrás de mí, que resultó ser Barbara Collins, de la planta de ginecología. Fue a ella a la que acabé llamando para que me echara una mano.

—Bien. ¿Qué pasó después?

—Me detuve y observé a Sue un segundo. No la veía bien, pero de repente me di cuenta de que no se movía. Me pregunté si tenía problemas con el coche y me acerqué a la ventanilla del lado del conductor. En ese momento vi que parecía inconsciente.

—Bien —le dijo Jack—, ¿y qué hizo? Intente recordarlo todo. ¿Sue se movía, se agarraba el pecho o estaba totalmente inmóvil?

—No esperé a ver si se movía —le contestó Ronnie—. Golpeé el vidrio con los nudillos, aunque creo que sería más exacto decir que lo aporreé. Ella no se movió, así que probé con la puerta, que no estaba cerrada con llave. Entonces me di cuenta de que estaba agonizando, porque cayó a mis brazos. Grité a Barbara mientras la dejaba en el suelo. Sue no respiraba, no tenía pulso, la zona de alrededor de la boca estaba muy blanca y tenía las conjuntivas azules. Empecé la recuperación cardiopulmonar con compresiones torácicas sin dudarlo.

—Le dijo a Kevin Strauss que el color de Sue mejoró.

—Sí, y lo mismo les dije a los médicos de urgencias. Casi de inmediato la cianosis se redujo drásticamente. Creí que era buena señal, y por eso me costó tanto aceptar lo que acabó pasando.

En otros paros cardiacos en los que he intervenido, estas ligeras mejorías indicaban un desenlace positivo. ¿Por qué no fue así en este caso? Toda la vida me quedaré con esa duda. —Ronnie se quedó un momento mirando a la lejanía. Suspiró de nuevo antes de volver a dirigir la atención a Jack—. Lo siento.

—Tranquilo —le dijo Jack—. Entiendo que no ha sido fácil para usted. Dígame, ¿el equipo de urgencias llegó enseguida a la escena?

—Sí —le contestó el enfermero—. Mientras yo hacía las compresiones torácicas y el boca a boca en una secuencia de treinta a dos, Barbara llamó al Departamento de Urgencias, y en cuestión de minutos llegaron varios enfermeros y un médico. Trajeron oxígeno y un ambú, y el color de Sue mejoró aún más. En menos de cinco minutos estaba en una sala de urgencias, sin haber interrumpido la recuperación cardiopulmonar. Allí intentaron reanimarla y, créame, hicieron todo lo posible.

—Esta ha sido mi impresión cuando he hablado con la doctora Sidoti —le comentó Jack—. ¿Cómo vamos de tiempo?

Ronnie volvió a mirar el reloj.

—Bien. Aún me quedan cinco minutos.

—Vale, perfecto —le dijo Jack—. Antes de marcharme, me gustaría volver al comentario que ha hecho acerca de que Sue era amiga de todo el mundo menos de algunos peces gordos del MMH. ¿Puede contarme algo más al respecto?

—Claro —le contestó Ronnie—. No es ningún secreto que un grupito de altos mandos creía que Sue era una alborotadora empeñada en empañar el buen nombre de esta institución. En los últimos tiempos estaban un poco desesperados porque se rumoreaba que ella podría entrar en la junta del hospital. La ironía es que, desde mi punto de vista, y el de casi todos, a Sue le preocupaba la reputación del hospital más que a nadie, y de ahí su activismo. Quería formar parte de casi todos los comités del hospital, y cuando estaba en uno, se lo tomaba muy en serio, a diferencia de la mayoría de los médicos.

—Cuando dice altos mandos, entiendo que habla del triunvirato de Thomas, Wingate y Alinsky —le dijo Jack sintiendo que tenía que acelerar la conversación para conseguir más información antes de que el enfermero tuviera que marcharse. En general, cuando hacía una entrevista forense, procuraba no dirigir a su interlocutor.

Ronnie abrió la boca despacio, sorprendido por el comentario de Jack, y después se rio.

—¡Vaya! ¡Ha trabajado mucho! Me da la impresión de que ha hablado de este tema con más personas, además de con su investigador médico legal.

—Me interesa mucho este caso —le explicó Jack—. Estoy intentando conseguir toda la información posible por si resulta que no encuentro la causa de la muerte. En realidad esta es la segunda vez que vengo al hospital hoy. Este mediodía he revisado el coche y he hablado con Virginia Davenport, que me ha ayudado mucho.

—Virginia será una buena fuente para usted, porque trabajaba con Sue, pero solo con los pacientes ambulatorios —le explicó Ronnie—. Iba a sugerirle a otra persona que podría serle más útil, pero me da la impresión de que no será necesario. Presiento que ya ha hablado con Cherine Gardener. ¿Me equivoco?

—He hablado con Cherine Gardener —le confirmó Jack, sorprendido de que lo hubiera adivinado—. ¿Cómo lo ha sabido?

—Lo he sabido en cuanto ha utilizado la palabra «triunvirato». Era un apelativo privado y despectivo que Sue, Cherine y yo empleábamos para referirnos a las tres personas que ha nombrado, pero lo usábamos solo entre nosotros.

A Jack se le ocurrió que el triunvirato de Thomas, Wingate y Alinsky había provocado un triunvirato de Sue, Cherine y Ronnie, lo que quizá significaba que Sue les había contado a Ronnie y a Cherine sus preocupaciones sobre la posibilidad de que hubiera un asesino en serie entre el personal sanitario del hospital.

El problema era cómo descubrirlo. Estaba ante el mismo dilema que había sentido con Thomas y Wingate, y no sabía qué hacer.

—¿Cherine le ha podido ayudar? —le preguntó Ronnie.

—Una barbaridad, aunque solo ha podido dedicarme unos minutos, porque tenía mucho que hacer —le contestó Jack—. Pero mañana no trabaja y se ha ofrecido a llamarme para darme todos los detalles que no le ha dado tiempo a contarme. Me ha dicho que Sue iba a montar un escándalo porque no le habían permitido formar parte del Grupo de Trabajo de Mortalidad y Morbilidad. Doy por sentado que usted ya lo sabe.

—Con todo detalle —le dijo Ronnie volviendo a reírse—. Cuando tenga más tiempo, puedo contarle todos los entresijos. Es bastante complicado, con egos desmedidos que se sienten amenazados, ya me entiende.

—¿Cuándo tendrá algo de tiempo libre? —le preguntó Jack.

—Esta noche trabajo, claro. Después tengo tres noches libres. Podríamos quedar el miércoles o el jueves por la tarde. No necesito dormir mucho. Le enviaré un mensaje para que tenga mi número.

—Estupendo —le dijo Jack—. Cuanto antes quedemos, mejor. Por cierto, ¿es usted el único supervisor de enfermería del turno de noche?

—Sí —le contestó Ronnie—. Antes éramos dos, y funcionaba mucho mejor que solo con uno, pero hace poco más de un año AmeriCare tuvo la brillante idea de dejar a un único supervisor de enfermería en el turno de noche y además redujo el número de enfermeros por paciente, que pasó de ser uno cada cinco a uno cada ocho. Se trata de ahorrar dinero, ya me entiende, pero la realidad es que ha hecho que mi trabajo sea casi imposible. Por la noche no paro. Tengo que ocuparme de cualquier cosa que ocurra, porque en mi turno no hay administrador. Hay uno de guardia, pero no soportan que los llamen, así que todo lo que sucede en este maldito hospital recae sobre mis hombros.

—Debe de ser muy estresante —le comentó Jack—. ¿Trabaja solo de noche? ¿Lo ha elegido usted?

—Sí, lo he elegido yo —le contestó Ronnie—. Bueno, me quejo, como los demás supervisores nocturnos, porque es estresante, pero nos gusta que no haya administradores cerca con sus grandes egos. Además, no vienen tantos médicos privados con exigencias. Pueden ser tan malos o peores que los administradores.

—Antes me ha dicho que habla con frecuencia con Kevin Strauss. ¿Por qué? ¿Tiene que notificar a menudo muertes a los médicos forenses?

—Por supuesto —le contestó Ronnie—. Me llaman en todas las muertes, por eso sé cuándo se trata de un caso forense y cuándo no. Si se trata de un caso forense, siempre soy yo el que llama.

—¿No lo hace el médico privado o el médico de la plantilla?

Ronnie soltó una breve carcajada.

—¡Casi nunca! Como le he dicho, al ser el supervisor de enfermería del turno de noche, debo ocuparme de todo. Tanto si un paciente se cae de la cama como si estira la pata a las tres de la mañana, yo me ocupo de principio a fin.

Ronnie volvió a mirar el reloj y, al ver la hora, se levantó.

—¡Vaya! Lo siento, pero debo interrumpir nuestra conversación, porque es la hora de fichar. Podemos seguir mañana o el jueves, cuando prefiera. Lo llamaré mañana cuando me despierte y quedamos. ¡Chao!

—Una última pregunta rápida —le dijo Jack—. Me han dicho que el Grupo de Trabajo de Mortalidad y Morbilidad es pequeño. ¿Cuántos son? ¿Y por casualidad conoce a todos los que forman parte de él? —Jack recordó que Virginia le había dicho que Thomas, Wingate y Alinsky eran miembros.

—Es un grupo muy pequeño —le contestó Ronnie cerrando la taquilla y girando el dial—. Solo somos cuatro.

—¡Vaya, sí que es pequeño! —exclamó Jack, muy sorprendido—. Y ha dicho «somos». ¿Está usted en el grupo?

Ronnie soltó otra breve carcajada.

—No solo estoy en el grupo, sino que, a todos los efectos, soy el grupo. Los demás son el triunvirato, pero solo son miembros nominales. Tengo que hacerlo todo yo y conseguir su aprobación. Soy el que planifica y programa las reuniones del Comité de Mortalidad y Morbilidad, que es un auténtico coñazo. Y por eso defendía el nombramiento de Sue Passero. Ella me habría ayudado y se habría ocupado de sus funciones, cosa que no puedo decir de los tres peces gordos.

Ronald Cavanaugh levantó la tarjeta de Jack para indicarle que lo llamaría y se dirigió a la puerta. Jack extendió la mano y lo agarró del brazo para detenerlo. El enfermero miró la mano de Jack en su antebrazo con una expresión incrédula, como si el gesto lo hubiera pillado desprevenido.

—Tengo que marcharme, de verdad —le dijo—. Nunca llego tarde. Lo aprendí en el ejército.

—Por supuesto —le dijo Jack soltándole el brazo—, pero me han dicho que el Grupo de Trabajo de Mortalidad y Morbilidad también se ocupa de generar el índice de mortalidad. ¿Es cierto?

—Se supone que sí —le contestó Ronnie apresuradamente—, aunque en realidad el índice de mortalidad lo genera el ordenador del hospital con todos los datos diarios sobre las muertes que se producen en el centro. El grupo de trabajo solo lo aprueba para que el Comité de Cumplimiento vea que el Comité de Mortalidad y Morbilidad está controlándolo.

—¿Cómo ha ido el índice de mortalidad, digamos, en el último año? —Jack intentó hacer una última pregunta a pesar de que el enfermero debía marcharse. Sabiendo que podía haber un asesino en serie suelto, de repente se le ocurrió que la estadística podría ser reveladora y quizá hubiera sido lo que convenció a Sue.

—El índice de mortalidad ha ido muy bien —le contestó Ronnie empujando la puerta—. De hecho, este año ha caído por debajo de 0,85, que es un resultado buenísimo en un centro médico académico al que derivan casos difíciles de otros hospitales. Es el mejor índice de los centros académicos de Nueva York, incluidos Columbia, Cornell y la Universidad de Nueva York. ¡Chao! Lo llamaré mañana por la tarde.

El enfermero se marchó y la puerta se cerró.

Jack se quedó unos minutos donde estaba, sentado a horcajadas en el banco, maravillado de que la distracción que había encontrado estuviera complicándose cada vez más. Ese hombre le había dado mucha información, y sin duda tendría que conseguir más si al final acababa investigando tanto la muerte de Sue por homicidio como el asunto del asesino en serie, en especial si estaban relacionados. Cabía la posibilidad de que el presunto asesino en serie creyera que tenía que eliminar a Sue para evitar que lo descubrieran.

Pensando en la conversación con Ronnie, se arrepintió de no haber sacado el tema del asesino en serie para que le diera su opinión, porque estaba muy integrado en el MMH. No lo había hecho por la misma razón por la que no había mencionado el tema con Wingate ni con Thomas: todos eran sospechosos. Pero si Sue, Cherine y Ronnie se oponían al triunvirato, parecía razonable que compartieran una preocupación tan grave y trascendental. Por otra parte, no estaba seguro de que el enfermero lo supiera, ya que solo habían pasado cuatro o cinco días, con un fin de semana en medio, desde que Sue le había contado su teoría a Cherine, quien había insistido en que solo se lo había confiado a ella. Y Jack acababa de enterarse de que el índice de mortalidad del MMH había descendido en el último año. ¿Cómo podría haber evidencias estadísticas de un asesino en serie muy activo, es decir, de muertes de personas que no deberían haber muerto? Cherine le había comentado que la convicción de Sue se basaba en estadísticas, pero si Ronnie tenía razón respecto del descenso del índice de mortalidad, no tenía ningún sentido.

Jack suspiró y se levantó. No había duda de que Ronnie y Cherine habían sido las dos fuentes más fructíferas hasta ese momento, y se alegraba de haberse tomado la molestia de volver al hospital. Sin embargo, a pesar de la información que había conseguido, no pudo evitar admitir que todavía no sabía qué era lo que no sabía. Los temas clave tendrían que esperar al día siguiente, cuando Cherine le contaría qué estadísticas habían convencido a Sue de que andaba suelto un asesino en serie, y cuando descubriría si la histología y/o la toxicología iban a proporcionarle la causa y la manera de su muerte.

Jack salió del Departamento de Urgencias y se dirigió de nuevo al vestíbulo principal con la esperanza de no volver a encontrarse con Martin Cheveau, Alinsky o, peor aún, con la presidenta Schechter. Como ya eran casi las siete, pensó que había pocas posibilidades, aunque no era imposible. Pero al girar una esquina, sus peores temores se hicieron realidad. Más allá de la multitud que esperaba un ascensor, vio a la presidenta del hospital, a Cheveau y a varios guardias de seguridad vestidos de negro que se dirigían rápidamente hacia él. Temió que gritaran su nombre, pero, por suerte, no fue así. Se volvió de inmediato y regresó a toda prisa al Departamento de Urgencias, por cuya puerta pudo salir al exterior sin problema. Para evitar otra escena, rodeó el hospital corriendo para ir a buscar la bicicleta, que estaba delante de la puerta principal.

20

Martes, 7 de diciembre, 19.25 h

Después de cruzar casi todo Central Park en la penumbra, Jack salió en la calle 106 del West Side y recorrió la distancia hasta su casa de ladrillo visto, donde se cargó la bicicleta al hombro y subió los escalones. Cuando llegó arriba, se volvió para mirar con tristeza el pequeño parque al otro lado de la calle, con su campo de baloncesto iluminado gracias a que él había pagado la instalación de las luces. Estaban jugando un partido, e incluso desde esa distancia distinguía a varios jugadores. Sintió el deseo de unirse a ellos, porque le encantaba jugar, pero por desgracia no podía. De camino a casa había decidido que esa noche iba a investigar un poco sobre asesinos en serie entre el personal sanitario y quería empezar lo antes posible. Habría preferido tener la carpeta de Sue, y así habría podido leer los artículos concretos que le interesaban a ella. No era posible, claro, pero supuso que en internet encontraría la mayoría de los artículos que ella había impreso. También quería llamar a Abby para saber si estaba al corriente de los problemas de Sue en el hospital y si alguna vez le había hablado de la posibilidad de que un asesino en serie acechara en los pasillos, aunque lo dudaba, porque Sue había comentado en varias ocasiones que cumplía a rajatabla la norma de no llevarse a casa los problemas del trabajo.

Una vez dentro, Jack metió la bicicleta en el trastero que había hecho construir cuando reformaron el edificio y la colgó de la rueda delantera al lado de la de su hijo. En ese cuarto también guardaban el equipamiento deportivo que J.J. y él utilizaban en Central Park los fines de semana y algunas tardes de verano, cuando había luz hasta casi las nueve de la noche. Dejó la mochila vacía en un compartimento de la estantería de la pared de enfrente.

Después empezó a subir la escalera. Su vivienda ocupaba las tres plantas superiores. En las tres inferiores habían construido seis apartamentos de alquiler, que cubrían la mayor parte de los gastos del edificio, incluida una cantidad considerable de la hipoteca. Jack creía que haber comprado ese edificio de mediados del siglo XIX hacía unos años había sido una de las mejores decisiones de su vida. Mientras subía, notó sus cuádriceps cargados porque se había pasado el día desplazándose en bicicleta. Al igual que esa mañana, de regreso a su casa había tenido la oportunidad de sacar de quicio a varios ciclistas con ínfulas de profesionales adelantándolos mientras recorrían la zona norte de Central Park.

Ya en casa, oyó la sintonía de *PBS NewsHour*, el noticiero que Dorothy veía religiosamente todas las tardes. La sintonía se deslizaba por la escalera interior desde la quinta planta, donde estaban la cocina, el comedor, la sala de estar, el salón y el estudio. En la cuarta planta, por la que pasaba en ese momento, estaba la habitación de invitados y el apartamento de Caitlin O'Connell. Caitlin era su niñera desde hacía tiempo y la adoraban. Tanto Jack como Laurie eran conscientes de que no podían vivir sin ella, porque ambos trabajaban todos los días laborables desde primera hora de la mañana hasta última hora de la tarde.

Cuando estaba llegando a la quinta planta vislumbró a su suegra apoltronada en el sofá delante del televisor. J.J. y Emma estaban sentados a la mesa, J.J. jugaba al Minecraft y Emma lo miraba. La imagen resultaba tranquilizadora, sobre todo porque era una prueba de los grandes avances de su hija con el autismo.

Todavía la trataba la organización de terapeutas conductuales que inicialmente su suegra había encontrado, que le proporcionaba terapia física, del habla y conductual a diario. Cuando Jack llegó a la parte superior de la escalera, vio a Caitlin en la cocina y supuso que estaba limpiando después de haber preparado la cena para los niños y la abuela.

—¡Hola a todos! —gritó, pero solo la niñera le devolvió el saludo.

Sin inmutarse, Jack se dirigió a la mesa para dar un beso en la cabeza y un abrazo a los niños. Ambos ofrecieron cierta resistencia, porque estaban concentrados en la estructura que estaba construyendo J.J. Jack no se lo tomó como algo personal y no quiso interrumpirlos, porque le gustó ver la concentración de Emma y su interacción con su hermano.

—Hay un poco de pasta en la nevera, si te apetece —le gritó Caitlin desde detrás de la isla de la cocina.

—Creo que esperaré a Laurie —le contestó dirigiendo la atención a Dorothy. Como era habitual a esas horas, llevaba puesta su bata de terciopelo negro con las zapatillas a juego—. Hola, abuela, ¿algo interesante en las noticias? —le preguntó en tono alegre por socializar y darle un poco de conversación.

—La nueva variante de COVID está extendiéndose como un reguero de pólvora —le comentó Dorothy con su voz aguda, sin apartar la mirada de la pantalla del televisor—. Es terrible.

Las malas noticias de cualquier tipo siempre la atrapaban y la cautivaban.

—Es una variante muy contagiosa —le contestó Jack. Y se mordió la lengua para no añadir: «Razón de más para ponerse la maldita vacuna».

Esperó un momento por si le decía algo más, pero, al igual que los niños, Dorothy no le hizo caso.

Con la sensación de que al menos había hecho un esfuerzo por ser sociable, cruzó el corto pasillo y entró en el estudio. Se sentó en su lado del viejo escritorio con tablero de cuero que

Laurie y él habían encontrado hacía poco en internet y puso en marcha el portátil. Mientras se encendía, sacó el teléfono y llamó a Abby. Como sabía que el entierro se iba a celebrar esa tarde, contaba con dejarle un mensaje, así que le sorprendió que Abby le contestara de inmediato.

—Me alegro de que me hayas llamado —le dijo este sin preámbulos—. Estaba a punto de llamarte yo y disculparme por haber tenido que colgarte esta tarde.

—No tienes que disculparte —le aseguró Jack. De nuevo lo había pillado por sorpresa. No esperaba sus disculpas—. No sabía si llamarte, porque imagino que tus hijos y tú estaréis ocupados con el entierro.

—Ya hemos terminado —le dijo Abby—. Agradezco enormemente que la funeraria conociera las tradiciones musulmanas, que ha seguido al pie de la letra. Me alegro de que Sue ya esté descansando, que Alá la bendiga, así que gracias por haber entregado el cuerpo tan rápido.

—No hay de qué —le contestó, sin saber qué más decirle. Intentó bloquear los recuerdos de sus dificultades cuando su familia murió. Había sido el momento más duro de su vida.

—Mis hijos, mis padres, la hermana de Sue y yo estamos conmemorando la vida de Sue.

—Estupendo —le dijo Jack—. Es importante estar con la familia después de semejante tragedia. Oye, no quiero robarte mucho tiempo, pero, si no te importa, quisiera preguntarte si últimamente Sue había hablado contigo de lo que pasaba en el hospital con sus responsabilidades en los comités y demás.

—No le gustaba hablar de temas del hospital ni de sus pacientes —le contestó Abby—, pero sé que en los últimos tiempos estaba frustrada porque no la aceptaban en un comité, aunque no conozco los pormenores, ni quería conocerlos, porque sabía que en realidad ella no quería entrar en detalles.

—Recuerdo que decía que no le gustaba llevarse los problemas del hospital a casa —le comentó Jack—, así que no me sorprende, aunque hay un tema concreto sobre el que me gustaría preguntarte, pero que quede entre nosotros, por favor.

—Por supuesto —le contestó Abby—. ¿De qué se trata?

—¿Te comentó que estaba convencida de que alguien del MMH estaba haciendo daño a los pacientes en lugar de cuidarlos? —Sonrió ante sus intentos de evitar las provocativas palabras «asesino en serie».

—¡Por Dios, no! —le contestó Abby—. ¿Por qué me lo preguntas?

—Necesitaría tiempo para explicártelo —le dijo Jack—. Te dejo que vuelvas con tu familia.

—¿Qué me dices del certificado de defunción? —le preguntó Abby—. He hablado con el agente de seguros y me ha dicho que cuanto antes tengan la documentación, antes podrán cumplir con los términos de la póliza.

—Estoy en ello, claro —le contestó Jack—. Tenemos que esperar a que nos lleguen un par de pruebas.

—Está bien, lo entiendo —le dijo Abby—. Saluda a Laurie de mi parte.

Después de despedirse, bajó despacio el teléfono. Como Abby no le había dicho nada nuevo, sentía aún más curiosidad por lo que le contaría Cherine Gardener al día siguiente, sobre todo después de que Ronnie le hubiera dicho que el índice de mortalidad del hospital había tenido una tendencia a la baja, no al alza. ¿Qué estadísticas apuntarían a la existencia de un asesino en serie si el índice de mortalidad estaba descendiendo? No parecía tener mucho sentido.

Con el ordenador ya encendido, Jack buscó en Google «asesinos en serie en hospitales» y, como esperaba, obtuvo más de doce millones de resultados en un tercio de segundo. Seleccionó algunos de ellos con titulares que reconoció de la colección de Sue y los leyó rápidamente. En uno de los primeros encontró una cita que estimuló su imaginación: «Aunque escasos, son más frecuentes de lo que la mayoría de nosotros imaginamos», seguida del dato de que solo en Estados Unidos se producen una media de treinta y cinco asesinatos médicos al año. En la Wikipedia encontró una larga lista de médicos y enfermeros asesinos en serie y la cantidad de muertes por las que los habían condenado, aunque casi todos admitieron muchas más. Siguió leyendo y encontró varios artículos sobre los móviles y la psicología de los asesinos. En general era una lectura inquietante, incluso para una persona acostumbrada a la muerte como él.

Jack oyó la alegre voz de Laurie saludando a todos mientras subía la escalera hasta la quinta planta. Estuvo a punto de apagar el ordenador y salir a la cocina para darle la bienvenida, pero justo en ese momento vio un artículo interesante que relacionaba a varios asesinos en serie en hospitales con un síndrome conocido como Munchausen por poderes, en el que los individuos, en este caso personal sanitario, obtenían algún beneficio provocando enfermedades. A medida que siguió leyendo se enteró de que el beneficio podía ser directo, cuando diagnosticaban las enfermedades y las curaban, lo que les granjeaba el aplauso de sus colegas, o no tan directo, cuando causaban la muerte de los individuos, evitándoles supuestamente así la desgracia de sufrir una muerte lenta si se consideraban enfermos terminales.

Negó con la cabeza, consternado, pensando que el viejo refrán «de todo hay en la viña del Señor» era una verdad como un templo. Le costaba creer que hubiera personas tan trastornadas, no podía evitarlo, aunque en la facultad de medicina había estudiado algo de psiquiatría, así que había abordado todo tipo de enfermedades mentales.

—Estás aquí —le dijo Laurie en tono animado mientras entraba en el estudio—. ¿Por qué no estás en la sala con todos? ¡Vamos, es el rato que tenemos para pasar en familia! —Se acercó a Jack, le dio un fuerte abrazo y le revolvió el pelo para indicarle que en realidad no le parecía mal que estuviera en el estudio. Parecía de muy buen humor.

—Pareces contenta —le comentó Jack acariciándole también el pelo, como si todo fuera normal.

—Lo estoy —le contestó Laurie—. Creo que la presentación que George y yo le hemos hecho al alcalde electo ha ido muy bien. Por sus preguntas ha sido evidente que se ha quedado impresionado con lo que hemos conseguido, como no podría ser de otra manera, y está claro que no tiene la intención de recortar nuestro presupuesto. Estoy convencida de que lo que nos ha salvado ha sido su experiencia judicial, y creo que va a apoyar el nuevo edificio de la morgue y el depósito. Ahora solo tengo que convencer al ayuntamiento de que aporte los fondos, que no va a ser fácil.

—Felicidades —le dijo Jack.

—Gracias —le contestó acercándose a la pantalla del portátil de Jack—. ¿Qué demonios estás leyendo? ¿Asesinos en serie en hospitales y Munchausen por poderes?

—También yo he tenido un día interesante —le explicó—, aunque no me ha ido tan bien como a ti. He estado haciendo varias llamadas. —A Jack no le gustaba mentir, pero creía que ser evasivo no era pecado. Aunque no iba a admitir que había estado dos veces en el MMH por temor a que cambiara el estado de ánimo de su mujer, estaba impaciente por contarle lo que había descubierto y que le diera su opinión. Echaba de menos los tiempos en que intercambiaban ideas, antes de que ella ascendiera a jefa. En aquel entonces a ella le entusiasmaba tanto como a él salir a investigar en casos difíciles.

—¿Qué has leído sobre asesinos en serie en hospitales y Munchausen por poderes? —le preguntó Laurie. Se cruzó de brazos y apoyó el trasero en el escritorio sin dejar de mirar a Jack. Era evidente que estaba intrigada.

—Se cree que algunos asesinos en serie del personal sanitario sufren Munchausen por poderes —le contestó.

—Bueno —le dijo ella—, supongo que tiene sentido, pero ¿por qué estás leyendo un artículo así?

—Hoy me he enterado de algo que me ha sorprendido mucho —le contestó Jack—. Al parecer, últimamente a Sue le preocupaba la posibilidad de que hubiera un asesino en serie en el MMH, que hubiera actuado en especial durante este año.

—¡No me digas! ¿De verdad? —le preguntó Laurie—. ¿Cómo te has enterado? ¿Por Abby?

—No, por una enfermera ortopédica que era amiga de Sue. Las dos formaban parte del Comité de Mortalidad y Morbilidad, y se lo tomaban muy en serio, por eso se habían hecho más o menos compañeras de fatigas. Digamos que eso les granjeó la hostilidad de algunos altos mandos, que las consideraban provocadoras y conspiradoras. Como sabes, la política hospitalaria puede ser despiadada, en especial cuando incluye a médicos y administradores narcisistas, y los hay a montones.

—Vaya —le dijo Laurie—. ¿En qué se basaba su sospecha de que hay un asesino en serie? ¿Lo sabes?

—Aún no —le contestó—. La enfermera con la que he hablado estaba trabajando y solo ha podido comentarme que tenía algo que ver con las estadísticas. Pero después me he enterado de que el índice de mortalidad del hospital ha descendido, lo que contradice la idea de que haya un asesino en serie, al menos en activo. La enfermera no trabaja mañana y me ha prometido que me llamaría, así que espero enterarme de más detalles.

—Bueno, ya me contarás lo que averigües —le dijo Laurie—. Si resulta ser cierto, es muy importante descubrir quién es y detenerlo. Qué envidia que estés trabajando en un caso así en lugar de batallando con el ayuntamiento. Recuerdo cuando descubrí a Jasmine Rakoczi. Qué horror pensar que el MMH puede tener otro sanitario psicópata.

—No podría estar más de acuerdo —le dijo Jack—. Y me imagino lo mucho que echas de menos los desafíos de trabajar como forense. De hecho, quizá deberías pensar en dejar de ser la jefa y volver con nosotros, los plebeyos. Lo digo en serio.

Nada le gustaría más a Jack que tener de nuevo a Laurie como compañera, tanto en la OCME como en casa.

—No creas que no se me pasa por la cabeza de vez en cuando —le comentó ella con nostalgia—, pero asumí este reto y voy a seguir adelante. ¿Con quién estás trabajando? ¿Con Kevin Strauss? ¿No me dijiste que él era el IML en el caso de Sue?

—Sí, y he bajado al 421 para hablar con él en persona. Quería asegurarme de que no hubiera detalles que no había incluido en su informe. También tengo a Bart Arnold reuniendo datos sobre la cantidad de casos forenses procedentes del MMH en los dos últimos años para ver si han aumentado, y de ser así, cuánto. No me había llegado ninguna señal de alerta al respecto, ¿y a ti?

—Tampoco.

—Todo esto es muy interesante, y me pregunto si habría salido a la luz si Sue no hubiera muerto.

—Bueno, mantenme al corriente —le dijo Laurie. Se incorporó para dirigirse a la cocina—. ¿Crees que deberías informar a Lou Soldano de la posibilidad de que haya un asesino en serie en el MMH? Recuerda que fue fundamental en el caso de Rakoczi.

—Es un poco pronto —le contestó Jack—. Solo me han dicho que Sue estaba convencida, pero todavía no sé por qué ni si se basaba en algo concreto. Aunque es curioso que menciones a Lou, porque lo he visto hoy y hacía tiempo que no lo veía. Ha venido a ver la autopsia de un supuesto suicidio de la mujer de un detective de su equipo.

—¿«Supuesto»? ¿Has encontrado razones para pensar lo contrario?

—Claro —le contestó—. Estoy seguro al noventa y nueve coma nueve por ciento de que fue un homicidio, y como no se produjo allanamiento, lo más probable es que lo perpetrara el marido. Es triste, y la situación es aún peor porque la mujer estaba embarazada. Entiendo que para Lou sea duro, porque le tiene cariño al detective.

—Me lo imagino —le dijo Laurie. Después dio una palmada para indicar que quería cambiar de tema—. ¡Basta de hablar del trabajo! ¿Cenamos y pasamos un rato en familia?

—Suena bien —le contestó Jack mientras apagaba el portátil—, pero antes déjame decirte que Lou me ha hecho un par de sugerencias. Me ha recordado que no debía jugar a los detectives, pero sobre todo me ha aconsejado que no creara problemas en casa.

—¡Bravo! —exclamó Laurie dando otra palmada—. Creo que las dos sugerencias son fantásticas y que deberías hacerle caso.

—Me alegro de que te gusten —le dijo—. En fin, acepto que tu madre se quede aquí todo el tiempo que quiera, admito que es cierto que está ayudando a Emma y además haré un esfuerzo por no volver a discutir con ella sobre las vacunas. En cuanto a Emma, dejaré de insistir en que vaya cuanto antes a la escuela hasta que lleguemos a un acuerdo. Dicho esto, sigo negándome a que J.J. tome Adderall, aunque no me opongo a que busquemos una segunda opinión profesional. ¿Qué te parece?

—Diría que es un avance importante —le contestó Laurie—. Tres hurras por Lou. Pero si suspendieras los desplazamientos diarios en bicicleta y encontraras un deporte diferente al baloncesto, estaría dispuesta a firmar una tregua.

Jack miró a su mujer, consternado, hasta que vio su sonrisa, que indicaba que estaba bromeando sobre la bicicleta y el baloncesto, aunque estaba en contra de ambos. Se rio.

—¡Vale, me lo he creído! ¡Muy divertido!

—Una pregunta más —le dijo Laurie—. ¿Has vuelto a hablar con Abby? ¿Cómo están?

—He hablado con él hace apenas diez minutos —le contestó—. Todo va tal y como tenía previsto. Se ha celebrado el entierro dentro del plazo de veinticuatro horas y ahora estaba haciendo una especie de conmemoración con sus hijos y la hermana de Sue.

—Vaya... —se lamentó Laurie—. Me siento muy culpable por no estar ahí.

—Estoy seguro de que Abby lo entiende. Es una de las dificultades de celebrar el funeral tan rápido.

—Supongo —le dijo Laurie—. ¿Te ha preguntado por el certificado de defunción?

—Sí, y le he repetido que revisaré la histología y la toxicología mañana.

—¿Se ha quedado conforme?

—Sí —le contestó Jack.

—Bien, gracias por encargarte de todo —le dijo Laurie—. Sin duda yo no podría haber hecho la autopsia. En fin, intentemos disfrutar de un tiempo en familia.

21

—De acuerdo, mamá —le dijo Cherine Gardener a su madre, a la que llamaba con frecuencia, sobre todo desde que había empezado la pandemia, hacía dos años. Desde entonces, le hacía la compra por internet en el supermercado más cercano, que se la llevaba a casa. Aunque había intentado que su madre se uniera al siglo XXI, esta se resistía y se negaba a aprender a utilizar un ordenador, incluso un teléfono inteligente. Bastante le había costado que utilizara un teléfono móvil—. Te llamaré mañana por la noche, pero llámame si no te llega la compra, ¿vale?

Siempre le resultaba duro dar por finalizadas esas llamadas, porque sabía que su madre se sentía sola. Destiny vivía en el barrio de Church Street de Galveston, Texas, en el mismo piso en el que había crecido Cherine. No era una buena zona, por eso la mujer rara vez se aventuraba a salir, y en general solo lo hacía para ver a su otra hija, Shanice, y a sus tres nietos. Cherine llevaba años intentando que su madre se mudara a Nueva York, pero, con los nietos cerca, había sido una propuesta inútil.

Cherine llevaba en Nueva York poco más de cinco años. Tras graduarse en la Escuela de Enfermería de Texas, había trabajado en el Hospital de la Universidad de Texas hasta que el MMH le ofreció un puesto. Por lo que sabía, era el primer miembro de su familia que había ido a la universidad. No había sido fácil habiendo crecido en una familia monoparental. Su padre, marino mercante, se había marchado de viaje cuando ella tenía cuatro años y nunca regresó. Desde muy pequeña quiso ser enfermera, porque su madre, que había sido auxiliar de enfermería, la había introducido en la profesión.

Cherine no habría podido estar más contenta a nivel profesional, porque le encantaba ser enfermera incluso durante la pandemia, cuando muchos compañeros se quejaban amargamente de las condiciones de trabajo y del estrés. Le interesaba tanto lo que hacía que se había matriculado en un máster en enfermería en Columbia, que tenía toda la intención de terminar, a pesar del esfuerzo que le suponía estudiar y trabajar a la vez. Y aunque estaba agotada después de sus turnos de doce horas durante tres días seguidos, había dejado en la mesa de la cocina el portátil y los materiales de estudio porque tenía previsto estudiar esa noche.

Cherine vivía en la zona oeste de Manhattan, en la tercera planta de una casa de ladrillo visto reformada que tenía dos apartamentos en cada planta, uno en la parte delantera y otro en la trasera. El de Cherine estaba en la parte trasera, frente a un laberinto de patios llenos de árboles, en ese momento sin hojas. En primavera, verano y otoño todo estaba muy verde, pero ahora se veía mucha basura, incluso neumáticos tirados.

Como trabajaba en turnos de doce horas y durante la mayor parte de su tiempo libre estudiaba, no tenía relación con ningún vecino. Se limitaba a saludarlos en las pocas ocasiones en que se encontraba con alguno en la portería. La escalera, sobre todo el primer tramo, era bastante grande, lo que daba testimonio de los tiempos en que el edificio era una mansión unifamiliar. El hospital la había ayudado a encontrar el apartamento, que a Cherine le parecía de lujo. Aunque el alquiler era caro, ganaba lo que consideraba un buen sueldo como enfermera jefa de planta. Enviaba dinero a su madre con frecuencia y podía cubrir sus gastos y ahorrar una cantidad nada desdeñable.

Después de recoger los platos que había fregado tras haber cenado la comida preparada que había comprado de camino a casa, estaba a punto de sentarse a estudiar cuando sonó el timbre de la puerta. El sonido estridente la sobresaltó, porque no solían llamar a su puerta, y corrió hacia el interfono, que estaba al lado de la nevera. Mientras lo hacía, miró la hora. Eran las nueve pasadas, por lo que le pareció aún más raro. Sentía el pulso en las sienes.

—¿Cherine? —preguntó una voz masculina después de que ella hubiera dicho un rápido hola.

—¿Quién es? —preguntó ella, nerviosa y planteándose si había hecho bien respondiendo.

—Soy Ronnie Cavanaugh. Perdona que te moleste tan tarde. Te habría llamado, pero no tengo tu número. Culpa mía. En fin, tengo que hablar contigo un momento. Es importante.

—Creía que trabajabas esta noche —le dijo Cherine.

—Así es —le contestó Ronnie—, pero tenía que hablar contigo y he conseguido convencer a Sarah Berman de que hiciera mi turno a cambio de hacer yo el suyo dos noches seguidas. He ido a buscarte a la planta de ortopedia, pero ya te habías marchado.

Cherine miró la ropa que llevaba puesta sin saber qué hacer. Como siempre, lo primero que había hecho cuando llegó a casa fue ducharse. Era un ritual que había instaurado al estallar la pandemia de la COVID-19. En ese momento llevaba un pijama y una bata, un atuendo totalmente inadecuado para recibir visitas, aunque se tratara de una persona a la que conocía tan bien como a Ronnie Cavanaugh—. Vale, pero no estoy vestida. Dame un minuto.

—No hay problema —le contestó Ronnie—. Perdona por la hora, pero es importante.

Cherine corrió a su dormitorio, se quitó el pijama y se puso unos vaqueros y una sudadera con capucha. Se pasó un peine por el pelo frente al espejo del baño, volvió a coger el interfono y le preguntó a Ronnie si seguía allí.

—Aquí estoy —le respondió este.

—Estoy en el 3B —le dijo pulsando el botón para abrir la puerta y manteniéndolo un momento presionado, porque sabía que era necesario. Aunque estaba dos plantas más arriba, oyó la pesada puerta de la entrada cerrándose, lo que hizo que todo el edificio temblara. De camino a la puerta de su apartamento, se miró en el espejo de una pequeña consola. Satisfecha al verse bastante presentable, esperó tan solo unos segundos. Cuando llamaron a la puerta, quitó el pestillo y la cadena y abrió.

Ronnie llevaba un chaquetón azul marino encima del uniforme médico y un gorro de lana del mismo color. Volvió a disculparse por lo tarde que era y por presentarse sin que lo hubiera invitado mientras se quitaba el abrigo y el gorro y los dejaba en una silla junto a la puerta.

—No te preocupes —le dijo Cherine—. ¿Quieres beber algo? Tengo zumo de naranja.

—No, no es necesario. No me alargaré mucho. ¿Dónde nos sentamos?

Como la mesa de la cocina estaba ocupada por los materiales del curso y el ordenador, Cherine señaló el sofá cama en el que habría dormido su madre si hubiera conseguido que se mudara a Nueva York. Mientras Ronnie se sentaba, ella cogió una de las sillas de la mesa y la giró.

—¿Cómo has sabido dónde vivo? —le preguntó Cherine.

—Lo he buscado en los registros administrativos —le contestó Ronnie.

—Creía que eran confidenciales.

—No para los supervisores de enfermería del turno de noche —le explicó él—. Tenemos acceso a todo. Incluso tenemos las direcciones y los números de teléfono de los administradores, incluida la presidenta.

—Supongo que es comprensible —admitió Cherine—. Bueno, el caso es que me has localizado, pero ¿qué es eso tan importante que no podía esperar a mañana?

—Quería hablarte de la muerte de Sue —le dijo Ronnie—. Vamos a echarla mucho de menos, sobre todo tú y yo cuando luchemos para que el Comité de Mortalidad y Morbilidad cumpla con sus obligaciones. En fin, antes de empezar mi turno ha venido un médico forense llamado Jack Stapleton a hacerme unas preguntas. Está investigando la muerte de Sue porque cree que es posible que no sufriera un ataque al corazón, como todos suponíamos.

—Sí, he hablado un momento con él esta tarde, justo antes del informe. Me ha dicho lo mismo. Qué raro. Me sorprende.

—Sé que has hablado con él porque me lo ha contado. Cuando le he preguntado si le había sido útil hablar contigo, me ha contestado que sí, una barbaridad. Ha empleado esta expresión, «una barbaridad». Después he empezado a preguntarme qué podrías haberle dicho para que lo describiera así, y solo se me ha ocurrido una cosa. Y te diré por qué. Ayer por la mañana, cuando salía de mi turno, me encontré con la doctora Passero en el aparcamiento. Cada vez que nos encontrábamos, charlábamos un momento sobre los problemas del Comité de Mortalidad y Morbilidad, pero la conversación de ayer fue diferente. Me llevó a un lado y me contó algo en estricto secreto que me pareció muy impactante. Me pregunto si ha sido eso que le has dicho a ese tal Jack Stapleton, lo que significaría que la doctora Passero también te lo había confiado a ti. Lamento irme por las ramas, pero no sé qué otra cosa hacer. No quiero cargarte con algo así si no es necesario. Solo quiero saber si tú y yo tenemos la misma información, y si es así, qué vamos a hacer al respecto. No he dejado de pensar en lo que hacer y a quién se lo voy a contar desde el momento en que en el Departamento de Urgencias declararon muerta a Sue.

Cherine miró a Ronnie cuando por fin hizo una pausa en su monólogo, pero no respondió. Tardó un momento en entender que la doctora Passero debía de haber sentido el impulso de contarle que creía que en el hospital había un asesino en serie. Era lo único realmente impactante que se le ocurría. Tenía sentido, porque sabía que la doctora Passero había obtenido de él los datos que la habían convencido. Como supervisores de enfermería, Ronnie y sus colegas sabían más que nadie sobre los asuntos internos del hospital, las pequeñas disputas personales y los rumores, ya que manejar los problemas que surgían con el personal y los pacientes formaba parte de su trabajo.

—No sé qué decir —admitió Cherine.

—Lo entiendo —le contestó Ronnie—. Por eso yo también tengo dudas. A lo que me refiero es muy serio y no quiero agobiarte si aún no lo sabes. Voy a intentar ser un poco más directo: ¿Sue te contó algo hace poco que te pareció impactante?

—Sí —le contestó Cherine, segura de que Ronnie y ella estaban aludiendo al mismo problema inquietante—. Me dijo que le preocupaba que un asesino en serie muy activo hubiera estado asesinando a pacientes durante el último año a un ritmo cada vez mayor y que tenía datos que así lo sugerían.

—Vale —le dijo Ronnie soltando un suspiro—. Me alegra saber que no estoy solo. ¿Qué le has dicho exactamente a Jack Stapleton?

—Poca cosa. Solo hemos hablado un momento cuando estaba a punto de pasar el informe. Solo he podido decirle que la doctora Passero estaba convencida de que así era.

—¿Le has contado por qué estaba convencida?

—No, no me ha dado tiempo. Pero mañana no trabajo. Me ha dado su tarjeta. Lo llamaré mañana por la mañana y quedaremos. Me ha dado muy buena impresión. Creo que puede ayudarnos.

—Yo también lo creo —le comentó Ronnie—. Quizá él pueda echar un vistazo a algunos de los casos que hicieron sospechar a la doctora Passero y demostrar que fueron asesinatos o desmentirlo de una vez por todas.

—Bien visto —le dijo Cherine—. Es verdad. Él es médico forense. Quizá incluso pueda descubrir por qué no los calificaron de entrada como casos forenses, que es lo que se preguntaba la doctora Passero.

—Esa es otra gran pregunta —coincidió Ronnie—. Tienes toda la razón. Es la persona perfecta para investigarlo. También me gusta la idea de no tener que recurrir al doctor Thomas ni al doctor Wingate.

—Estoy de acuerdo —le dijo Cherine, aliviada. No era consciente de lo nerviosa que estaba por haber recibido una visita inesperada, aunque fuera de un conocido—. No me gustaría nada tener que contárselo a ellos. Ni hablar. De hecho, no me extrañaría que alguno de los dos fuera el culpable si resulta que la doctora Passero tenía razón. Te lo comento porque los tres hablábamos de ellos a menudo. Los dos son unos tíos raros y egocéntricos. Nunca entenderé por qué personas con ese carácter se dedican a la medicina.

—No podría estar más de acuerdo —le aseguró Ronnie.

—¿Y tú qué crees? ¿Hay un asesino en serie en el hospital, y además activo?

—Creo que no —le contestó Ronnie—. Como sabes, el índice de mortalidad, que se utiliza para la acreditación del hospital, ha ido disminuyendo.

—Pero Sue me dijo que tú le habías proporcionado los datos que la convencieron. No se extendió mucho, porque no teníamos tiempo. ¿Qué le diste?

—Solo le di un montón de datos sin procesar, pero no estaban completos, así que solo pudo ver índices generales sin tener en cuenta en qué casos se esperaba la muerte. Sabes mejor que nadie que, como centro médico académico, recibimos casos mucho más graves que un hospital normal.

—Ya veo —le dijo Cherine, y asintió varias veces—. Lo entiendo.

Ronnie carraspeó antes de añadir:

—Oye, pensándolo bien, me apetece ese zumo de naranja. Bueno, si no te importa.

—Claro que no —le contestó Cherine.

—¿Podrías echarle un chorrito de vodka? —le preguntó Ronnie—. Me vendría bien una copa. Necesito calmarme.

—No tengo vodka, lo siento —le dijo Cherine levantándose y dirigiéndose a la nevera.

En cuanto Cherine le dio la espalda, Ronnie se levantó sin hacer ruido, rodeó la mesa baja de centro y se abalanzó sobre ella.

22

Cherine, que estaba muy nerviosa por la inesperada interrupción de sus planes, sintió de repente un movimiento y empezó a darse la vuelta cuando Ronnie chocó contra ella. Pretendía cubrirle la cabeza con una funda de almohada azul oscuro, como había hecho con Sue Passero, pero Cherine se dio cuenta y se agachó. Él tiró la funda e intentó rodearla con los brazos, pero ella lo mantuvo a cierta distancia. Ronnie le apartó un brazo, se abalanzó hacia delante, la derribó y ambos chocaron contra la mesa de la cocina, lo que lanzó los libros, los lápices, los platos y el ordenador por los aires con un enorme estruendo.

Cherine era una mujer delgada, pero ágil y fuerte. Además estaba en bastante buena forma física.

Aunque Ronnie había creído que no le costaría reducirla, porque era mucho más corpulento que ella, le sorprendió la feroz resistencia que esa mujer le ofrecía. Varias veces, cuando creía que la tenía inmovilizada, ella pudo zafarse. También pegó un grito que resonó en los oídos de Ronnie, lo enfureció y lo obligó a taparle la boca con una mano. Inmediatamente después chocaron contra una desvencijada estantería de segunda mano llena de libros y cachivaches, que se desplomaron contra el suelo haciendo un ruido aún más fuerte que el de la mesa de la cocina.

Pese a que Ronnie le apretaba con fuerza la parte inferior de la cara, Cherine soltaba gritos, aunque amortiguados. Finalmente, y tras hacer un esfuerzo, consiguió sujetarla en el ángulo de la pared con el suelo. En ese momento, justo cuando él creía que lo había conseguido, ella se las arregló para atraparle parte de la palma de la mano con los dientes y le mordió con todas sus fuerzas.

—¡Joder! —gritó Ronnie tirando de la mano y perdiendo un poco de piel.

Cuando ella volvió a gritar, él le dio una bofetada tan fuerte que su cabeza rebotó contra la pared. Aunque en ese momento solo gemía, él volvió a taparle la boca con una mano. Extendió la otra mano y apoyó todo su peso en ella para sacarse del bolsillo una jeringuilla con una calculada dosis de succinilcolina. Solo quería paralizarla durante el tiempo necesario para que dejara de respirar y muriera, pero con una dosis tan pequeña que la metabolizara enseguida. La succinilcolina y el cloruro de potasio eran los agentes favoritos del arsenal de Ronnie, porque resultaban casi imposibles de detectar.

Quitó la tapa de la jeringuilla con los dientes, clavó la aguja en los vaqueros de Cherine, a un lado del culo, y presionó el émbolo. Dejó la jeringuilla y la tapa en el suelo y esperó sin dejar de presionarla contra el pavimento. No había pasado mucho tiempo cuando sintió que la chica dejaba de ofrecer resistencia. El brazo y la mano con los que le había golpeado en el costado se quedaron flácidos, como todo su cuerpo. Él retrocedió, le apartó la mano de la cara y la miró. Ella le devolvió la mirada con ojos aterrorizados. Sabía lo que estaba pasando.

Un instante después él se dio la vuelta, se incorporó y se puso de pie. La miró y vio que tenía los ojos vidriosos y que no respiraba. También empezó a distinguir el tono azulado de la cianosis. Cogió la jeringuilla y volvió a ponerle la tapa. Tras metérsela en el bolsillo y coger la funda de la almohada, observó el desorden en el que había quedado el apartamento. Quería largarse cuanto antes, porque habían hecho tanto alboroto, y encima Cherine había conseguido gritar, que temía que algún vecino se decidiera a investigar o a llamar a emergencias, pero también quería asegurarse de que no quedaran pruebas de que había estado allí. Cuando estuvo convencido de que así era, se sacó del bolsillo una bolsita de plástico que contenía cocaína en polvo mezclada con fentanilo. Él mismo había añadido el fentanilo, por lo que sabía que sería letal. Esparció un poco de polvo en las fosas nasales de Cherine y después dejó la bolsa en la mesa de centro, a la vista.

Se dirigió a toda prisa hacia la entrada, se puso el chaquetón y el gorro y abrió la puerta con la funda de la almohada para no dejar huellas dactilares. Había tenido cuidado de no tocar nada del apartamento durante su visita. Miró la escalera hacia arriba y hacia abajo para asegurarse de que no había ningún vecino, salió al rellano y cerró la puerta, de nuevo con la funda de la almohada. Se caló el gorro hasta cubrirse las orejas y bajó el primer tramo de escalones y después el segundo temiendo en todo momento encontrarse con alguien. Por suerte no fue así. Pero al abrir la pesada puerta de la entrada oyó a alguien gritar desde un piso o dos más arriba:

—Eh, ¿qué está pasando en el 3B?

Al instante Ronnie salió del edificio, bajó a toda velocidad los escalones de granito y caminó hacia el oeste en dirección a su Cherokee. Afortunadamente para él no había nadie en la zona y no tuvo que preocuparse de que lo vieran. Caminó rápido, aunque resistió la tentación de correr, porque pensó que si lo hacía llamaría más la atención en el caso de que alguien estuviera mirando por la ventana. Sin reducir el paso fue alejándose de lo que llamó la zona cero. Hasta que llegó a Columbus Avenue, por la que pasaba mucha gente, no se permitió reducir la velocidad y relajarse un poco.

Al pensar en lo que había ocurrido, negó con la cabeza, consternado. No había ido tan bien como había previsto, pero al menos ya estaba hecho. Si por algo debía felicitarse era por haber tenido razón al preocuparse de que Cherine estuviera al corriente de los temores de Sue sobre la existencia de un asesino en serie en el hospital. Aunque cuando Sue se lo había contado a él le había dado a entender que no había hablado con nadie al respecto, era evidente que lo había hecho.

«Joder», susurró para sí mismo mientras caminaba. Su ansiedad empezaba a convertirse en rabia. «Si no quieres caldo, dos tazas». Hasta el momento en que Sue comenzó con sus exigencias en el Comité de Mortalidad y Morbilidad, y había insistido en formar parte del grupo de trabajo, todo había funcionado a la perfección, como un reloj. Estaba seguro de que el secreto de sus actividades entre bastidores era solo suyo, y no tenía miedo de que lo descubrieran, ni siquiera de que sospecharan. No había que ser ingeniero aeroespacial para saber que si Sue hubiera conseguido que la nombraran miembro del grupo de trabajo, todos los esfuerzos de Ronnie para conseguir que Thomas y Wingate le dejaran hacer el trabajo del subcomité, que ellos se limitaban a aprobar, habrían corrido peligro, en especial su insistencia en que el único dato que entregaran al Comité de Cumplimiento una vez al mes fuera el índice de mortalidad, no los datos sin procesar, que incluían el número total de muertes sin ajustar.

Ronnie había encontrado un sitio para aparcar su querido Cherokee negro mate media manzana al sur, en Columbus Avenue. Desbloqueó el coche con el mando mientras se acercaba y el todoterreno respondió encendiendo las luces interiores para darle la bienvenida. Cuidaba del coche como si fuera un miembro de su familia. Incluso había hecho que un artista le pintara unas llamas que se extendían hacia atrás desde los huecos de las ruedas. Se sentó al volante, extendió un brazo y metió su pistola SIG Sauer P365 en la guantera. Era su segunda posesión favorita, que utilizaba con frecuencia en un campo de tiro no muy lejos de su casa y en los bosques que rodeaban su escondite de Catskills. Se había metido el arma en un bolsillo del chaquetón por si acaso la necesitaba durante su visita a Cherine, aunque no lo creía, pero pensó que era mejor estar preparado, por lo que pudiera pasar.

Se enderezó en el asiento del conductor y lanzó una mirada perdida por el parabrisas delantero dando vueltas a su situación, que de repente empezaba a ser preocupante, y a cómo había llegado al punto en el que estaba. Siempre había sentido debilidad por las personas que tenían la mala suerte de ser diagnosticadas de enfermedades incurables y mortales, en especial por los pacientes con cáncer con metástasis. Al ser individuos condenados, eran perfectos para que la medicina experimentara con ellos, los torturara y los mutilara innecesariamente con todo tipo de fármacos horripilantes y procedimientos quirúrgicos espantosos sabiendo muy bien que no se iban a curar. Durante su etapa como enfermero de planta normal, Ronnie había tenido muy pocas oportunidades de salvar a estas personas de su destino, el mismo que había sufrido su madre adoptiva, por temor a que el sistema sanitario, que había evolucionado para proteger su derecho a hacer lo que quería, lo descubriera. Pero cuando ascendió al puesto de supervisor de enfermería pudo ayudar a una importante cantidad de pacientes, porque ese puesto le daba acceso a todo el hospital y le permitía moverse por donde quisiera. Sin embargo, el mayor impulso a su cruzada se produjo cuando AmeriCare, en su infinita sabiduría, decidió ahorrar dinero eliminando a uno de los dos supervisores de enfermería del turno de noche, lo que significaba, para gran alegría de Ronnie, que de repente nadie supervisaba a los supervisores.

En su primera noche como único supervisor, Ronnie pudo salvar a cuatro personas de un destino aterrador y doloroso. Dependía de él decidir después de una muerte si era esperada. En caso afirmativo, como él siempre determinaba, se añadía al denominador del índice de mortalidad, lo que hacía que el hospital tuviera mejores resultados. Además, le correspondía a él decidir si las muertes eran casos forenses, y se aseguraba de que ninguna de las personas a las que había salvado de ser torturadas por la profesión lo fueran. Pero, aunque hubieran sido casos forenses, no habría importado, porque siempre utilizaba para el golpe de gracia un medicamento que estaban administrando al paciente, como insulina o digitalina, aunque en una cantidad letal. Con el tiempo, Ronnie había acumulado toda una farmacopea que almacenaba en un cajón privado del pequeño despacho de los supervisores de enfermería.

Su cruzada personal iba cada vez mejor cuando a principios de julio, hacía cinco meses, le ocurrió algo curioso al llegar junto a la cama de uno de sus beneficiarios después de que hubieran avisado por un paro cardiaco. Ronnie tenía que acudir a todos los paros cardiacos, pero en los que él había provocado no quería ser el primero en llegar para evitar toda sospecha de haber causado la emergencia. En esa ocasión, cuando entró corriendo en la habitación después de haber esperado el tiempo oportuno, no pudo evitar darse cuenta de que los nuevos residentes, que estaban bastante verdes porque acababan de empezar su formación de posgrado, parecían no saber qué hacer. Como siempre en esas circunstancias, Ronnie asumió el control. Dado que en ese caso sabía cuál era el problema, porque él mismo lo había causado, también sabía qué revertiría la situación de inmediato, y sin pensar en lo que hacía pidió a gritos el antídoto adecuado.

Más tarde se reprochó a sí mismo lo que había hecho, porque el paciente había revivido y el corazón había recuperado el ritmo sinusal normal. Mientras se preparaba para marcharse, varios de los nuevos residentes se acercaron a él y lo felicitaron por su perspicacia y su disposición a ocuparse del caso. A Ronnie le sorprendieron los halagos y descubrió, desconcertado, lo mucho que le gustaban. Le asombró aún más observar cuánto aumentaba su credibilidad como el enfermero por excelencia.

El resultado fue que empezó a ampliar sus actividades encubiertas y a incluir a pacientes no terminales si se presentaba la ocasión. Su reputación profesional se disparó, lo que le encantaba, porque mitigaba el ligero complejo de inferioridad que siempre había tenido por haber recibido su formación en enfermería en el ejército y en un centro profesional público en lugar de en una elegante universidad de la Ivy League y en un centro médico académico. Aunque algunos de esos pacientes acababan muriendo, los resultados valían la pena. Incluso algunos médicos empezaron a tratarlo como a un igual.

Ronnie puso en marcha el Cherokee, que respondió con un rugido, ya que había tuneado el silenciador para que sonara como un McLaren 720. Salió del sitio en el que había aparcado y se dirigió hacia el sur con la intención de llegar al puente de Queensboro y después a su casa, en Woodside. Mientras conducía, se enfadó de nuevo con Sue Passero por su incesante intromisión y el daño que le había hecho. Lo que había empezado siendo una simple queja sobre los casos que se presentaban en las reuniones del Comité de Mortalidad y Morbilidad se había convertido en insistencia en formar parte del grupo de trabajo. Aunque había podido convencer tanto al doctor Thomas como al doctor Wingate de que no era buena idea, era obvio que Sue no iba a darse por vencida, y menos después de que por descuido le hubiera entregado algunos datos sin procesar del índice de mortalidad que mostraban un aumento excesivo del número de muertes hospitalarias durante ese año sin que hubiera aumentado la gravedad de los pacientes. Por supuesto, eso era indicio de sus grandes esfuerzos por eliminar el sufrimiento innecesario de un centenar de pacientes a los que habían mantenido vivos sin tener en cuenta su calidad de vida ni el dolor y el deterioro que soportaban. Ahora, en retrospectiva, se daba cuenta de que debería haberla silenciado mucho antes en lugar de fingir que estaba de su lado.

A pesar de que se sentía inquieto, al menos se había deshecho de Sue y de Cherine antes de que lo hubieran estropeado todo. También se felicitó por percatarse de que el forense, Jack Stapleton, estaba al corriente de las sospechas de Sue, aunque por suerte no había conseguido pruebas que las corroboraran. La noche anterior, hacia las tres, en un momento en que no tenía mucho trabajo, abrió el despacho de Sue Passero con la llave maestra del equipo de limpieza. No le costó encontrar los datos y las cifras que Sue logró reunir a partir de lo que él, sin sospecharlo, le había proporcionado. Para su comodidad, había encontrado los documentos incriminatorios encima de la mesa, en una carpeta con una etiqueta en la que ponía COMITÉ DE MORTALIDAD Y MORBILIDAD. Después de llevárselos y destruirlos, creyó que estaba de nuevo a salvo hasta que, de forma inesperada, habló con Jack Stapleton y se enteró de que Cherine lo sabía y había aceptado reunirse con él al día siguiente para contárselo todo.

Ronnie soltó una serie de palabrotas especialmente ofensivas que había aprendido en la Marina y golpeó el volante varias veces, frustrado. El arrebato y la actividad física lo calmaron y pudo recuperar la compostura y pensar con más claridad. Incluso vio un lado positivo: la situación le había hecho entender que en adelante debería ser más cuidadoso, quizá hasta el punto de dejar de mostrar su valía salvando a pacientes, a pesar de lo mucho que disfrutaba de esos episodios. La razón, por supuesto, era que si esos pacientes morían, resultaba más complicado hacer pasar sus muertes por esperadas, lo que significaba que se añadían al numerador, y por lo tanto aumentaban el índice de mortalidad. También era más difícil calificarlos como casos no forenses.

Sonrió mientras subía por la rampa que conducía al nivel superior del puente de Queensboro, con su impresionante vista del bajo Manhattan y del floreciente desarrollo de Brooklyn, en la otra orilla del río. Para él, la situación no era diferente de los esfuerzos que había que hacer para evitar que un brote viral como el de la COVID-19 se convirtiera en epidemia o incluso en pandemia. Debían diagnosticarse los casos rápidamente, aislarlos y eliminarlos antes de que la enfermedad se extendiera. Había conseguido ocuparse de Sue Passero y de Cherine Gardener con relativa facilidad, aunque Cherine le había costado un poco más de lo que esperaba. Solo quedaba Jack Stapleton. No tenía la menor duda de que debía eliminar al forense tocapelotas antes de que se produjera un contagio.

El problema estribaba en que Stapleton no trabajaba en el MMH, lo que limitaba su acceso a él. El lado positivo era que sabía que el hombre quería volver a reunirse con él y que era tan tonto que se desplazaba por Nueva York en bicicleta. Como muchos miembros del personal sanitario, Ronnie sabía que cada año se producían casi veinte mil colisiones de bicicletas y vehículos con una veintena o más de muertes. Casi parecía que el hombre estuviera tentando al destino para que lo eliminara.

Ronnie extendió la mano derecha y dio una palmada en el salpicadero del Cherokee, cosa que hacía a menudo porque le gustaba tratar al coche como si fuese una mascota. Mientras lo hacía, murmuró: «Mañana tú y yo nos encargaremos de esa mosca cojonera».

23

Mientras Jack pasaba por delante de la OCME, en la calle 30, vio algo que llamó su atención. El Chevy Malibu negro de Lou Soldano estaba de nuevo aparcado entre dos furgonetas forenses Sprinter. Como el día anterior lo había visto dos veces, no esperaba volver a encontrárselo, aunque Jack sabía que cargaba con el peso del supuesto suicidio de la mujer de su detective.

Después de haber atado la bicicleta donde siempre, subió por la escalera al primer piso. Llegaba más tarde que el día anterior y con una actitud totalmente diferente. El consejo de Lou sobre cómo manejar los problemas en casa había dado en el blanco.

También influía en su estado de ánimo el hecho de que tenía un caso forense que lo absorbía y que estaba decidido a resolver. Aunque solo habían transcurrido veinticuatro horas, esperaba que tanto Maureen como John, jefes de histología y toxicología respectivamente, no le fallaran. Admitió que era más difícil que John tuviera algo, pero pensaba decirle que se conformaba con un resultado preliminar, como el que le había ofrecido Naomi.

Después de pasar por la oficina de síndrome de muerte súbita del lactante, Jack entró en la sala de identificación, donde Jennifer estaba revisando los casos de esa noche. Como esperaba, porque acababa de ver el Chevy Malibu, Lou estaba allí, aunque durmiendo en una butaca. Jack llegaba casi media hora más tarde que el día anterior, de modo que Vinnie ya estaba sentado en la otra butaca, escondido detrás del periódico. Lo más importante era que ya había preparado el café, así que Jack se dirigió de inmediato a la cafetera. Le apetecía mucho tomarse un café, tanto por entrar en calor como por su efecto estimulante. En el trayecto en bicicleta de esa mañana había pasado más frío que el día anterior, que había sido extrañamente primaveral.

—Pensaba dedicar el día al papeleo —le gritó a Jennifer mientras se servía el café—. A menos que la comandante tenga otros planes.

Dedicar el día al papeleo significaba completar casos ya autopsiados recopilando todo el material, mirando los portaobjetos de histología y firmando certificados de defunción. Y ese día no se hacían autopsias.

—¡Aleluya! —exclamó Vinnie desde detrás del periódico. Jack siempre lo obligaba a empezar a trabajar mucho antes de que hubiera podido echar un vistazo a las páginas de deportes y mucho antes de que hubiera empezado cualquier otro forense.

—¿Te supone algún problema que no coja ningún caso? —le preguntó Jack a Jennifer sin prestar atención a Vinnie. Se echó un poco de azúcar y de crema de leche en el vaso y revolvió el café.

—En absoluto —le contestó Jennifer—. Parece que hoy solo habrá diez o doce autopsias. Por mí estás libre si quieres.

—Me gustaría —le dijo—. ¿Voy a perderme algún caso interesante?

—No, excepto quizá el que el detective Soldano ha venido a ver. —Cogió una carpeta de la mesa y la levantó creyendo que Jack querría verla—. Todavía no lo he mirado, pero antes de quedarse dormido me ha dicho que esperaba que la hicieras tú.

Jack gimió. Desde que se había despertado esa mañana estaba impaciente por volver a trabajar en el caso de Sue Passero. Había pensado mucho en la complicada situación y había llegado a una conclusión que podía ser importante. El hecho de que Ronnie Cavanaugh hubiera descrito a Sue como cianótica cuando la encontró en el aparcamiento y que la cianosis hubiera mejorado al empezar la recuperación cardiopulmonar hizo que Jack reflexionara sobre los detalles fisiológicos en situaciones extremas. En los ataques cardiacos mortales, el corazón tiene dificultades, pero toda la sangre que el órgano que está fallando consigue bombear al cuerpo está totalmente oxigenada, porque los pulmones funcionan bien, al menos en un principio, de modo que la coloración del difunto suele ser bastante normal, o en todo caso se queda pálido. Cuando se produce cianosis y es evidente, en especial en una persona de color, donde la cianosis no es tan evidente como en una caucásica, significa que los pulmones no están haciendo su función de oxigenar la sangre. Es lo que sucede en las sobredosis, los casos de asma grave, los ahogamientos e incluso los estrangulamientos. Sue no tenía asma y no la habían estrangulado, ya que no tenía moratones alrededor del cuello y, lo que es más importante, la disección del cuello que él había hecho había sido normal. Lo más probable desde el punto de vista estadístico era sin duda la sobredosis, aunque en un principio la hubiera descartado. Lo que todo esto le sugería a Jack era que tenía que replantearse toda la situación, en especial en lo relativo a la toxicología, que seguramente le daría la respuesta sobre la causa y la manera de la muerte. A esas alturas estaba casi convencido de que John iba a confirmarle que la muerte había sido por sobredosis.

Todos estos pensamientos daban vueltas a toda velocidad en su cerebro mientras miraba a Jennifer, que todavía tenía la carpeta en la mano.

—¿Qué tipo de caso es? —le preguntó Jack, indeciso.

—La verdad es que no lo sé —le contestó ella—. El IML ha anotado una posible sobredosis, pero me parece un poco raro si el detective Soldano quiere ver la autopsia.

Jack volvió a gemir. Como Lou era su amigo, entendió que no tenía muchas opciones de no hacerse cargo del caso, y menos si este se lo pedía, pero no le entusiasmaba la idea, y no solo porque estaba impaciente por volver a trabajar en el caso de Sue.

Había hecho cientos de autopsias por sobredosis en los últimos años, porque este tipo de muertes se habían convertido en una auténtica epidemia, y la complejidad forense era mínima. Por otra parte, si Lou estaba metido en el caso, no podía ser tan evidente, y eso lo intrigaba un poco. Resignado y con el café en la mano, se acercó a la mesa y le quitó la carpeta de la mano a Jennifer.

Sacó el contenido y rebuscó hasta encontrar el informe del IML. Como en el caso de Sue Passero, era de Kevin Strauss. Estaba a punto de leer el informe, que era bastante breve, cuando le llamó la atención el nombre de la parte superior del formulario: Cherine Gardener.

—¡Joder! —exclamó Jack. Como el día anterior, cuando se había encontrado con el nombre de Susan Passero, ver el de Cherine Gardener lo dejó completamente conmocionado—. Perdón por el exabrupto —le dijo a Jennifer. Incluso levantó la mano a modo de disculpa. Era bastante de la vieja escuela respecto del lenguaje y solía criticar a los técnicos mortuorios que decían palabrotas. Era tan poco frecuente que Jack gritara que incluso Vinnie bajó el periódico para mirarlo, estupefacto.

—¿Qué pasa? —le preguntó Jennifer, tan sorprendida como Vinnie.

—Creo que conozco a esta persona —le contestó—. ¡Madre mía! Dos días seguidos.

Recorrió la página con la mirada en busca de detalles para identificarla y descubrió que la fallecida era enfermera del Manhattan Memorial Hospital. Por desgracia, eso le confirmó que era la Cherine Gardener que temía que fuera.

—¿De qué la conocías? —le preguntó Jennifer—. ¿También era amiga tuya?

—No, no era amiga mía —le contestó Jack sin levantar la mirada del informe—. Curiosamente, la conocí ayer por la tarde. No me lo puedo creer. Era una enfermera del MMH que iba a llamarme hoy para quedar y poder terminar una conversación sobre el caso de Passero.

—¿La conociste en el MMH? —le preguntó Jennifer frunciendo el ceño.

—Sí —le contestó intentando fingir normalidad, aunque hizo una mueca al darse cuenta de que acababa de meter la pata, porque acababa de admitir que había estado investigando. En un intento por enmendarlo, añadió—: Pasé por allí un momento de camino a casa solo para recoger unos documentos que habían dejado para mí.

—¿Y te encontraste con ella por casualidad? —le preguntó Jennifer en tono inquisidor.

—Así fue —le contestó Jack haciendo otra mueca al ser consciente de que su explicación le sonaba patética incluso a él.

—Qué coincidencia —comentó Jennifer al tiempo que se encogía de hombros.

—Pues sí —confirmó Jack volviendo al informe de Kevin. Solo podía esperar que su metedura de pata no llegara a oídos de Laurie.

—¿Quieres cambiar de opinión y quedarte con el caso? —le preguntó Jennifer.

Jack no le respondió de inmediato, sino que esperó a haber leído el informe con más atención.

—Perdona —le dijo una vez procesada su pregunta—. Sí, supongo que tendré que quedarme con el caso, lo quiera o no.

—Estupendo —le comentó Jennifer—. Pero, dime, ¿el informe del IML da una idea de por qué ha venido el detective Soldano?

—Sí y no —le contestó Jack—. Al menos no del todo. Parece que no ha sido lo de siempre.

—¿Por qué? —le preguntó Jennifer. En su experiencia, un caso tenía que ser importante para que interviniera un teniente detective.

—Bueno —le dijo mientras volvía a mirar el informe para intentar hacerle un resumen—, los policías que respondieron a la llamada de emergencias acabaron llamando a los detectives y a la unidad de la escena del crimen después de un intento fallido con Narcan, un medicamento que puede salvar a alguien de una sobredosis, porque el apartamento estaba hecho un desastre, como si hubiera habido una pelea. En fin, que no parecía lo habitual.

—¿Había indicios de allanamiento?

—No, no hubo allanamiento, y encontraron una bolsa con polvo blanco en la mesa de centro, pero una vecina del edificio dijo que había oído algo que podría haber sido un grito, aunque no estaba del todo segura. De lo que no tenía la menor duda era de haber oído ruidos de cosas rompiéndose, lo que explicaba el desorden del apartamento y los trozos esparcidos por la sala de estar. Otra vecina dijo que había visto saliendo del edificio a un hombre que parecía tener prisa y que no se dio la vuelta cuando lo llamó. Esto es todo.

—Parece un poco sospechoso —coincidió Jennifer—, pero sigue sin explicar por qué un detective del rango de Soldano ha venido a ver la autopsia.

—Pienso lo mismo —le dijo Jack—. Por suerte será fácil descubrirlo, y voy a hacerlo ahora mismo.

Con la carpeta de la autopsia bajo el brazo y el vaso de café en la mano, se acercó al cuerpo durmiente de Lou Soldano y le dio una suave sacudida en el hombro. Jack tuvo que hacerlo por segunda vez para que el hombre levantara los párpados. Cuando por fin lo hizo, a Jack le dio la impresión de que le había exigido un gran esfuerzo.

—¿Por qué no puedo dormir tan profundamente en mi casa? —le preguntó Lou.

Se quitó las gafas y se frotó los ojos con las yemas de los dedos con tanta fuerza que Jack oyó un ruido como de chapoteo. Cuando terminó, se incorporó y miró a Jack, que había esperado pacientemente. Ahora el blanco de los ojos de Lou estaba rojo como un tomate.

Jack levantó la carpeta de la autopsia.

—Me han dicho que has venido por este caso de Cherine Gardener, y no lo entiendo. He leído el informe del IML, que lo ha considerado una sobredosis. ¿Cuál es el problema? ¿Por qué te interesa? ¿Qué pasa?

—Mi instinto me dice que no ha sido una sobredosis común y corriente —le contestó Lou—. Lo mismo opina el detective que me llamó anoche. Aunque de entrada tengo que confesar que los detectives de homicidios, quizá yo más que nadie, estamos cansándonos del aumento de homicidios que esta pandemia está trayendo a nuestra hermosa ciudad. Antes de la pandemia habíamos conseguido reducir mucho la tasa, pero ahora está fuera de control, y todos nos lo tomamos como un insulto personal, así que quizá estemos más sensibles de lo que deberíamos, sobre todo en un caso como este, en el que un asqueroso aficionado podría estar intentando hacer pasar su trabajo sucio por una sobredosis. Si se trata de eso, quiero saberlo lo antes posible. ¿Vas a ayudarme?

—Si me lo pides con tanta amabilidad, ¿cómo voy a negarme? —le preguntó Jack dándole un golpecito en la cabeza con la carpeta de la autopsia—. De acuerdo, pero acabemos cuanto antes para que puedas largarte a casa a dormir un poco y, lo que es más importante, para que yo pueda volver al caso de ayer.

Al pasar por delante de Vinnie, que seguía escondido detrás del periódico, Jack se lo arrancó de las manos y le lanzó la carpeta de la autopsia al regazo.

—¡Venga, grandullón! Vamos a arrasar.

—Sabía que eso de que te tomaras el día para papeleo era demasiado bueno para ser verdad —se quejó Vinnie. De repente extendió la mano, recuperó el periódico y fingió seguir leyéndolo tranquilamente.

Jack se lo quitó por segunda vez. En esta ocasión, lo enrolló en forma de cilindro, le dio un golpe en la cabeza y volvió a lanzárselo al regazo. Ambos se rieron mientras Jennifer ponía los ojos en blanco.

24

Jack le sujetó a Lou la puerta que daba a la escalera. No habían salido de la zona de identificación de inmediato porque Lou quería servirse un café. Vinnie se había adelantado para preparar la autopsia. Mientras el detective se tomaba su necesaria dosis de cafeína, Jack le agradeció su consejo de no crear problemas en casa, le dijo que había seguido sus sugerencias y que se sentía mucho mejor. Lou se alegró y le contestó que ojalá él mismo hubiera seguido ese consejo hacía años. Llevaba más de diez años divorciado.

—¿Alguna novedad sobre el caso Seton? —le preguntó Jack mientras seguía a Lou por la escalera.

—Sí y no —le contestó este girando la cabeza—. Los expertos en caligrafía del laboratorio criminalístico han terminado el análisis y han confirmado su impresión inicial de que la nota la había escrito la fallecida. ¿Has pensado más en el caso? ¿La confirmación de que la nota de suicidio es real puede influir en cómo vas a determinar la muerte?

—Claro que lo he pensado —le contestó Jack—, pero sigo en mis trece de que la probabilidad de que haya sido un homicidio es enorme. Aunque se me ha ocurrido otra idea. ¿Quieres oírla?

—Cuéntamela —le dijo Lou.

—Me dijiste que el padre de Paul ya estaba en el piso de los

Seton cuando llegó la policía, y eso te hizo dudar de la cronología, y con razón. ¿Y si el padre se hubiera confabulado con su hijo? Es más, ¿y si se hubieran confabulado los tres, algo así como *Asesinato en el Orient Express*, el clásico de Agatha Christie?

—Bueno, debo admitir que eres original —le dijo Lou sujetándole la puerta del sótano—, pero, señor Hércules Poirot, ya hemos confirmado que Paul llamó a su padre antes que llamar a emergencias, y el padre estaba en su casa, en New Jersey. Aún no sabemos por qué decidió comunicárselo primero a él, y es un poco sospechoso, pero el padre no pudo tener ningún papel en el disparo.

Le tocaba a Jack sujetarle la puerta del vestuario a Lou, que mientras pasaba le preguntó:

—¿Cómo te va el caso de Sue Passero? ¿Estás evitando meterte en problemas?

—Es curioso que me lo preguntes —le contestó Jack. Cogió uniformes quirúrgicos para ambos y le entregó uno a Lou—. Me inclino a pensar que la muerte de Sue también fue por sobredosis. Hoy tendremos los resultados.

—Pues me sorprende, y mucho —le comentó Lou—. No me pareció una persona que se drogara.

—No podría estar más de acuerdo —coincidió Jack—, pero tengo algo más interesante que contarte. Ayer hablé en persona con Cherine Gardener, a la que estamos a punto de hacerle la autopsia.

Lou, que estaba desabrochándose la camisa, se detuvo. Ya había colgado la chaqueta y la corbata en la taquilla que Jack le había asignado hacía años.

—¿Me tomas el pelo? —le preguntó mirándolo a los ojos.

—Ojalá —le contestó Jack—. Hablé con ella a última hora de la tarde y esperaba poder quedar con ella hoy. Cuando he visto su nombre en la carpeta de la autopsia, me he quedado casi tan sorprendido como ayer al ver el de Sue.

—Me parece rarísimo —le comentó Lou—, sobre todo porque mi instinto me dice que lo de Gardener no ha sido una sobredosis, como se supone que debemos pensar, aunque hubiera una bolsa de polvo oportunamente a la vista. El desorden del apartamento parece indicar otra cosa, a menos que la mujer sufriera algún tipo de psicosis inducida por drogas, claro, pero no hemos visto lo que solemos ver en estos casos, y menos con fentanilo. De lo que estoy casi seguro es de que esta mujer no era drogadicta. Seguramente no esté en el informe de vuestro IML, pero hemos comprobado que ha sido una enfermera de primera línea durante esta pandemia, que ha trabajado turnos extras y que estaba estudiando un máster. ¿Te parece el perfil de un adicto?

—Cuesta creerlo —admitió Jack mientras se ponía el uniforme quirúrgico.

Si Jack se equivocaba respecto de Sue, y ambas muertes eran homicidios, las posibilidades de que estuvieran relacionadas, de que los hubiera llevado a cabo la misma persona por las mismas razones, aumentaban de forma considerable, así como la posibilidad de que un asesino en serie anduviera suelto en el MMH. Todo esto era razonable excepto por el hecho de que dependía de demasiados condicionantes.

Lou siguió poniéndose el uniforme que Jack le había dado.

—¿Dónde habías quedado con Cherine Gardener? —le preguntó el detective.

—No lo habíamos decidido —le contestó Jack—. Iba a llamarme. Hoy no le tocaba trabajar, y pensaba proponerle que viniera aquí.

Mientras Lou se anudaba los cordones del pantalón, era evidente que su cerebro iba a toda velocidad. También el de Jack, que dudaba de si contarle lo que estaba pensando.

—¿Y dónde hablaste con ella ayer? —le preguntó Lou de repente—. ¡No me lo digas! A ver si lo adivino… Volviste al MMH, aunque te advertí que no lo hicieras. —Cerró la taquilla y giró el dial.

—Solo me detuve de camino a casa para recoger unos papeles

—le contestó Jack fingiendo naturalidad—. En ese momento hablé con ella y me contó varias cosas bastante interesantes, entre ellas que el MMH era un hervidero de intrigas y hostilidades.

—No suena bien ni me parece un lugar seguro —le comentó Lou—. A eso me refiero. ¿Alguna de esas intrigas y hostilidades tenía que ver con Sue Passero?

—Claro. Gardener, un supervisor de enfermería y ella estaban aliados, por así decirlo. Los tres formaban parte del Comité de Mortalidad y Morbilidad y se enfrentaban a tres peces gordos del hospital.

—Uf, menudo nombre para un comité de hospital —le comentó Lou después de haberlo repetido—. Los profesionales sanitarios se inventan esos nombres para que los pobres pacientes nos caguemos de miedo. En fin… Pero dime una cosa: ¿por qué demonios fuiste al hospital cuando te aconsejé que no lo hicieras por tu bien? Estabas jugando a los detectives otra vez, está claro. —Suspiró ruidosamente y negó con la cabeza—. Eres imposible, amigo mío.

—No me quedé mucho rato, y todavía me interesaba solo el «cómo» —intentó justificarse Jack—. El problema es que, si me equivoco y la muerte de Sue no fue por sobredosis, volveré al punto de partida y no podré explicar la causa de la muerte ni la manera como murió.

—Podría ser —le replicó Lou—, pero la única forma de resolver el misterio es quedarte aquí y aprovechar toda la magia tecnológica que tenéis a vuestra disposición. Sin duda no vas a resolverlo saliendo y dando vueltas por la ciudad, husmeando en el Manhattan Memorial Hospital, hablando con vete a saber quién y poniéndote en peligro, como has hecho en el pasado.

—Puede que tengas razón —admitió Jack—. De acuerdo, me quedaré aquí.

Jack no quería iniciar una discusión que sabía que acabaría perdiendo, y tampoco quería comentarle la posibilidad de que existiera un asesino en serie. Aceptaba que ir al MMH entrañaba cierto riesgo, pero creía que no había otra forma de entender lo que estaba pasando y descubrir si la sospecha de Sue de que hubiera un asesino en serie en el hospital tenía alguna validez, que en ese momento era lo que más le preocupaba. Si de verdad existía un asesino en serie, llamar a la caballería, es decir, a Lou, seguramente haría que el culpable pasara a la clandestinidad.

Jack sentía que necesitaba un poco más de tiempo, quizá solo un día, para descubrir a qué respondía la convicción de Sue. No iba a tener la oportunidad de conocer los detalles estadísticos a los que Cherine había aludido, pero al menos tenía otra fuente esperando entre bastidores: Ronnie. Jack confiaba en que Sue también se lo hubiera contado a él. El lado positivo era que recurrir a Ronnie en lugar de a Cherine sin duda le proporcionaría más detalles sobre los miembros del triunvirato, porque el enfermero trabajaba en estrecha colaboración con ellos, y Jack creía que serían de interés para su investigación.

—¿Sabe Laurie que has ido? —le preguntó Lou cogiendo el equipamiento de protección personal que Jack le tendía.

—No, y preferiría que no te fueras de la lengua —le contestó este—. Dame un día más, ¿vale? Después, si crees que tienes que delatarme, lo aceptaré.

—¡Joder! —se quejó Lou—. Os pasáis la vida poniéndome entre la espada y la pared, y este es un buen ejemplo. Si se lo digo, te enfadarás, y si no se lo digo y sucede una desgracia, se enfadará ella. Salgo perdiendo en cualquier caso.

—Un día más —le repitió Jack con el dedo índice en alto para enfatizarlo—. Tendré mucho cuidado e intentaré mantenerme alejado del MMH.

—Mierda. Ser amigo vuestro no tiene sentido —se lamentó Lou levantando las manos en un gesto de rendición—. De acuerdo, un día más, pero solo si Cherine Gardener no es un homicidio evidente, como me dice mi instinto.

—Me parece bien —le dijo Jack. Estaba casi seguro de que sería así.

25

Miércoles, 8 de diciembre, 8.31 h

La radiografía de Cherine Gardener estaba en el negatoscopio y era normal, lo que significaba que no había ninguna bala inesperada, cosa que había sucedido en raras ocasiones en el pasado. Su cuerpo desnudo, levemente cianótico, estaba estirado en la mesa de autopsias, con la cabeza apoyada en un bloque de madera. Sus ojos miraban al techo sin verlo. El agua corriente fluía a lo largo de sus costados y con un suave gorgoteo desaparecía en la base de la mesa. Aunque Jack estaba muy familiarizado con esa imagen, se detuvo al verla. Quizá no era el mismo nivel de desconcierto que había sentido con Sue Passero el día anterior, ni lo que había sentido al hacer la autopsia del residente de patología hacía unos años, pero dudó por un momento lamentando la fragilidad de la vida. Haber hablado con ella el día anterior de alguna manera convertía su muerte en algo personal, y durante un instante recordó la de su primera familia.

—¡Bueno! —exclamó Jack para alejar su cerebro de las emociones y redirigirlo a las zonas más analíticas. Estaba a la derecha de Cherine, y Lou y Vinnie a la izquierda, uno al lado del otro—. ¿Veis lo que veo yo de entrada, además de la cianosis?

—Supongo que te refieres a lo que parece un pequeño moratón en la mejilla —le dijo Lou.

—Exacto —le confirmó Jack. Hizo varias fotos con una cámara digital. Ya había fotografiado el polvo blanco de las fosas nasales.

—La encontraron tirada contra la pared —le explicó Lou—. Supongo que pudo hacérselo al caer.

—Sin duda —le dijo Jack—, pero en cualquier caso debemos tenerlo en cuenta.

—¿Podrían haberla estrangulado? —le preguntó Lou.

—No lo parece —le contestó Jack—. En esos casos siempre hay moratones alrededor del cuello, sobre todo si han utilizado un cordón o algo así, pero para asegurarnos haremos una breve disección del cuello y revisaremos el hueso hioides.

Jack inspeccionó el cuero cabelludo y después le abrió la boca para observar las encías y los dientes.

—Espera un segundo —lo interrumpió Vinnie. Se inclinó para ver de cerca algo que le había llamado la atención—. ¿Qué es esto? —Señaló el lado izquierdo de la boca de Cherine.

Contra la mejilla y los molares inferiores había un pequeño trozo de tejido cuya coloración y textura eran diferentes de las de la mucosa circundante.

—Pásame unas pinzas —le pidió Jack. Cogió el instrumento que le tendía Vinnie y enganchó el trozo de tejido de dos milímetros.

—¿Qué es? —le preguntó Lou.

—No tengo la menor idea —le contestó Jack—. Podría ser un resto de la cena, pero quién sabe. Frasco de muestras, por favor.

Vinnie cogió uno de los muchos frascos de muestras que había colocado en la bandeja de instrumentos, lo abrió y Jack metió el pequeño trozo de tejido.

—Histología nos dirá lo que es —le dijo Jack.

Después de la cabeza, Jack examinó las manos y las uñas, y a continuación realizó una cuidadosa inspección de todo el cuerpo. Ni él ni sus compañeros encontraron nada significativo. Todo siguió igual hasta que giraron el cuerpo sobre el costado derecho. Lou fue el primero en ver la pequeña marca.

—¿Qué es esto? —preguntó señalando una mancha redonda de solo unos milímetros a un lado de la nalga izquierda, que por lo demás no mostraba nada especial. La mancha era más oscura que la piel circundante y parecía un punto ligeramente convexo al final de una frase.

Tanto Jack como Vinnie se inclinaron para mirarla.

—No sabría decirte —le contestó Jack. Intentó limpiarla con un dedo, pero la mancha no se movió—. Pero vale la pena que le echen un vistazo. Pásame un bisturí, Vinnie.

Con el bisturí en mano, Jack arrancó un trozo de piel circular de dos centímetros que incluía tejido adiposo subcutáneo y músculo. Recortó la mancha y metió cada uno de los trozos de la muestra en un frasco distinto que Vinnie le tendió. Al recordar los pinchazos de las inyecciones de insulina en los muslos y el abdomen de Sue, Jack pensó que existía la posibilidad de que se tratara también de un pinchazo de inyección, sobre todo porque se veía una pequeña hemorragia subcutánea, pero no dijo nada, ya que podría ser muchas otras cosas, probablemente un pequeño nevus.

Cuando terminaron el examen externo, empezaron la necropsia. Para entonces otros técnicos mortuorios ya estaban entrando cadáveres y preparando sus casos. Las tres personas de la mesa ocho pasaron por alto el alboroto.

En cuanto Jack hubo abierto el cuerpo de Cherine, empezó lo que comentó que sería la parte más importante de esa autopsia en concreto, es decir, tomar todas las muestras de fluidos, de sangre del corazón, de orina de la vejiga y de vítreo de los ojos, para el análisis toxicológico. Cuando terminó, se puso a extraer los órganos, empezando por el corazón. Para su sorpresa, detectó una ligera estenosis aórtica. Abrió el vaso y le señaló la patología valvular a Lou.

—¿Podría haberla matado? —preguntó el detective.

—Me cuesta imaginarlo —le contestó Jack.

—¿Se habría convertido en un problema al envejecer?

—Lo dudo —le dijo Jack—. Es leve y, aunque llegara a ser sintomática, es una afección que puede tratarse sin grandes problemas, porque la sustitución de válvulas y la cirugía a corazón abierto han avanzado mucho en los últimos años.

Los siguientes órganos fueron los pulmones, y cuando Jack extrajo el pulmón izquierdo de la cavidad torácica, calculó el peso moviéndolo hacia arriba y hacia abajo.

—Diría que pesa un poco más de lo que esperaba por su tamaño, lo que sugiere que está lleno de líquido. Por supuesto, eso apunta a que se trata de una sobredosis de drogas. —Jack dejó el pulmón en la balanza que colgaba por encima de la mesa—. Sí —añadió mirando el indicador digital—, pesa mucho teniendo en cuenta su estatura y su complexión, pero vamos a confirmarlo. —Cogió el pulmón de la balanza, lo colocó en una bandeja de madera y le hizo varios cortes con un cuchillo. El fluido salió de inmediato a la superficie y formó un charco—. ¡Ahí lo tienes! Edema pulmonar, requisito indispensable de la sobredosis de drogas.

—¿En serio? —le preguntó Lou en tono agotado o deprimido. Se encogió de hombros—. Bueno, puede que me haya equivocado. No es la primera vez y supongo que tampoco será la última, pero me sorprende. Estaba seguro de que no había sido muerte por sobredosis.

—No podemos estar seguros de que lo ha sido hasta que toxicología lo confirme —le comentó Jack—. Puede haber muerto por otras causas. —De repente cayó en la cuenta de que el pulmón que tenía delante se parecía mucho al de Sue, lo que le recordó sus reflexiones de la noche anterior sobre la cianosis y lo que le había sugerido. No tenía dudas de que esas mismas reflexiones se aplicaban también a Cherine, que estaba tan cianótica como Sue o más. Jack miró a Vinnie preguntándose si también él se había dado cuenta, pero este no parecía pensar en otra cosa que en terminar el caso. Jack miró el cuerpo abierto de Cherine, ahora sin el corazón y sin un pulmón, y no pudo evitar preguntarse si lo que había matado a esa mujer era lo mismo que había matado a Sue. ¿Era posible que consumieran la misma droga? Al fin y al cabo eran compañeras y al parecer amigas.

—Sí, claro, puede haber otras causas —le confirmó Lou—. Lo importante es que no parece un homicidio. Ni por asomo. No sé qué sospechaba, pero creía que podría haber algo que explicara el supuesto grito ahogado que oyó la vecina y lo del tipo saliendo del edificio. Quizá fuera un camello, aunque lo más seguro es que no lleguemos a saberlo. En fin, necesito dormir unas horas. Si me disculpáis, caballeros, creo que me iré a casa.

—Buena idea —le comentó Jack—. Yo haré lo posible para que toxicología nos dé cuanto antes algunas respuestas que confirmen o descarten la sobredosis de drogas.

—Hazlo —le dijo Lou—. Y gracias por dejarme observar, chicos. Ha sido un placer, como siempre. —Empezó a alejarse, pero dudó y volvió atrás. Miró a Jack y lo señaló con el dedo—. ¡Y recuerda! ¡Un día! Eres un excelente forense, pero un detective penoso. ¡Así que ten cuidado!

—A sus órdenes —le contestó Jack haciéndole el saludo militar.

—Ojalá pudiera contar con eso —murmuró Lou lo bastante alto para que tanto Jack como Vinnie lo oyeran. Y después se marchó.

—¿Qué ha querido decir con lo de «un día»? —le preguntó Vinnie observando a Lou pasar al lado de las mesas de autopsia, en su mayoría ocupadas—. ¿Y qué es eso de que eres un detective penoso?

—Vete tú a saber —le contestó Jack.

26

Jack salió del ascensor en el sexto piso haciendo malabares con un montón de frascos de muestras, como el día anterior, y consiguió entrar en el despacho vacío de John DeVries, en toxicología, sin que se le cayera ninguno. Los dejó con cuidado, separó las muestras para toxicología de las destinadas al análisis histológico y después colocó los frascos para toxicología en fila, como soldados de juguete, en el centro de la mesa. Estaba terminando cuando entró John.

—¡Vaya, más provisiones! —exclamó el jefe del departamento, divertido. Llevaba una bata de laboratorio, que se quitó y colgó en un perchero antiguo—. ¿Qué tenemos aquí?

—Puede que nada especialmente interesante. Son muestras de una enfermera con un diagnóstico preliminar de sobredosis. En la escena encontraron una bolsa de polvo que dio positivo en fentanilo.

—Pero el hecho de que las traigas tú me dice que sospechas otra cosa —le dijo John. Giró los frascos para alinear las etiquetas y le dijo el origen de cada una.

—A medida que envejeces te vuelves más listo —bromeó Jack.

—Ojalá fuera así —le contestó John—. Bueno, basta de halagos. Cuéntame de qué va el tema.

—El detective Soldano creía que la paciente había sido víctima de homicidio, por detalles de la escena y un par de testimonios. Estaba tan seguro que incluso ha venido esta mañana para estar presente durante la autopsia. Me ha contado que estaba tomándose el repunte de homicidios como una cuestión personal y que estaba convencido de que se trataba de otro caso que se hacía pasar por sobredosis. Desgraciadamente para él, la autopsia no le ha dado la razón.

—Recuerdo al detective Soldano —le comentó John—. Lo trajiste un día y nos presentaste.

—Lo traje porque es un gran admirador de la medicina forense y en especial de la toxicología —le explicó Jack—. En fin, como te decía, la autopsia parece confirmar que ha sido una sobredosis con un leve edema pulmonar como única patología, pero, debido a su interés y a la demografía del caso, tanto a él como a mí nos gustaría saber de inmediato si se ha tratado realmente de una sobredosis.

—¿Por qué tantos casos tuyos son urgentes? —le preguntó John riéndose—. Todos los demás forenses parecen satisfechos con el plazo habitual de una a dos semanas para recibir los resultados finales.

Jack también se rio.

—Buena pregunta. Supongo que es porque me tomo muy en serio mi trabajo de hablar por los muertos.

—De eso doy fe —admitió John—, aunque es un poco tarde para ayudarlos, porque ya están muertos.

—Es para prevenir más muertes —le explicó Jack—. En última instancia es lo que pretendemos tanto nosotros, los forenses, como vosotros, los toxicólogos.

—Bien dicho —le comentó John—. ¿Qué es ese frasco etiquetado como «lesión en la piel»?

—Me alegro de que me lo preguntes —le dijo Jack—. Iba a explicártelo. Es una muestra de una lesión en la piel, seguramente un pequeño nevus, pero, como este caso me ha recordado al de ayer, se me ha ocurrido que podría ser un pinchazo de inyección. Lo sabré con las pruebas histológicas. Si resulta ser un pinchazo de inyección, será clave conocer qué sustancia se inyectó.

—Me parece bien —coincidió John—. ¿Me informarás de los resultados de histología?

—Sí —le contestó Jack—. ¿Y qué puedes decirme sobre el caso de ayer?

—Solo han pasado veinticuatro horas —le dijo John poniendo los ojos en blanco—. Todo sigue pendiente menos el análisis general, que fue negativo.

—¡No! —exclamó Jack. Había pensado tanto sobre la cianosis y la fisiología que poco a poco había ido convenciéndose de que Sue había consumido una droga letal, suponía que fentanilo, porque era tan potente que con frecuencia provocaba sobredosis.

—¿Por qué te sorprende? —le preguntó John—. Ayer me dijiste que creías que no había ninguna posibilidad de que se tratara de una sobredosis. Tenías razón, así que ¿a qué viene ahora esta reacción?

—Porque le estuve dando vueltas al asunto desde que hablé contigo, en especial que la fallecida hubiera estado cianótica y tuviera el característico edema pulmonar. La razón principal por la que no creía que hubiera sido una sobredosis era porque la conocía personalmente, y creía que bastante bien, pero, en estos temas, ¿quién conoce bien a otra persona? ¡Maldita sea! —exclamó Jack—. Ahora tengo que volver atrás y replanteármelo todo. ¡No me lo puedo creer!

—Lamento ser el portador de malas noticias —le dijo John.

—No digas tonterías. No es culpa tuya —le aseguró Jack mientras su mente daba vueltas como un caleidoscopio a pensamientos relacionados con la cianosis, el edema pulmonar y la fisiología. De repente, esos pensamientos se ensamblaron dando lugar a una curiosa asociación que solo la mente humana puede crear. El nombre de Carl Wingate apareció de inmediato en su conciencia, y Jack supo por qué... El hombre no era fan de Sue ni de Cherine, le parecía un tipo raro, pero sobre todo era anestesiólogo, y estos profesionales utilizaban un fármaco llamado succinilcolina a diario. La succinilcolina, o «sux», como solía llamarla el personal sanitario, paralizaba a las personas de forma casi instantánea con solo una pequeña cantidad, y si los anestesiólogos o los anestesistas no aplicaran respiración asistida, el paciente se pondría cianótico y moriría.

—Muy bien, gracias por haberte pasado por aquí —le dijo John en tono amable mientras empezaba a recoger los frascos de las muestras—. Pediré a los técnicos una prueba general de drogas también en este caso. Volveré a meterles prisas, así que espero tener al menos un resultado preliminar mañana a esta hora.

—¡Espera un segundo! —exclamó Jack—. Se me acaba de ocurrir otra cosa. ¿Cuál es el nivel de detección de la succinilcolina? ¿Ha mejorado en los últimos tiempos? —Como todo forense, sabía que era muy difícil detectar el potente fármaco, porque el cuerpo humano lo degradaba muy rápidamente en compuestos naturales. También sabía que la histología podría tener algo que aportar, aunque los cambios no fueran patognomónicos ni específicos de intoxicación por succinilcolina.

John se detuvo y sonrió.

—Parece que has leído novelas de detectives recientes. En cuanto a la posibilidad de detectarla, sí y no. Se ha conseguido en varios casos legales buscando metabolitos específicos con cromatografía líquida de alta resolución y espectrometría de masas, pero no es fácil, a menudo falla y pueden impugnarlo en los juicios. ¿Tienes motivos para sospecharlo en alguno de estos casos?

—Quizá en los dos —le contestó Jack, entusiasmado con la idea, ya que sin duda Sue tenía un pinchazo de inyección, Cherine era posible que también, y en ambos casos se había producido cierto nivel de cianosis y edema pulmonar leve.

—Podemos intentarlo —le dijo John—, pero nos llevará tiempo, al menos una semana, y eso si puedo asignar a alguien de inmediato.

—Intentémoslo —le pidió Jack. Recordó que, mientras hablaba con Lou en el vestuario, se le había pasado por la cabeza que si tanto la muerte de Sue como la de Cherine eran homicidios, y sin duda lo serían si les habían inyectado succinilcolina, seguramente las habría causado la misma persona, lo cual confirmaría la sospecha de un asesino en serie en el hospital. Sin duda la succinilcolina no estaba disponible en la farmacia del barrio.

—De acuerdo —le dijo John—. Nos pondremos manos a la obra, pero no me presiones. Yo te llamo cuando tenga algo, ¿vale?

—Muy bien —le contestó Jack en tono amable.

Su mente iba a toda velocidad y estaba impaciente por planificar lo que haría durante el único día que le había prometido a Lou. En primer lugar necesitaba los portaobjetos que estuvieran listos y después concertaría una reunión con Ronnie Cavanaugh. No tenía ninguna duda de que estaba haciendo importantes avances en lo que iba camino de convertirse en uno de los casos más interesantes de su enorme repertorio.

Jack agradeció rápida pero sinceramente a John su ayuda, se despidió de él, cogió los frascos de muestras que seguían en la mesa y se dirigió a histología.

—Vaya, mi forense favorito —comentó Maureen con una gran sonrisa cuando Jack entró en su despacho. Tenía las mejillas rojas de frío.

—Eso se lo dirás a todos —le contestó fingiendo desdén.

—¡Te equivocas! —exclamó Maureen riéndose—. Eres el único forense que viene a vernos, y me encanta. Hace que nos sintamos valorados. Y ahora parece que nos traes regalos.

—Más trabajo, me temo —le dijo Jack.

Como el día anterior, alineó los frascos de muestras en la mesa de Maureen. Eran bastantes más de los que había dejado en toxicología, y por eso solía pasar antes por este departamento, pero en esta ocasión quería que John empezara lo antes posible.

—Tengo portaobjetos del caso de ayer para ti —le dijo Maureen. Se dio la vuelta en la silla giratoria para coger una bandeja del mostrador situado detrás de ella.

En cuanto Jack terminó de dejar los frascos de muestras, cogió la bandeja que le tendía.

—Gracias por tenerlos tan pronto.

—Espero que la doctora Montgomery no esté destrozada por la muerte de su amiga —le comentó Maureen poniéndose seria.

—Está bien —la tranquilizó—. Por suerte tiene muchísimo trabajo y puede mantener la mente ocupada.

—Tal como te prometí, no se lo he contado a nadie.

—Estoy seguro de que la jefa te lo agradece —le dijo Jack.

—¿Qué quieres que hagamos con los especímenes que nos traes? ¿Alguna tinción concreta? —Maureen miró las etiquetas.

—No —le contestó—, pero necesitaría portaobjetos de esta muestra lo antes posible. —Buscó el frasco que contenía el posible nevus o pinchazo de inyección, lo levantó y se lo entregó—. Lo que encontréis en histología influirá en lo que John haga en toxicología.

—De acuerdo —le dijo Maureen en tono amable—. Pondré a alguien en ello ahora mismo. —Separó el frasco de los demás.

—Muy bien. Gracias, Maureen —le dijo Jack. Levantó la bandeja de portaobjetos que le había dado—. Y gracias por esto. La jefa también te lo agradece.

Al salir del Departamento de Histología, bajó a su despacho por la escalera para no tener que esperar ningún ascensor. Dejó la bandeja de portaobjetos que Maureen acababa de entregarle al lado del microscopio y a continuación colgó la chaqueta en el gancho de la puerta. Se dejó caer en la silla, sacó el teléfono y pulsó en el nombre de Bart Arnold, al que había llamado el día anterior a las 18.03 horas. Mientras se marcaba el número, Jack pulsó el altavoz y dejó el móvil en la mesa. Después quitó la banda de goma que rodeaba la bandeja de portaobjetos de Sue Passero y levantó la tapa. Los numerosos portaobjetos estaban organizados en dos columnas verticales con su origen cuidadosamente etiquetado. Sacó varios del corazón. Miraría los pulmones en segundo lugar, y después los demás.

—Bart Arnold —dijo Bart.

Mientras Jack le saludaba, encendió la luz del microscopio, colocó un portaobjetos en la platina y lo sujetó con las pinzas.

—¿Has podido analizar la tasa mensual de muertes recibidas del Manhattan Memorial Hospital en los dos últimos años? —Jack bajó el objetivo con el tornillo macrométrico hasta casi tocar el portaobjetos.

—Sí, Janice Jaeger ha podido dedicarle un tiempo a las tantas de la madrugada porque íbamos muy lentos.

—Genial —le dijo Jack. Valoraba mucho la minuciosidad de Janice Jaeger—. ¿Qué ha encontrado? —Acercó los ojos a los oculares del microscopio y miró mientras retrocedía con el tornillo micrométrico. La mancha se convirtió de repente en imágenes rosadas de la estructura celular cardiaca.

—La cantidad de casos remitidos a la OCME fue bastante uniforme durante el primer año —le contestó Bart—. Después empezó a cambiar. Al principio el cambio fue bastante lento, pero después se aceleró.

—¡Ay! Me lo temía —le comentó Jack. Se recostó en la silla preguntándose cómo ese dato podía coincidir con la disminución del índice de mortalidad de los informes del hospital. Estaba claro que era imposible y, aunque de forma indirecta, que se hubieran producido más muertes refrendaba la preocupación de Sue sobre un posible asesino en serie—. ¿Cuánto ha aumentado exactamente?

—¿Aumentado? —le preguntó Bart—. No ha aumentado. Ha disminuido, y bastante.

Casi tan sorprendido como lo había estado en el despacho de

John al enterarse de que la prueba de drogas de Sue había sido negativa, Jack intentó asimilar esta información, que era la contraria de la que esperaba. Aunque el hecho de que las muertes que el MMH remitía a la OCME hubieran descendido no eliminaba necesariamente las posibilidades de que hubiera un asesino en serie en el hospital, sin duda las reducía mucho, sobre todo porque confirmaba el índice de mortalidad, que también había disminuido, lo que significaba que las dos estadísticas coincidían.

—¿Sigues ahí? —le preguntó Bart al ver que Jack no decía nada.

—Sí, aquí estoy —le contestó. Se sentía extrañamente deprimido, como si todos trabajaran en su contra. Primero la muerte de Cherine, después el jarro de agua fría de John y ahora Bart. Era como si los datos y las circunstancias se burlaran de él. Sabía que era una idea ridícula, por supuesto, pero en ese momento no podía evitar sentirse así.

—¿Quieres que hagamos algo más? —le preguntó Bart—. ¿Te serviría de algo que desglosáramos las distintas causas de muerte?

—No, pero gracias —le contestó Jack—. Te llamaré si se me ocurre algo.

—Aquí estamos para lo que necesites —le dijo Bart, y colgó.

Jack se inclinó tanto hacia atrás que la silla crujió. Miró el techo desnudo pensando que era un símbolo de su estado mental. Había empezado el día entusiasmado, con la sensación de que estaba a punto de resolver el misterio, y de repente le parecía que no se hallaba en mejor situación que el día anterior, tras haber terminado la autopsia de Sue, en la que no había encontrado nada que señalar.

Volvió a inclinarse hacia delante y observó el microscopio y la bandeja abierta de portaobjetos de histología. Se recordó a sí mismo que en un principio había creído que existía la posibilidad de que la histología aportara información importante. Con eso en mente, se acercó al microscopio y volvió a mirar por los oculares.

Durante los siguientes minutos, Jack observó con atención múltiples muestras del corazón. Como había sugerido el examen macroscópico del órgano, que no había arrojado ningún resultado, las muestras microscópicas también eran aburridas y rutinarias. Había varios focos de glóbulos rojos errantes, pero pensó que podían ser producto del corte de las muestras con el micrótomo. Más importante aún, todas las estructuras celulares parecían normales, al igual que los capilares cardiacos y las arterias coronarias. Solo observó un posible pequeño engrosamiento en la sección transversal de una arteria, pero sabía que no era más de lo que podría verse en el corazón de un adolescente. No había absolutamente nada que corroborara el diagnóstico de ataque al corazón.

Después miró las muestras de los pulmones. Excepto un poco de líquido extra, algo habitual en casos de edema pulmonar, y unos cuantos glóbulos rojos de más, no tenían nada de especial. Lo mismo en los demás órganos del cuerpo.

Cuando terminó de observar las muestras, cerró la bandeja, volvió a colocar la banda elástica y la dejó a un lado. Se sentía estancado, lo que en ese momento de su vida le resultaba muy extraño. Estaba acostumbrado a la acción constante y, en todo caso, a un fuerte viento de cola que lo empujaba a esforzarse más. Era un estilo de vida y una actitud que había desarrollado para superar la depresión paralizante en la que lo había sumido la pérdida de su primera familia. Por eso se había vuelto reacio a quedarse quieto o, como él lo llamaba, vegetar. Se descubrió lamentando que Ronald Cavanaugh trabajara en el turno de noche, porque seguramente eso significaba que se pasaría todo el día durmiendo.

Miró el reloj e intentó imaginar a qué hora tendría noticias del enfermero, ya que recordaba que le había dicho que lo llamaría al día siguiente. Dado que el turno de Ronnie era de siete de la tarde a siete de la mañana, parecía lógico que durmiera al menos hasta media tarde, así que no creía que lo llamara antes de las tres o las cuatro. Suspiró. Estaba tan nervioso que no sabía cómo iba a aguantar la espera. Desplazó la mirada a la pila de carpetas de autopsias y las bandejas de portaobjetos sin examinar. Podría pasarse horas completando casos, y debería hacerlo, pero lo cierto es que dudaba que fuera capaz de concentrarse, y si no podía concentrarse, no podría trabajar al nivel que se exigía a sí mismo.

En lugar de cerrar casos, Jack cogió el teléfono y miró el mensaje que Ronnie le había enviado la noche anterior: «Aquí tiene mi número. Espero que podamos continuar nuestra conversación». Le contestó: «Gracias por su mensaje. También espero que podamos continuar nuestra conversación. Estoy disponible en cuanto le vaya bien».

Un instante después de que Jack hubiera pulsado el botón de enviar, sonó el móvil, lo que lo sobresaltó. Asustado, volvió a mirar la pantalla preguntándose si, gracias a alguna tecnología extraña, Ronnie le contestaba de forma instantánea. Pero no era el enfermero quien lo llamaba, sino Laurie.

Jack dejó que el teléfono sonara varias veces para dar tiempo a que se le reajustara el cerebro y después contestó.

—¿Dónde estás? —le preguntó Laurie. Su tono era insistente, enfadado e incriminatorio.

—He vuelto al St. Regis a comerme otra tostada francesa —le contestó, aunque enseguida se arrepintió, como el día anterior. El problema era que, con el paso de los años, el sarcasmo se había convertido en instintivo, como una especie de mecanismo de defensa. A menudo resultaba eficaz, pero con Laurie rara vez funcionaba, y sabía que solo serviría para sacarla de quicio todavía más. A veces él mismo era su peor enemigo.

—Ni siquiera voy a contestarte —le dijo Laurie—. ¿Estás en el hoyo?

—No, da la casualidad de que estoy en mi despacho palaciego. Parece que estás de mal humor.

—¡Estoy de mal humor! —exclamó—. ¡Ven ahora mismo! ¡Quiero hablar contigo! Vuelves a estar en apuros.

—¿Podemos posponerlo una hora más o menos? Estoy esperando al papa. —Jack hizo una mueca, consciente de que solo conseguiría empeorar la situación, pero no podía evitarlo. Ella estaba buscándole las cosquillas al actuar como la Laurie que no le gustaba: la jefa.

—¡Ven ahora mismo! —le gritó, y colgó.

«¿Qué pasa ahora?», se preguntó tirando el móvil a la mesa y volviendo a mirar al techo. Quería concederse un momento para que se le pasara un poco el enfado. Intentó pensar por qué se había enfadado esta vez, pero no se le ocurría nada, a menos que fuera por haber jugado a los detectives. Esa mañana todo había ido sobre ruedas. Incluso había conseguido mantener una conversación amable con Dorothy, que se había levantado más temprano de lo habitual.

Cuando sintió que se había calmado un poco y que podía lidiar con lo que hubiera sacado de quicio a Laurie, cogió el chaquetón. Mientras cruzaba el pasillo hacia el ascensor, se lo puso. No se dio ninguna prisa.

27

Al llegar a la oficina de administración, Jack se acercó a la mesa de Cheryl. Como de costumbre, estaba hablando por teléfono con unos auriculares equipados con un pequeño micrófono. Aunque en ese momento no decía nada, Jack tuvo claro que estaba escuchando, porque tomaba notas. Cuando él se dispuso a pasar, ella levantó la mano izquierda con el pulgar hacia abajo, lo que significaba que en ese momento Laurie estaba ocupada y que tendría que esperar.

Para Jack, esperar en esas circunstancias era como echar sal en una herida, pero se dirigió obediente al sofá y se sentó. Por suerte, no tuvo que esperar mucho. En cuestión de minutos, la puerta del despacho se abrió y apareció el subdirector, George Fontworth, con expresión abatida.

—¿Está la jefa de mal humor? —le preguntó Jack poniéndose de pie mientras George pasaba a su lado.

—Peor imposible —le susurró George—. ¡Buena suerte! Vas a necesitarla. Ha pasado algo que ha hecho que el apoyo del alcalde se tambalee. No me ha dicho el qué.

—Madre mía —murmuró Jack.

Miró a Cheryl, que le mostró el pulgar hacia arriba. Cada vez más intrigado por la razón por la que lo había llamado, entró en el despacho alegremente decorado. La expresión seria de

Laurie contrastaba con la decoración, y sus ojos azules verdosos lo taladraron. Sus mejillas sonrojadas reflejaban el vestido de seda rojo brillante que llevaba puesto. Estaba de pie detrás de la mesa, con los brazos extendidos y apoyada en las yemas de los dedos. Era evidente que había estado revisando los planos de la morgue, que aún estaban esparcidos por la mesa.

—Hace unos minutos he recibido una llamada muy inquietante de un miembro del equipo del alcalde electo —le dijo Laurie incorporándose. Se cruzó de brazos de una manera que le recordó a su inflexible maestra de sexto.

—Ah, bien —le contestó Jack en tono alegre—. ¿Te ha llamado para volver a felicitarte por tu presentación de ayer?

Ella negó con la cabeza.

—Siempre tan listo... —le replicó, enfadada—. ¡Todo lo contrario! La persona con la que he hablado me ha dicho que había recibido una llamada indignada de Marsha Schechter, una mujer que ha donado mucho dinero para la campaña y a la que el alcalde tiene muy en cuenta. Schechter había llamado para presentar una queja oficial porque habían pillado a un médico forense llamado Jack Stapleton entrando en despachos del hospital sin permiso y, por si fuera poco, mirando documentos que no tenía autorización para leer, así que lo habían echado del hospital. ¿Es cierto?

—¡No, no lo es! —exclamó Jack con autoridad.

—¿No lo es? —le preguntó Laurie, de repente sorprendida.

—No llegué a mirar los papeles, y mucho menos a leerlos —le explicó Jack.

Laurie puso los ojos en blanco y esperó un segundo para intentar calmarse antes de responderle.

—Muy bien, listillo. Lo importante aquí es que fuiste una vez al MMH. ¿Es cierto, sí o no?

—No exactamente —le contestó Jack.

—¿No? —le preguntó Laurie, de nuevo sorprendida.

—Fui dos veces —le confesó Jack—. A primera y a última

hora de la tarde. —Ahora estaba tan enfadado como Laurie, porque le parecía injusto que lo atacara por hacer su trabajo.

—¡Madre mía! —exclamó ella—. Eres imposible. Sabes que no debes salir a investigar. Son las normas de la casa desde hace años, y ahora yo soy la responsable de que se cumplan. ¿Por una vez puedes plantearte qué van a pensar los demás si permito que mi marido se salte una norma como esta? Por si fuera poco, ¿qué pasa si pierdo el apoyo del alcalde para el nuevo edificio de la morgue por algo así?

—Venga ya —se quejó Jack—. El alcalde no va a dejar de apoyar la OCME porque yo haga enfadar a la presidenta del MMH. Eso es absurdo.

—¿Tú crees? —le preguntó Laurie—. No es eso lo que me ha dado a entender la persona con la que he hablado, y no quiero ponerlo a prueba. ¡De ninguna manera! Además, sabes que me pones en un aprieto con los IML. Si se enteran de que permito que nuestros forenses se entrometan en sus funciones, la tasa de abandono se disparará. Están muy orgullosos de su papel, con razón.

—Sí, bueno, ¿tengo que recordarte que a menudo te saltabas esta norma cuando solo eras una forense más? Los dos nos formamos en programas que incentivaban la investigación *in situ*. Puede ser decisiva, y lo sabes.

—Los dos sabemos que ninguno de nuestros programas de formación contaba con los medios que tenemos aquí —le replicó Laurie. Su enfado iba disminuyendo, aunque aún era evidente—. No tenían investigadores médicos legales con una excelente formación para el trabajo de campo forense. Sé que el caso de Sue se le asignó a Kevin Strauss, y también sé que Kevin es más que capaz de hacer lo que haya que hacer. Si necesitas algo, pídeselo a él.

—El problema con el caso de Sue es que no sabía lo que no sabía, así que no sabía qué pedirle —le explicó Jack—. Mira, todavía no tengo la causa ni la manera de la muerte de Sue, que insististe en que llevara yo. Esta mañana he vuelto a creer que tuvo que ser una sobredosis, aunque ni tú ni yo podíamos imaginar que se drogara, pero después, hace solo una hora, John DeVries ha descartado esa hipótesis, porque me ha confirmado que la prueba toxicológica era negativa. Luego he mirado la histología, que estaba básicamente limpia, así que ¡estoy perdido por completo! Solo puedo agarrarme a un clavo ardiendo. Fíjate si estoy desesperado que acabo de pedirle a John que busque cualquier posible evidencia de succinilcolina, porque uno de los peces gordos que descubrí que odiaban a muerte a Sue es anestesiólogo. Al fin y al cabo tenía muchos pinchazos de inyecciones de insulina. ¿Y si uno de ellos hubiera sido sux y no insulina?

—¡No me lo puedo creer! —exclamó Laurie—. ¿De verdad estás convencido de que la muerte de Sue fue un homicidio?

—¡No! —le respondió Jack—. No estoy convencido de nada. Bueno, no es del todo cierto. De lo único de lo que estoy convencido es de que si no hubiera ido al MMH, no me habría enterado de que a Sue le preocupaba que hubiera un asesino en serie en el hospital. ¿Quién sabe si eso está detrás de todo este sinsentido? En resumidas cuentas, necesito una causa, una mecánica o algo que justifique la muerte de Sue. Tengo que conseguir algo como sea.

—Es cierto —admitió Laurie. Tras la llamada del equipo del alcalde, se había enfadado tanto que había olvidado que Jack le había comentado la posible existencia de un asesino en serie en el MMH. Después de admitir que había olvidado el tema, sobre todo porque Jack le había contado que el índice de mortalidad del hospital había disminuido, añadió—: ¿Tienes alguna novedad sobre esta alarmante posibilidad?

—La verdad es que no —le contestó Jack—. Acabo de hablar con Bart, que le pidió a Janice Jaeger que recopilara la cantidad de muertes mensuales que nos han llegado del MMH en los dos últimos años.

—¿Y? —le preguntó Laurie.

—Las cifras no han aumentado, sino que han disminuido, lo que coincide con el descenso del índice de mortalidad.

—Eso no confirma nada —le dijo ella—. De hecho, todo lo contrario. ¿A qué hora vas a reunirte con la enfermera que te lo contó para que te aclare qué datos hicieron sospechar a Sue?

—Aquí se ha producido otro giro extraño e inesperado —le explicó Jack—. La enfermera jefe de la planta de ortopedia, que se llamaba Cherine Gardener, murió anoche. Le he hecho la autopsia esta mañana.

Laurie se quedó boquiabierta y el fuego de sus mejillas se desvaneció.

—¿Me tomas el pelo? —le dijo en tono indeciso. Se hundió despacio en la silla y apoyó los antebrazos en la mesa. Parecía aturdida.

—Ojalá no fuera cierto —le contestó Jack. Siguiendo su ejemplo, retrocedió hasta el sofá y se sentó. Esperó un poco para darle tiempo a digerir lo que acababa de decirle y añadió—: No será necesario que te diga que me he quedado de piedra y, si te soy sincero, decepcionado al ver su nombre en la carpeta de la autopsia. Me ha sorprendido casi tanto como ver el de Sue ayer. Espero que no se convierta en una costumbre. —Se rio sarcásticamente.

—No es momento para bromas —le reprochó Laurie—. ¡Qué horror! ¿Podría esta muerte estar relacionada con la de Sue?

—Ha sido lo primero que he pensado —le contestó Jack—, por supuesto, sobre todo porque me había enterado de que varios altos mandos del MMH consideraban que Sue y Cherine estaban compinchadas, pero ahora mismo tiendo a creer que es solo una desafortunada coincidencia. En el caso de Gardener hay evidencias de que fue una sobredosis, y no solo porque tenía el característico edema pulmonar, que lo tenía. A diferencia de la escena de la muerte de Sue, en el apartamento de Cherine encontraron una bolsa de polvo sospechoso que dio positivo en fentanilo. También tenía polvo en las fosas nasales.

—Pero la coincidencia en el tiempo es muy sospechosa.

—Estoy de acuerdo —coincidió Jack—, así que de nuevo el peso recae sobre John, que tendrá la última palabra.

—¡Madre mía! —se lamentó Laurie gesticulando con las manos—. Como si no tuviera ya bastantes preocupaciones. Me alegro de que estés ocupándote de este tema. ¿Qué te dice tu sexto sentido?

—Para serte sincero, mi sexto sentido me recuerda mi cita favorita de Shakespeare: «Algo huele a podrido en Dinamarca». Pero también soy consciente de mi odio instintivo a AmeriCare, y por lo tanto a la administración de su hospital insignia, el MMH. No sé si puedo ser tan analítico como siempre, aunque lo intento. El lado positivo es que otro enfermero estaba conchabado con Sue y Cherine, y en desacuerdo con los mismos pesos pesados del hospital. Ayer pude hablar con él un momento. Es un tipo impresionante, y me fue bastante útil teniendo en cuenta las limitaciones de tiempo. Como trabaja en el turno de noche, seguro que ahora mismo está durmiendo, aunque me dijo que no necesita dormir mucho, así que espero su llamada en cualquier momento. Confío en que Sue le contara sus sospechas sobre el asesino en serie, como se las había contado a Cherine, y tengo motivos para creer que así fue. Cuando hablé con él, intenté descubrir si sabía algo al respecto sin preguntárselo directamente, pero no lo conseguí, porque no hubo tiempo. Creo que hoy no tendremos ese problema, así que, si lo sabe, lo descubriré. Espero que no acabe aquí para que le hagamos la autopsia, como Cherine. —Jack soltó una breve carcajada sin alegría—. Para serte sincero, estoy volviéndome paranoico.

—Es comprensible —admitió Laurie—. Espero que tu conversación con ese enfermero sea fructífera. Parece que promete. Pero hablemos de cómo proceder en general. Anoche te pregunté si había llegado el momento de informar a Lou sobre este tema del posible asesino en serie, y me contestaste que era un poco pronto. ¿Sigues pensando lo mismo? Aunque la posibilidad de que las muertes de Sue y Cherine estén relacionadas sea mínima, creo que es mejor prevenir que curar. ¿Cómo lo ves?

—Lou ya está al corriente —le contestó. Se sintió un poco avergonzado, porque una vez más no estaba siendo del todo sincero. No le había comentado nada a Lou sobre un posible asesino en serie deliberadamente, porque estaba convencido de que los métodos del detective asustarían al asesino, si es que este existía, y eso se lo pondría muy difícil, por no decir imposible.

—¿Has hablado con él esta mañana? —le preguntó Laurie.

—Pues sí. Estaba aquí cuando he llegado, y la verdad es que me ha sorprendido. Hacía casi un mes que no lo veía y de repente aparece dos días seguidos. Había venido a ver la autopsia de Cherine.

—¿En serio? —le preguntó Laurie—. ¿Por qué demonios le interesaba ver una sobredosis? Por desgracia, en los últimos tiempos están a la orden del día.

—Es curioso que me lo preguntes —le dijo Jack—. Al principio también a mí me ha confundido, porque Kevin Strauss la catalogó como sobredosis sin la menor duda. Cuando se lo he preguntado a Lou, ha admitido que su interés respondía más a un presentimiento que a un argumento racional. Le preocupaba que la muerte fuera un homicidio que habían hecho pasar por sobredosis. Pero tenía poco en lo que basarse.

—¿Por ejemplo? —le preguntó Laurie.

—El apartamento de la mujer estaba hecho un desastre, como si hubiera habido una pelea, y una vecina creía haber oído un grito. Pero eso era todo. Lou ha admitido que seguramente sus sospechas tenían más que ver con el hecho de que está tomándose el aumento de los homicidios durante la pandemia como un tema personal. En mitad de la autopsia ha cambiado de opinión y ha estado de acuerdo con la valoración de Kevin. Todo apuntaba a una sobredosis. En cualquier caso, mañana John nos lo confirmará.

—¿Te ha dicho Lou lo que iba a hacer hasta entonces?

—No —le contestó Jack—. No me ha concretado nada, pero ha aceptado darme un día más para ver qué podía descubrir antes de llamar a la caballería.

—¿Te refieres a tu reunión con el supervisor de enfermería?

—Exacto —le confirmó—. Voy a presionarlo para que hable. Si tiene tiempo, me gustaría que viniera aquí.

—Muy bien —le dijo Laurie—, pero quiero que me prometas que no volverás a molestar a Schechter. ¿Puedo al menos contar con eso?

—¡Por supuesto! Palabra de *boy scout* —le contestó Jack a la vez que levantaba el pulgar con una sonrisa tranquilizadora—. Me encantaría reunirme con un administrador que según creo no le tenía ninguna simpatía a Sue. Al parecer ni él ni otros dos médicos, incluido el anestesiólogo del que te he hablado, con el que charlé un momento, tenían buena relación con ella. Pero, no te preocupes, evitaré ir a ver al administrador. Si después de charlar con el supervisor de enfermería del turno de noche tengo el más mínimo indicio de que en el hospital hay un asesino en serie, lo dejaré en manos de Lou y su equipo. Ya hablarán ellos con el administrador, al que describiré como una persona de interés para la investigación, junto con los dos médicos.

—Me has dicho que hablaste con Kevin Strauss sobre el caso de Sue. ¿Le dijiste que habías ido al MMH a investigar?

—Claro que no —le contestó Jack—. Tuve la precaución de evitarlo, pero que conste que Kevin me animó a hablar con el supervisor de enfermería del turno de noche. Lo elogió y me dijo que había trabajado con él muchas veces. Entiendo por qué. Ronnie es perspicaz y agradable, como me habían comentado.

—¿Crees que debería llamar a Bart Arnold y contarle que se trata de una situación especial por si él o alguno de sus IML se entera de que has ido al MMH?

—No —le contestó—. Creo que es mejor dejarlo correr. He tenido cuidado para evitar que nadie se enterara y seguiré teniéndolo.

—De acuerdo —le dijo Laurie. Suspiró y, mientras desplazaba la mirada a los planos, le hizo un gesto para indicarle que se marchara—. Mantenme informada.

—Lo haré —le aseguró Jack. Se levantó y se dirigió hacia la puerta con la sensación de que Laurie acababa de echarlo.

—¡Un minuto! —exclamó ella—. Espera. Siento haberme enfadado tanto contigo. Estoy bajo mucha presión. He creído que estabas saltándote una de las normas explícitas y me he puesto como una fiera, sobre todo porque he pensado que echaría a perder mis avances de ayer con el alcalde electo. Ahora entiendo que no era así.

Jack se detuvo y se dio la vuelta.

—Te agradezco que me lo digas, y siento haberme enfadado contigo por haberte enfadado conmigo. Al fin y al cabo tú me pediste que me ocupara del caso de Sue. Ninguno de los dos sabía que iba a ser tan complicado y te aseguro que he tenido que saltarme las normas para llegar a donde estoy.

—Gracias por el esfuerzo que estás haciendo, pero quiero estar absolutamente segura de que entiendes lo presionada que estoy.

—Lo entiendo —le dijo—. Intentas mantener a flote este barco heterogéneo en el mar embravecido de la política de Nueva York, y no es fácil. Hay muchas exigencias compitiendo entre sí. Pero, por más que lo intente, no llego a entender por qué estás dispuesta a hacerlo, con lo mucho que te gustaba la ciencia forense, los esfuerzos que tuviste que hacer para llegar a ser médico de esta especialidad y las satisfacciones que te proporcionaba. Yo no podría, ni querría, hacer lo que estás haciendo tú.

Laurie salió de detrás de la enorme mesa, y Jack y ella se fundieron en un cálido y espontáneo abrazo. Fue una forma de reconocer el aprecio, el respeto y el cariño que se tenían, que, a pesar de las tensiones por los problemas médicos de sus hijos, habían ido aumentando con el paso de los años.

Cuando se separaron, aún cogidos de la mano, Laurie le dijo:

—Echo de menos ser forense y la oportunidad de hablar por los muertos, como sigues haciendo tú. La medicina forense es una auténtica vocación. Pero ahora veo este trabajo como una oportunidad para poder hablar con los vivos, que en muchos sentidos es igualmente desafiante y gratificante. Muchas personas con altos puestos en esta ciudad no entienden el enorme servicio y el valor de la OCME, que justifican con creces su considerable presupuesto. Mi papel es aclarar el malentendido y conseguir que aquí todos estén contentos, motivados y trabajando en equipo. Como bien has dicho, no es fácil. Es como hacer malabares con doce pelotas a la vez.

—*Touché* —admitió Jack—. Lo has expresado muy bien. Ser jefe no es para mí, pero eres tan elocuente que acepto que lo sea para ti. En fin, investigaré con el mayor tacto para evitar toda posibilidad de causarte más dificultades. Me encontré con Marsha Schechter por pura casualidad, pero me aseguraré de que hoy no suceda.

—Gracias, cariño —le dijo Laurie—. Y mantenme informada sin falta, y a Lou también, sobre todo si hay indicios de la existencia del asesino en serie. ¿Me lo prometes?

—Te lo prometo —le contestó—. Te informaré en cuanto hable con Ronnie esta tarde y después decidiremos qué hacer.

—Ten cuidado —le aconsejó.

—Siempre tengo cuidado —le dijo Jack con una sonrisa.

—Sí, claro —le respondió Laurie negando con la cabeza, incrédula.

28

Ronnie se despertó sobresaltado, convencido de que se le habían pegado las sábanas. Cogió el teléfono, pulsó el botón para encenderlo y suspiró aliviado al ver la hora. No había dormido más de la cuenta. Dejó el teléfono en la mesilla, se apoyó en la almohada e intentó relajarse mientras lamentaba el caos en el que se había convertido su vida por culpa de una médica entrometida. Al mismo tiempo se felicitaba a sí mismo por haber conseguido manejar la situación con una rapidez admirable, aunque el episodio con Cherine Gardener no hubiera sido tan fácil como le habría gustado. Recordó la pelea con la enfermera sin terminar de creerse lo fuerte que había sido y la resistencia que le había ofrecido a pesar de su poca envergadura.

La noche anterior, consciente de que el problema no había terminado, había llegado a casa tan nervioso que tuvo que salir para calmarse. Había ido en coche a un bar, se había tomado unas cervezas y había mirado distraídamente la reposición de un partido de los Knicks pensando en Jack Stapleton y en que podría llegar a convertirse en una amenaza importante. Ronnie también se felicitó por haber sido lo bastante listo para enterarse de que el médico forense estaba al corriente de que a la doctora Passero le preocupaba la existencia de un asesino en serie, pero no por qué. Teniendo en cuenta que él le había comentado que el índice de mortalidad del MMH estaba descendiendo, confiaba en que el asunto no pasara a mayores, lo que significaba que estaba razonablemente a salvo siempre y cuando se deshiciera del hombre lo antes posible. La ventaja era que Stapleton esperaba que él lo llamara para quedar. Su plan consistía en proponerle que se vieran esa misma tarde.

Hacia las tres de la mañana, cuando el bar cerró, Ronnie volvió a su piso de Woodside. Como seguía nervioso, no intentó dormir. Con el paso de los años se había adaptado por completo a trabajar en el turno de noche y no solía meterse en la cama hasta las nueve o las diez de la mañana. Esa noche había encendido el portátil, había buscado en Google «Jack Stapleton» y había reunido toda la información posible de él, en especial dónde vivía y dónde trabajaba, pero además había conseguido confirmar que se desplazaba por la ciudad en bicicleta. El enfermero no podía creerse su suerte. Parecía que Stapleton estuviera pidiendo que lo mataran.

Hacia las cinco y media se había preparado unos huevos con beicon, y a las seis y cuarto estaba de vuelta en su querido Cherokee rumbo a Manhattan. Para que su plan funcionara, debía asegurarse de los movimientos de Stapleton. Por lo tanto, mucho antes de las siete se había detenido a un lado de la Primera Avenida, justo después de la calle 30, desde donde veía el edificio de la OCME a su derecha y la calle 30 a su izquierda. Como muchos edificios de la ciudad, el de la OCME estaba rodeado de andamios, aunque no parecía que estuviera en obras, lo que le hizo preguntarse por qué estaban ahí.

No mucho después del amanecer, a las siete y siete minutos, el enfermero obtuvo su recompensa al ver aparecer por la calle 30 a un ciclista con un casco de color verde lima y vestido con un chaquetón de pana, bufanda y guantes. El hombre se había dirigido hacia él adelantando a los coches y se había detenido en el semáforo. En ese momento, Ronnie había avanzado la distancia de un coche para que el ciclista tuviera que cruzar a unos centímetros de él, lo que le había permitido asegurarse de que era Jack Stapleton.

Al cambiar el semáforo, el ciclista había cruzado la avenida pedaleando y Ronnie pudo verlo bien. No cabía la menor duda: era Stapleton. Satisfecho, el enfermero había vuelto a su piso de Woodside, en la calle 54, al lado de Northern Boulevard. La razón principal por la que vivía allí era porque el piso tenía un garaje independiente al que se accedía por un callejón trasero. Después de aparcar el coche, había entrado en su casa y se había metido en la cama.

«¡Muy bien!», se dijo una vez se hubo despertado mientras se destapaba y se levantaba en el frío dormitorio. Estaba listo para empezar el día y tenía mucho que hacer antes de llamar a Stapleton. No quería contactar con él demasiado pronto, porque pretendía controlar dónde reunirse y limitar las opciones del forense. Su intención era insistir en volverse a ver en la sala del Departamento de Urgencias del MMH, aunque el lugar exacto le daba igual. Lo único que le importaba era no quedar en la OCME, sino en el hospital. Su plan era sencillo. Se aseguraría de que el forense no llegara al MMH, sino que tuviera un fatal accidente en el camino.

Después de desayunar seguía siendo demasiado temprano para llamar a Stapleton. Ronnie quería hablar con él más tarde para asegurarle que no le daría tiempo a ir a la OCME y luego llegar a su hora al MMH. Para hacer tiempo, decidió reafirmarse en su cruzada de salvar a personas de las garras de la profesión médica y la industria farmacéutica, que sacaban enormes beneficios del abuso y la tortura de pacientes terminales. Para ello, sacó un taburete del armario y un destornillador del cajón de herramientas de la cocina. Colocó el taburete debajo del conducto de ventilación del recibidor, que conectaba la cocina y el dormitorio con la sala de estar, se subió y quitó los tornillos de la chapa. Giró la rejilla hacia abajo, metió la mano en el conducto y sacó un viejo libro de contabilidad. Dejó la rejilla abierta, se dirigió a la cocina y se sentó a la mesa empotrada. Junto con el Cherokee y la pistola SIG Sauer, ese libro era uno de sus bienes favoritos, y lo hojeaba con frecuencia para celebrar sus logros.

Durante un periodo de casi seis años, que incluía dos en un hospital de Queens, donde trabajó tras licenciarse en enfermería, antes de su traslado al MMH, había mantenido un detallado registro de todas las muertes piadosas que había llevado a cabo. Empezó despacio, porque las oportunidades habían sido pocas y esporádicas, pero desde que asumiera el puesto de supervisor de enfermería su misión había ido acelerándose. El ritmo experimentó un drástico aumento a partir de que en el turno de noche dejaran solo un supervisor. Le impresionaba la cantidad de personas a las que había librado de una existencia espantosa en el último año. Cada entrada del libro incluía el nombre, el diagnóstico, los horribles tratamientos que había soportado, la fecha y el agente utilizado para liberarlos, que solía ser una sobredosis de un medicamento que le habían recetado al paciente.

Ronnie recorrió la lista con la mirada. Se acordaba de casi todos los pacientes con bastante claridad. Incluso recordaba haber charlado con muchos de ellos, haber escuchado sus tristes relatos sobre las torturas que habían soportado y haberse compadecido de ellos. De repente llegó a Frank Ferguson, al que recordaba a la perfección, porque su caso era idéntico al de su madre adoptiva. Iris había sido enfermera y un estímulo para que Ronnie se dedicara a esta profesión. También había sido una fumadora empedernida que había desarrollado cáncer de garganta. En aquel momento, él era un preadolescente impresionable que se horrorizaba al ver cómo una mujer atractiva se transformaba en una caricatura macabra de sí misma, tanto física como mentalmente, que podría haber protagonizado un repugnante anuncio de una campaña contra el tabaquismo. También en aquella época, él y su hermano adoptivo, que era algo menor, empezaron a ponerse enfermos a menudo y hubo que hospitalizarlos muchas veces. Tiempo después, Ronnie se enteró de que la mujer que los había adoptado los había atiborrado de sal, lo que acabó matando a su hermano. Él se había librado porque al superar la edad de acogida temporal había ingresado en la Marina.

Las dos últimas entradas del libro eran de hacía cuatro días, cuando había utilizado insulina para acabar con las torturas de dos hombres, uno con cáncer colorrectal y el otro con cáncer de próstata. Ambos tenían metástasis y habían pasado por múltiples cirugías. Eran los números 93 y 94. A Ronnie le consolaba saber que ahora estaban en un lugar mejor.

Durante unos minutos se planteó añadir los nombres de Sue Passero y Cherine Gardener a las entradas del libro, ya que sus muertes se sumaban a la cruzada, porque aseguraban su continuidad, pero al final decidió no hacerlo por la misma razón por la que nunca había anotado en la parte principal del libro ninguna de las muertes involuntarias que se habían producido al no haber podido salvar a pacientes a los que había puesto en peligro para después atribuirse el mérito de salvarlos. Añadió los nombres al final del libro, donde se limitaba a hacer una lista de las muertes involuntarias.

Ronnie cerró el libro y volvió a dejarlo en su escondite, en el conducto de ventilación, sintiéndose totalmente volcado en su causa. Después de recolocar la rejilla y los tornillos de la chapa, miró la hora. Había decidido llamar a Stapleton media hora después, así que le daba tiempo a preparar el Cherokee para las actividades de la tarde. Con eso en mente, salió por la puerta trasera, abrió el garaje y entró. Lo primero que hizo fue quitar las matrículas, que guardó en la parte de atrás del Cherokee, y sustituirlas por otras viejas y caducadas de Nueva York que había encontrado en el garaje cuando se había mudado a esa casa. A continuación abrió una lata de pintura negra al agua y cubrió las llamas naranjas que se extendían desde las ruedas. Le fastidiaba tener que hacerlo, porque quedaban muy bien en el todoterreno, pero confiaba en que no le costara limpiar la pintura. No quería llamar la atención esa tarde. Además, el coche tenía una palanca que, al accionarla, dirigía el tubo de escape hacia los silenciadores, lo que reducía significativamente el ruido. Tenía la intención de girar la palanca mucho antes de entrar en contacto con su objetivo.

Cuando hubo terminado con el Cherokee, Ronnie volvió a su casa, se sentó de nuevo a la mesa de la cocina y sacó el teléfono y la tarjeta de Stapleton. Eran las cuatro menos cuarto de la tarde, la hora a la que había considerado oportuno llamarlo. Durante unos minutos se quedó sentado intentando imaginar con qué argumentos Stapleton insistiría en que se reunieran en la OCME. Recordaba que le había dicho que el miércoles y el jueves no trabajaba, así que el forense podría recurrir a esa información, pero en ese caso le diría que había habido algunos cambios de turnos. Para que Sarah Berman aceptara de improviso sustituirlo la noche anterior, Ronnie había tenido que ofrecerse a hacer su turno el miércoles y el jueves. Por supuesto, no iba a decirle nada a Stapleton sobre este intercambio.

Cuando sintió que estaba listo, tecleó el número. Mientras se marcaba, se relajó todo lo que pudo. El hecho de que el forense contestara al segundo tono no le pasó inadvertido. Resultaba evidente que esperaba su llamada. Era una buena señal que le sugería que tenía la sartén por el mango.

—Gracias por llamar —le dijo Jack—. Empezaba a preocuparme que lo hubiera olvidado.

—Imposible —le contestó Ronnie en tono alegre—. Lo siento. Por alguna razón he dormido más de lo habitual.

—Lo necesitaría —le dijo Jack—. No pasa nada, pero estoy impaciente por continuar nuestra conversación, y cuanto antes mejor. ¿Está disponible ahora?

—Sí y no —le contestó Ronnie—. Se suponía que hoy estaría libre, pero tengo que cubrir al supervisor que iba a trabajar esta noche. Por desgracia, eso significa que debo estar en el hospital hacia las seis. Lo siento.

—Tranquilo —le dijo Jack—. Entiendo que los horarios cambian, por supuesto, pero aún no son las cuatro. Tenemos un par de horas. ¿Qué le parece si nos reunimos antes de que empiece su turno?

—Me parece bien —le contestó Ronnie—, pero no quisiera desplazarme y correr el riesgo de llegar tarde al trabajo por culpa del tráfico. Si quiere que nos veamos hoy, tendrá que ser en el MMH.

—No hay problema —le dijo Jack sin dudarlo—. Dígame dónde exactamente y a qué hora.

—¿Qué le parece si volvemos a vernos en la sala de médicos del Departamento de Urgencias, digamos, a las cinco y media? Nunca hay nadie a última hora de la tarde, así que la tendremos para nosotros solos, como ayer, y podremos hablar de lo que queramos.

—Me parece bien —le contestó Jack—. Y la verdad es que prefiero el Departamento de Urgencias al hospital en sí.

—¿Le da tiempo a llegar a esa hora?

—Por supuesto —le aseguró Jack—. Solo tardo unos veinte minutos, con o sin tráfico. Está de camino a mi casa.

—¿Qué tal su reunión con Cherine Gardener? —le preguntó Ronnie. No había planeado preguntárselo, por razones obvias, pero de repente se le ocurrió hacerlo por pura curiosidad.

—No me he reunido con ella —le contestó Jack.

—Vaya —le comentó Ronnie—. ¿Por qué?

—Aún no me ha llamado —le dijo Jack.

El enfermero asintió, impresionado por la rápida y esquiva respuesta de Jack.

—Antes de que colguemos —añadió Jack—, permítame hacerle una pregunta sobre su papel en el Grupo de Trabajo de Mortalidad y Morbilidad, porque he estado pensando mucho en lo que me contó. Además de tener acceso al índice de mortalidad, ¿el ordenador le permite acceder a la tasa bruta de mortalidad mensual?

—Interesante pregunta —le contestó Ronnie sin dudarlo, aunque en su mente sonaron todas las alarmas. El mero hecho de que Stapleton le hubiera hecho esa pregunta confirmaba que tenía que deshacerse de él. Haber visto los datos mensuales sin procesar fue lo que desquició a Sue Passero y lo que había desencadenado todo lo ocurrido—. No lo sé, la verdad, porque nunca he intentado descargar la tasa bruta de mortalidad mensual, pero diría que no. La administración del hospital es muy cautelosa con los datos brutos no ajustados. La única persona que podría acceder a ellos, si están disponibles, sería el director de cumplimiento y ética.

—Bueno, quizá debería intentarlo la próxima vez que se conecte —le sugirió Jack.

—Lo haré —le contestó el enfermero—. Ahora tengo que empezar a prepararme para ir al trabajo.

—Nos vemos a las cinco y media —le dijo Jack antes de colgar.

Durante unos minutos, Ronnie se quedó sentado con la mirada perdida. La situación le recordó a cuando de niño jugaba con fichas de dominó. Empujas una, y toda la fila va cayendo hasta la última ficha. Esperaba con todas sus fuerzas que Jack Stapleton fuera la última ficha de dominó para poder relajarse y volver a la normalidad.

Comprobó la hora. Quería estar en su puesto junto a la OCME antes de las cinco. Se levantó del banco de la cocina, entró en el dormitorio y cogió su querida SIG Sauer P365 de la mesilla de noche. Por costumbre revisó el cargador, aunque sabía que estaba lleno. El mero hecho de comprobarlo le hizo sentirse más seguro de que estaba preparado para cualquier eventualidad. Aunque no tenía dudas respecto de su cruzada, era muy consciente de que no todos estaban de acuerdo con sus métodos, y sabía que si lo descubrían, no tendría ninguna posibilidad de salir bien parado. Hacía mucho tiempo que había decidido que no permitiría que sucediera, y por eso había preparado su escondite en Catskills, donde tenía otra identidad que se había creado gracias a la *dark web*. Incluía documentos de un enfermero de la Marina de su edad que había muerto hacía unos años. Su plan, si las cosas se complicaban, era huir primero a su escondite y después desaparecer, marcharse a Florida o quizá a Texas.

Cuando estuvo listo, se dirigió al garaje y se metió en el Cherokee. Unos minutos después recorría el Northern Boulevard en dirección a Manhattan.

29

Jack, muy satisfecho, dejó el certificado de defunción que acababa de completar en la bandeja de salida y desplazó la carpeta de la autopsia y la bandeja de portaobjetos rodeada por una banda de goma correspondientes a la esquina más alejada de la mesa en forma de L, junto con otros tres juegos. Como no tenía nada que hacer sobre el caso de Sue Passero hasta su inminente cita con Ronald Cavanaugh o hasta que John hubiera concluido la evaluación toxicológica completa, se había dedicado a completar la pila de casos que tenía pendientes y ya había terminado cuatro. No tenía que marcharse hasta poco después de las cinco para su cita de las cinco y media, así que estaba cogiendo el siguiente caso de su gran pila por completar cuando sonó el móvil. Al mirar quién lo llamaba, vio que era Lou.

—¿Estás controlándome, papá? —le preguntó Jack en broma.

—Sí —le contestó Lou—. ¿Cómo lo has adivinado? ¿Estás portándote bien?

—Muy bien —le respondió Jack—. Estoy en mi despacho, sin levantar el culo de la silla, terminando casos pendientes.

—En realidad, te llamo para felicitarte —le dijo Lou—, pero no sé si hacerlo porque no quiero que se te suban los humos.

—¡Ponme a prueba! —exclamó Jack riéndose.

—Tenías razón sobre el caso Seton —le explicó Lou—. Paul se ha derrumbado y ha confesado, pero no es tan sencillo. Según Paul, este sórdido asunto tiene que ver con un gurú terapeuta zumbado que los convenció a todos de que el suicidio era lo mejor, incluidas Sharron y su madre. Paul admite que fue él quien la cagó, porque dice que estaba tan nervioso que lo hizo todo mal. No sé qué pasará al final. Tu analogía con el *Asesinato en el Orient Express* no iba tan desencaminada. ¿Cómo demonios se te ocurrió?

—Porque las pruebas forenses hablaban por sí mismas —le contestó Jack—. Sin duda no era un suicidio típico, teniendo en cuenta todos los factores, en especial la trayectoria de la bala. Era la única forma de encajarlo todo si la nota de suicidio era auténtica.

—Bueno, admito que tenías razón —le dijo Lou—, pero déjame que te haga una pregunta: ¿qué mierda haces trabajando en casos antiguos después de haberme convencido de que te permitiera jugar a los detectives un día más en el caso de Sue Passero? Por cómo hablabas, creí que tenías algo concreto bajo la manga.

—Lo tenía, claro. Pensaba hablar de nuevo con un compañero de Sue que mantenía una buena relación tanto con ella como con Cherine. Por desgracia, no me ha llamado hasta hace unos minutos, cuando se ha despertado. Trabaja en el turno de noche y duerme durante el día. Hemos quedado a las cinco y media. Espero que me sea útil, porque es un tipo bien informado.

—Bien —le dijo Lou—, ¿y dónde habéis quedado?

—Trabaja esta noche y no soporta llegar tarde, así que ha insistido en que nos veamos en el MMH. El lado positivo es que hemos quedado en el Departamento de Urgencias, así que no tengo que entrar en el hospital, donde soy una especie de persona *non grata*.

—Quien no se consuela es porque no quiere —le comentó Lou—. ¿Qué hay de la confirmación de toxicología del caso de esta mañana? ¿La tienes?

—No han pasado ni ocho horas —le replicó Jack—. ¡Madre mía! Eres más impaciente que yo.

Después de intercambiar varias bromas más, colgaron. Como le quedaba algo de tiempo antes de ponerse en camino, Jack se dispuso a terminar un caso más. Por suerte era fácil y solo tenía que confirmarlo mirando varios portaobjetos, cosa que hizo enseguida. Cuando hubo acabado, apagó el microscopio, se puso el chaquetón de pana y se dirigió al sótano para coger la bicicleta. Unos minutos después, con el casco y los guantes puestos y la bufanda anudada al cuello, se subió a su Trek y avanzó por la calle 30 hacia la Primera Avenida.

30

Ronnie se incorporó de golpe. Había estado esperando con impaciencia sentado en su Cherokee aparcado en doble fila en el lado derecho de la Primera Avenida, justo al sur de la calle 30, casi el mismo sitio desde donde lo había observado esa mañana, a que apareciera Jack Stapleton. Como a las cinco de la tarde había más tráfico que a las siete de la mañana, en varias ocasiones, mientras el semáforo estaba en rojo, un coche o un taxi se había parado detrás de él creyendo que seguiría adelante en cuanto se pusiera en verde. Al no moverse, habían tocado el claxon y le habían increpado mientras pasaban por su lado.

Otra diferencia importante, además de que en ese momento estaba oscuro, era que su estado de ánimo había cambiado. A primera hora de la mañana Ronnie se había dedicado a observar con tranquilidad, mientras que ahora la expectativa de librarse del peligro que representaba Stapleton para su cruzada lo alteraba mentalmente. Sentía un entusiasmo placentero bastante similar al que lo invadía justo antes de dar el golpe de gracia a un paciente que sufría. Mientras esperaba, por un momento se le había pasado por la cabeza atropellar a Jack allí mismo, en el cruce, ya que lo más probable era que el forense tuviera que esperar a que el semáforo cambiara para cruzar hacia el carril bici de la Primera Avenida, que se dirigía hacia el norte por el lado oeste, y sería una presa fácil. Pero al final Ronnie decidió que el plan era demasiado arriesgado, porque implicaba chocar con Jack y atropellarlo delante de demasiados testigos. Además le preocupaba el hecho de que, debido al tráfico en hora punta, sin duda tendría que pararse en el siguiente cruce, lo que podría tener consecuencias inesperadas.

«¡Por fin!», se dijo observando a Jack, que pedaleaba por la calle 30 y se detuvo en el cruce a esperar a que cambiara el semáforo, tal como había imaginado. Ronnie se preparó presionando el acelerador del Cherokee varias veces en punto muerto solo para oír el ronroneo del motor, que proclamó que estaba listo para la batalla. Había girado la palanca antes para que los silenciadores estuvieran activados, de modo que el motor fuera mucho más silencioso y no llamara la atención.

A partir de ese momento, el enfermero no tenía un plan de ataque concreto, porque no sabía si Jack saldría de la relativa seguridad del carril bici, que estaba muy transitado, como la avenida. A diferencia de esta, el tráfico en el carril bici no era unidireccional, porque de vez en cuando circulaban bicicletas eléctricas de reparto en dirección contraria. Pensó que si Jack salía a la carretera, podría atropellarlo o, si eso fallaba, podría pasar por su lado y dispararle por la ventanilla. Como era una posibilidad, tenía su querida pistola cargada y lista en el asiento del copiloto.

Mientras Jack pedaleaba por la avenida a solo cuatro o cinco metros de Ronnie, este vio su expresión gracias a una farola cercana. Desde la posición en que se encontraba, parecía que el forense estuviera sonriendo.

«Sonríe mientras puedas, idiota», pensó el enfermero. No se podía creer que una persona estuviera tan loca como para desplazarse al trabajo en bicicleta con la cantidad de taxis y vehículos privados con conductor que había, y menos llevando solo un chaquetón de pana. Aunque durante esa semana había hecho bastante buen tiempo, estaban en diciembre, lo que significaba que en Nueva York era invierno. A Ronnie le parecía una locura, pero no iba a mirarle los dientes a un caballo regalado. Si Jack no hubiera sido un obstinado ciclista, la única manera de deshacerse de él habría sido pegándole un tiro al salir del trabajo o de su casa.

Cuando por fin el semáforo se puso en verde, Ronnie aceleró el Cherokee y avanzó. Su idea era desplazarse por los cinco carriles hasta colocarse junto a los coches aparcados que separaban el carril bici del tráfico de la avenida. Por desgracia tuvo que reducir la velocidad casi de inmediato, porque los coches y los autobuses se tomaban su tiempo para cruzar el semáforo de la calle 33. Vio que Jack ya había dejado atrás esa calle, dado que avanzaba mucho más deprisa que los coches.

El corazón le dio un vuelco. No lo había previsto y no podía dejar que Jack lo adelantara demasiado. La posibilidad de que el forense llegara al MMH antes que él lo puso muy nervioso, de manera que empezó a conducir de forma superagresiva, cambiando de carril sin miramientos. Estaba tan desesperado que en algunos momentos incluso recurrió al carril bus, arriesgándose a que la policía de tráfico lo parara. Ronnie agradeció a su buena estrella que no sucediera. También agradeció que Jack llevara un casco verde lima y la bicicleta tuviera una luz trasera roja intermitente, lo que le permitía verlo incluso desde una manzana de distancia. En diez manzanas consiguió alcanzarlo y vio por el rabillo del ojo que avanzaba a su lado, aunque el tráfico era tan intenso que le costaba mantenerse a su altura.

De repente se dio cuenta de que había surgido otro problema. El carril por el que circulaba se dirigía a un túnel junto al edificio de las Naciones Unidas, que había olvidado, mientras que el carril bici de Jack seguía al aire libre. Durante varias manzanas, mientras estuvo bajo tierra, lo perdió de vista. Cuando salió del túnel, no lo vio. Supuso que Jack había tenido que detenerse en varios semáforos, que el túnel evitaba, de modo que se movió hacia el lado izquierdo de la avenida y redujo la velocidad, lo que volvió a provocar que algunos conductores furiosos tocaran el claxon y le hicieran gestos airados. Jack apareció por fin en su espejo retrovisor, junto con varios ciclistas a los que adelantó enseguida. Como ya estaban en el centro de la ciudad, había un mayor número de bicicletas eléctricas de reparto que circulaban en ambas direcciones y el tráfico era más abundante.

Casi a la altura de la calle 54, de repente Ronnie vio que Jack abandonaba el carril bici y se metía entre los coches. Se permitió sonreír, porque era lo que había estado esperando. Si ambos se encontraban en la carretera, la situación le parecía más prometedora. Incluso bajó la ventanilla del lado del conductor, se colocó la SIG Sauer en el regazo y le quitó el seguro.

En el semáforo de la calle 57, Ronnie se hallaba a solo dos coches de Jack, que, mientras el semáforo estaba en rojo, había avanzado hasta el cruce. El supervisor de enfermería sintió que había llegado su oportunidad y el pulso se le empezó a acelerar durante el tiempo que esperó a que cambiara el semáforo. Su plan era meterse en el carril bus, colocarse a su lado, atropellarlo o, si fallaba, dispararle y después acelerar y girar a la izquierda para desaparecer en el tráfico del centro.

Por desgracia, el semáforo tardó una eternidad en ponerse en verde, y justo antes de hacerlo, un autobús llegó por la calle 57 y giró hacia el carril bus. Cuando el semáforo se puso en verde para todos los que esperaban, incluido Jack, el carril bus ya no estaba disponible. Ronnie tuvo que quedarse en su carril mientras Jack aceleraba para mantenerse un poco por delante de los coches, ayudado por el hecho de que la avenida descendía para pasar por debajo del puente de Queensboro.

—¡Mierda, mierda, mierda! —gritó el enfermero golpeando el volante con frustración. El puto autobús le había desbaratado el plan, porque, justo después del puente de Queensboro, el carril de la derecha de la Primera Avenida estaba atascado por una fila de coches que esperaban para girar al este hacia FDR Drive. Mientras avanzaba a paso de tortuga con una sensación de impotencia, vio cómo Jack sorteaba el tráfico casi estancado y lo dejaba atrás.

Ronnie consiguió salir del atasco más allá de la calle 64. Para entonces, ni siquiera estaba seguro de que el ciclista que veía fuera realmente Jack. Tuvo que avanzar varias manzanas adelantando coches e incluso saltándose semáforos. Al final, casi a la altura de la calle 70, alcanzó a Jack, que había vuelto al carril bici del lado izquierdo. Como la zona era un poco menos comercial y más residencial, había muchos menos camiones de reparto detenidos en doble fila, lo que facilitaba la circulación tanto en la carretera como en el carril bici.

El enfermero redujo la velocidad para igualar el ritmo de Jack, echó un vistazo al cuentakilómetros y se quedó impresionado al descubrir que el forense circulaba a casi cuarenta kilómetros por hora. Mientras ambos avanzaban hacia el norte aprovechando que todos los semáforos estaban en verde, Ronnie se dio cuenta de que la única forma de conseguir su objetivo era desplazarse al carril izquierdo y esperar a que Jack fuera a cruzar una calle en la que él pudiera girar al oeste. En ese momento enfilaría el coche de repente hacia esa calle transversal e impactaría directamente a Jack o, si él se había adelantado un poco, Jack chocaría con él. En cualquier caso, a esa velocidad, sin duda el ciclista resultaría herido de gravedad, y con toda probabilidad el accidente sería mortal, que era el objetivo de la operación.

Ronnie se tensó cuando los dos llegaron a la calle 83. En un intento de ajustar la inminente colisión con la mayor minuciosidad posible, aumentó un poco la velocidad y se colocó algo por delante de Jack, porque para chocar al girar, como tenía previsto, el Cherokee tendría que recorrer un tramo más largo que la bicicleta de Jack.

Justo en el momento de entrar en el cruce, Ronnie dio un fuerte volantazo hacia la izquierda y se preparó contra la fuerza de gravedad, que amenazaba con lanzarlo hacia el asiento del copiloto. Oyó el agudo chirrido de los neumáticos, que se quejaban amargamente mientras el coche se inclinaba, a punto de volcar. El enfermero giró el volante en la dirección contraria con la imagen de Jack y su bicicleta acercándose. Todo sucedió en un abrir y cerrar de ojos.

El Cherokee pegó una sacudida mientras su conductor giraba con todas sus fuerzas el volante para enderezarlo entre los coches aparcados a ambos lados de la calle 83. Tras un primer golpe estremecedor, el cuerpo de Jack voló por los aires, cayó con un ruido sordo sobre el parabrisas, lo que hizo que Ronnie se agachara de forma instintiva, y salió disparado por la derecha dejando una mancha de sangre. Casi al mismo tiempo, Ronnie sintió una segunda sacudida y oyó el crujido del Cherokee aplastando la bicicleta y reduciéndola a una masa de acero retorcido y roto.

El enfermero pisó los frenos y redujo mucho la velocidad para recuperar el control del coche y avanzar con más cuidado hacia el oeste por la calle 83. Le sorprendió descubrir que estaba temblando mientras activaba el líquido del parabrisas y los limpiaparabrisas para eliminar la mancha de sangre. Por el espejo retrovisor vio el cuerpo de Jack tirado en la calle y los restos retorcidos de la bicicleta. Para su alivio, no vio a nadie que pudiera haber presenciado el supuesto accidente.

Al llegar a la Segunda Avenida, Ronnie empezó a frenar, pero sin la intención de detenerse del todo. Si el semáforo seguía en rojo cuando llegara, pensaba avanzar despacio y girar a la izquierda en cuanto pudiera. Quería salir de esa zona, aunque ahora que la mancha de sangre se había eliminado casi por completo y que parecía que no había habido testigos, no era urgente, pero por suerte el semáforo se puso en verde antes de que hubiera llegado al cruce y pudo seguir recto. Cuando llegó a la Tercera Avenida, donde también el semáforo estaba en verde, giró a la derecha, y solo entonces se permitió empezar a calmarse. Todo había sucedido tan deprisa que no se había dado cuenta de lo tenso que estaba.

Giró a la izquierda en la siguiente calle, que daba a una zona residencial bastante tranquila, y avanzó hacia la siguiente avenida, pero a medio camino se detuvo junto a una boca de incendios, debajo de una farola. Apagó el coche y salió con un limpiacristales y servilletas de papel en la mano. Lo primero que hizo fue revisar la parte delantera, pero, a excepción de varios arañazos menores, que podría arreglar fácilmente con la pintura que tenía en el garaje, estaba impecable. Aliviado, miró el parabrisas. Solo tardó un instante en asegurarse de que quedara limpio y sin rastro de sangre. Después rodeó el coche rociando y limpiando la pintura que había utilizado para cubrir las llamas que se extendían desde los huecos de las ruedas.

Cuando se aseguró de que su querido Cherokee había recuperado su aspecto normal, Ronnie se concedió un momento para escuchar los ruidos de la ciudad. Casi esperaba oír el sonido ondulante de la sirena de una ambulancia, pero no fue así. Por un segundo se preguntó si alguien había descubierto el cuerpo de Stapleton.

Tras recuperar una progresiva sensación de calma después de la emoción, el enfermero abrió la parte de atrás del Cherokee. Con un destornillador que había dejado en el maletero, cambió rápidamente las matrículas. Cuando hubo acabado, tiró las servilletas de papel sucias y las matrículas caducadas a un cubo de basura. Volvió al asiento del conductor sintiéndose eufórico. Era como si hubiera amanecido un nuevo día y se hubiera quitado un gran peso de encima. Su parada apenas había durado cinco minutos, pero le había confirmado que su coche no había sufrido daños. Más importante aún, sentía que había volcado la última ficha de dominó y había eliminado la creciente amenaza existencial que representaban Sue Passero, Cherine Gardener y Jack Stapleton. Mientras salía a la carretera rumbo al MMH, extendió la mano derecha y dio una palmada en el salpicadero del Cherokee.

—Gracias, amigo mío —dijo—. Formamos un equipo de puta madre.

31

Ronnie salió de la sala de médicos del Departamento de Urgencias muy contento y silbando. Se había puesto una bata blanca limpia encima del uniforme. Era algo temprano, pero no creía que importara. Entró en la sala de espera principal y echó un vistazo. Estaba bastante llena, como era habitual a esas horas. Detrás del mostrador principal había varios enfermeros de triaje y recepcionistas, y seis o siete pacientes esperaban en fila respetando las marcas del suelo para mantener la distancia social que exigía la pandemia de la COVID-19.

El supervisor de enfermería se acercó al mostrador recorriendo con la mirada al personal en busca de la doctora Carol Sidoti. No la vio, así que se acercó a una recepcionista y le preguntó por ella.

—No sé dónde está la doctora Sidoti —le contestó la recepcionista—. Debe de estar en la parte de atrás o en su despacho.

De estas dos posibilidades, la más cercana era el cuchitril de la supervisora médica de urgencias, junto a la oficina de seguridad. Ronnie llamó a la puerta al pasar creyendo que, como había tanta gente, la supervisora estaría en el centro de cuidados intensivos del Departamento de Urgencias. Le sorprendió oír a la doctora Sidoti gritando «Adelante». Como él ya estaba a varios pasos de distancia, tuvo que volver atrás. Entreabrió la puerta, se asomó y encontró a la esbelta mujer sentada a su mesa ante una pantalla.

—¡Hola, Ronnie! —lo saludó Carol—. Has llegado temprano. ¿No tienes vida?

Él se rio.

—El MMH es mi vida —le contestó.

—Te entiendo —le comentó Carol—, y más con esta maldita pandemia. Veremos si somos capaces de recuperar nuestra vida cuando termine.

—¿Cómo va la tarde? —le preguntó Ronnie—. ¿Alguna operación prevista? ¿Y cómo vamos de camas?

Con frecuencia, el supervisor de enfermería del turno de noche tenía que encontrar camas para el Departamento de Urgencias si el hospital estaba lleno. A veces era realmente complicado. Podría haber llamado al responsable de las camas, pero Ronnie prefería que se lo dijera directamente el Departamento de Urgencias, que, debido a la pandemia, muy a menudo tenía pacientes alineados en los pasillos esperando a que hubiera camas para hospitalizarlos o esperando resultados de PCR de COVID.

—No tenemos problemas de camas, al menos ahora mismo. En cuanto a operaciones, no tenemos nada previsto en este momento, pero, y podría ser un gran pero, acaban de avisarme de que está a punto de llegar una ambulancia con un accidente grave de bicicleta.

—Ah, ¿sí? —le preguntó Ronnie. Se sobresaltó un poco al darse cuenta de que el accidente grave de bicicleta bien podría ser Jack Stapleton, y si lo era, significaba que por desgracia aún podría estar vivo. Había esperado atropellar a Jack, como había hecho con la bicicleta, en lugar de catapultarlo por los aires, pero, como el forense se había dado un fuerte golpe contra el parabrisas, había confiado en que de todos modos el desenlace hubiera sido fatal. Gimió para sus adentros, aunque cayó en la cuenta de que debería agradecer que la ambulancia estuviera dirigiéndose al Departamento de Urgencias del MMH. Si milagrosamente Jack había sobrevivido al choque, tenerlo como paciente significaba que, si era necesario, podría terminar el trabajo prácticamente cuando quisiera—. ¿Sabes si el caso es muy grave?

—Por lo que me han dicho, parece muy grave —le contestó Carol—. Los signos vitales están bien, pero el paciente está inconsciente con una lesión en la cabeza. Además tiene una fractura abierta en la pierna derecha y una probable fractura de cadera.

—Bueno, parece que tendrá que pasar por cirugía. Revisaré las camas de ortopedia cuando suba.

—Creo que deberías revisar las camas de neurología. Aunque, con tantos traumatismos, seguramente acabará en la unidad de cuidados intensivos quirúrgicos.

—Estoy de acuerdo —le dijo Ronnie—. ¿Es un hombre?

—Creo que el paramédico ha hablado en masculino, y la mayoría de los accidentes de bicicleta graves son de hombres, pero no estoy segura al cien por cien.

—¿Ha dicho dónde se ha producido el accidente?

—Sí, en la esquina de la Primera Avenida con la calle 83. ¿Por qué lo preguntas?

—Por pura curiosidad —le contestó antes de asentir con la cabeza. Por la ubicación, el paciente que estaba llegando tenía que ser Jack Stapleton. Y al recordar el ruido cuando cayó sobre su parabrisas, le impresionó que siguiera vivo. Ni que fuera un gato con nueve vidas.

—Déjame terminar esto —le pidió Carol señalando la pantalla.

—Claro —le contestó Ronnie—. ¡Perdona! Me quedaré por aquí y examinaré al paciente para hacerme una idea de lo que va a necesitar.

—Todo tuyo —le dijo Carol.

Ronnie volvió al Departamento de Urgencias y asomó la cabeza por el cubículo de traumatología más cercano. Estaba oscuro y en silencio, con todo el equipo de alta tecnología listo. Sabía que la escena cambiaría drásticamente, y pronto, y lo cierto es que no tuvo que esperar mucho. En el momento en que estaba revisando la sala oyó las distantes ondulaciones de una sirena de ambulancia, que poco a poco fue subiendo de volumen.

El enfermero avanzó un poco por el pasillo y miró la zona asfaltada de recepción del Departamento de Urgencias, que no siguió vacía mucho tiempo. La sirena fue apagándose y enseguida apareció una ambulancia que, tras hacer un cambio de sentido, retrocedió hasta la entrada. Antes de que se hubiera detenido del todo, las puertas traseras se abrieron y dos paramédicos saltaron al suelo. Sin decir una palabra y sin dudarlo un segundo, sacaron una camilla con un paciente atado, la levantaron y cruzaron a toda velocidad las puertas batientes, uno empujando y el otro tirando. Mientras la camilla pasaba por su lado, Ronnie miró el rostro del paciente. Era, tal y como había esperado, Jack Stapleton. A pesar de la gran abrasión en el lado derecho de la cara, no le costó reconocerlo. Tenía los ojos cerrados. Le habían cortado casi toda la ropa. Llevaba un collarín cervical alrededor del cuello y una férula inflable en la pierna derecha. Al pie de la camilla estaba el casco de bicicleta verde lima con el lado derecho parcialmente aplastado.

Los paramédicos empujaron la camilla por el pasillo hasta la sala de traumatología que Ronnie acababa de revisar. Él los siguió. Las luces ya estaban encendidas y varios enfermeros con equipamiento de protección estaban esperando. En una serie de movimientos bien orquestados desataron a Jack y lo colocaron en la camilla de exploración, en el centro de la sala. Carol Sidoti y varios médicos más entraron y empezaron a examinar al paciente, al que conectaron a una máquina de ECG, un tensiómetro y un oxímetro. Entretanto, uno de los paramédicos dio una explicación detallada de lo que habían hecho en el lugar del accidente y en el camino, mientras que el otro le entregó la cartera de Jack a una trabajadora social del Departamento de Urgencias, que se marchó para asegurarse de que la policía había avisado a la familia. Era evidente que iban a necesitar permiso para operarlo de urgencias.

Por ayudar, Ronnie cogió un catéter de gran calibre y colocó una vía intravenosa en el lado opuesto a la que los paramédicos le habían colocado en la ambulancia. En el Departamento de Urgencias todos conocían al supervisor y estaban al corriente de la formación médica especializada que había recibido en la Marina, así que a nadie le sorprendió que echara una mano. Quería una buena vía intravenosa porque ya estaba pensando en lo que iba a hacer para que Jack no sobreviviera a la hospitalización. Como sabía que iba a necesitar algo que actuara muy deprisa y con eficacia, ya había decidido recurrir al cloruro de potasio por vía intravenosa, y tenía previsto utilizarlo esa misma noche tanto si Jack acababa en la planta de ortopedia como si lo trasladaban a la de neurología o a la unidad de cuidados intensivos quirúrgicos.

Ronnie había empleado cloruro de potasio con gran éxito en varias ocasiones, ya que provocaba un rápido paro cardiaco que no podía revertirse a menos que se tratara casi de inmediato con una gran dosis de un fármaco neutralizante muy concreto, el bicarbonato de sodio, cosa que casi nunca sucedía, porque no se sospechaba hiperpotasemia, es decir, exceso de potasio, a menos que el paciente tuviera una enfermedad renal crónica o un trastorno endocrino llamado enfermedad de Addison. Curiosamente hacía cinco meses había utilizado cloruro de potasio en aquel caso en que sin darse cuenta había gritado que le llevaran bicarbonato de sodio al ver que los residentes novatos no sabían qué hacer. Acabó salvando al paciente, al menos hasta la noche siguiente, cuando rectificó la situación con una sobredosis de otro agente infalible que le habían recetado al paciente: la digitalina.

Cuando Ronnie ya había colocado la vía intravenosa y se había determinado que el paciente estaba estable, llegó el momento de las radiografías preliminares del cráneo, la cadera derecha y la parte inferior de la pierna derecha. Todos salieron de la sala excepto el técnico de rayos X. Mientras Ronnie salía de la habitación cogió el casco para mirarlo de cerca, convencido, con emociones encontradas, de que era lo que había mantenido a Jack con vida. Uno de los paramédicos, al verlo con el casco, se acercó a él.

—Ha tenido suerte de llevar este casco —le comentó—. Si alguna vez ha habido un caso claro en que uno de estos chismes le haya salvado la vida a alguien, es este. Por la manera como está roto en el lado derecho, debe de haber aterrizado de cabeza.

—Eso parece —convino Ronnie.

Maldijo para sus adentros el puto casco, ya que seguramente era el único responsable de que tuviera que terminar el trabajo en el hospital. Por desgracia, el caso de Jack Stapleton, cuyas lesiones se debían a un accidente, tendría que considerarse forense, y Ronnie no podría hacer nada al respecto. El lado positivo era que el cloruro de potasio resultaba un agente perfecto, ya que no podía detectarse, así que no se preocupó demasiado. Solo tendría que resolver el problema de los efectos letales de la inyección de cloruro de potasio por vía intravenosa que eran casi inmediatos, lo que significaba que debería tener muy en cuenta el momento y las circunstancias. Era muy consciente de la situación, ya que tenía experiencia más que suficiente. Lo que iba a complicarle un poco las cosas era que, sin duda, Jack acabaría en la unidad de cuidados intensivos quirúrgicos, donde la supervisión de los pacientes era mucho mayor que en una habitación privada.

32

Cheryl Stanford llamó bruscamente a la puerta del despacho de Laurie y, a diferencia de lo que solía hacer, abrió antes de que esta hubiera podido responderle. En ese momento Laurie estaba terminando otra reunión con el subdirector, George Fontworth, y la interrupción la pilló por sorpresa.

—¿Qué pasa, Cheryl? —preguntó, molesta, mirando a su secretaria, que creía que ya se había marchado. A Laurie se le había hecho tarde y estaba impaciente por terminar y marcharse también, porque le gustaba llegar a casa hacia las seis para pasar tiempo con sus hijos, aunque esa tarde parecía que iba a llegar después de las siete.

—Tienes una llamada en la línea uno —le contestó Cheryl.

—¡Que te deje un mensaje, Cheryl! Llamaré a quien sea mañana a primera hora.

—Creo que debes atender la llamada, Laurie —le advirtió Cheryl—. Es de la sala de urgencias del Manhattan Memorial Hospital. Tienen que hablar contigo de inmediato.

—¿De qué? —le preguntó mientras el corazón le daba un vuelco. A pesar de la pregunta, ya sabía la probable respuesta, aunque no quería admitirlo.

—Me temo que se trata de Jack —le contestó Cheryl, lo que confirmó sus peores temores—. Ha tenido un accidente.

—¡Madre mía! —consiguió exclamar Laurie exhalando ruidosamente. Miró a George con las cejas enarcadas, como si esperara alguna ayuda milagrosa, pero enseguida levantó el teléfono, pulsó el botón de la línea uno y saludó, muy nerviosa.

—¿Es usted Laurie Montgomery? —le preguntó una voz en tono amable.

—Sí. ¿Qué ocurre?

—¿Su marido se llama John Stapleton?

—¡Sí! ¿Está bien?

—Ahora mismo están examinándolo. Ha tenido un accidente de bicicleta y hay que operarlo. Necesitamos que venga al Departamento de Urgencias lo antes posible.

—Voy ahora mismo —le dijo Laurie—. ¿Cómo está?

—Como le he dicho, están examinándolo. Tendremos más información cuando llegue y podrá hablar con los médicos. ¿Puede decirme cuánto tardará en llegar?

—Entre veinte minutos y media hora —le contestó Laurie.

—Muy bien. Me llamo Pamela Harrison. Soy trabajadora social. Pregunte por mí directamente.

—Gracias —le dijo Laurie—. Estaré allí lo antes posible.

Colgó el teléfono y miró a George. Por un momento se quedó sin palabras, muy preocupada y enfadada.

—¡Maldita sea! —exclamó por fin—. Llevaba años temiendo esta llamada.

—¿Cómo está? —le preguntó George.

—No me lo ha dicho, seguramente ni siquiera lo sabía. Era una trabajadora social, no una doctora ni una enfermera. Tengo que ir al MMH ahora mismo, pero antes me gustaría pedirte que te hicieras cargo de la OCME. No sé lo que voy a encontrarme ni cuánto tiempo deberé quedarme, pero no quiero tener que preocuparme por lo que esté pasando aquí. ¿Puedo contar contigo?

—Por supuesto —le aseguró el subdirector.

—Avisa al operador y a quien esté de guardia, por favor.

—Claro, ahora mismo —le dijo George—. Espero que vaya todo bien y no te preocupes por el trabajo. Me ocuparé de todo.

—Gracias —le dijo Laurie. Y dirigiéndose a Cheryl—: Pídeme un coche para ir al Manhattan Memorial Hospital lo antes posible.

Cheryl desapareció mientras Laurie cogía el abrigo. George la ayudó a ponérselo.

—Le he advertido mil veces a Jack que tendría un accidente —le dijo—. Le he suplicado que no fuera en bici, pero no ha servido de nada. Ahora solo puedo esperar que no sea muy grave.

—Estoy seguro de que se pondrá bien —le dijo George intentando ser optimista—. Nunca he conocido a nadie en mejor forma física que Jack, y sin duda sabe ir en bicicleta.

—Tiene eso a su favor —coincidió Laurie.

Cinco minutos después subió a un Uber y se puso en camino. Lo único bueno de que fueran casi las siete era que el tráfico había empezado a disminuir y avanzaba a buen ritmo hacia el norte. Mientras estaba en el coche, aprovechó para llamar a casa y hablar con Caitlin y con su madre. Les dijo que llegaría tarde y que se dirigía al Departamento de Urgencias del MMH porque Jack había tenido un accidente. Aunque admitió que no sabía cómo estaba, intentó que su tono fuera optimista, como lo había sido el de George con ella. El problema era que, como médica forense, había visto muchos accidentes de bicicleta. También habló con J.J. y se disculpó porque no podría darle las buenas noches antes de que se metiera en la cama. Le explicó que estaría con su padre en el hospital porque se había caído y tenían que curarlo.

En cuanto el conductor se detuvo en la entrada del Departamento de Urgencias, Laurie salió del coche, subió unos escalones, atravesó una puerta corredera de vidrio y, una vez dentro, aceptó una mascarilla, que se puso de inmediato. No se colocó en ninguna de las colas frente al mostrador, sino que corrió hacia él y preguntó en voz alta por Pamela Harrison.

—Yo soy Pamela Harrison —le contestó una mujer de aspecto juvenil.

A Laurie le pareció más una estudiante de secundaria que una trabajadora social graduada. Se presentó, casi sin aliento.

—Ah, sí —le dijo Pamela—. A la doctora Sidoti le gustaría mucho hablar con usted.

Sin decir una palabra más, la mujer salió de detrás del mostrador y le indicó a Laurie con un gesto que la siguiera. Pamela la condujo por la zona del Departamento de Urgencias donde tomaban las constantes vitales a los pacientes ambulatorios antes de que volvieran a la sala de espera hasta la sala de traumatología en la que estaba Jack.

—Si no le importa, ¿podría esperar aquí un momento? —le preguntó Pamela al llegar a la puerta.

—Por supuesto —le contestó Laurie.

Vio un grupo de personas alrededor de la camilla, situada en el centro de la sala. Dio por sentado que estaban atendiendo a Jack, aunque desde donde estaba no lo veía. Varias pantallas planas empotradas en la pared mostraban radiografías, mientras que en otra se monitorizaban sus constantes vitales. Aunque Laurie no distinguía los detalles, el pitido constante de un pulso que parecía normal la tranquilizó. Como no parecía haber tensión en el ambiente y la habían llevado directamente a la sala, se sintió esperanzada.

Vio a Pamela tocándole el hombro a una de las personas que estaban en el centro de la sala. Cuando esta se volvió, Pamela señaló a Laurie. Aunque llevaba equipamiento de protección personal, era una mujer delgada. La mujer asintió, se separó del grupo y se dirigió hacia ella.

—Soy la doctora Carol Sidoti —se presentó—. Me han dicho que usted es la doctora Laurie Montgomery, la mujer del doctor John Stapleton.

—Así es —le confirmó Laurie—. ¿Cómo está?

—Me complace decirle que está estable con constantes vitales normales, pero debo serle sincera y advertirle que tiene lesiones importantes, entre ellas conmoción cerebral, y aún no ha recuperado el conocimiento. También ha sufrido una fractura de cuello femoral sin desplazamiento y una fractura abierta del peroné derecho. Lo positivo es que al parecer no tiene ninguna lesión en la columna ni ninguna lesión interna en el pecho y el abdomen.

—¿Sabe el alcance de las heridas de la cabeza? —le preguntó Laurie. Miró a su alrededor deseando entrar corriendo y ver a Jack por sí misma.

—Nuestros equipos de rayos X portátiles no son tan buenos como los del centro de imágenes, pero hasta ahora no hemos visto ninguna fractura de cráneo. Tenemos una revisión neurológica pendiente y ahora están revisándole las lesiones traumatológicas.

—Yo también soy médica —le aclaró Laurie—. En concreto, forense.

—Me lo han dicho —le respondió Carol—. De hecho, me han comentado que es la jefa de la OCME de Nueva York. Me alegro de conocerla, aunque lamento que sea en estas circunstancias. Entiendo que el paciente también es médico forense.

—Sí, así es —le confirmó Laurie—. Me sorprende que esté tan bien informada.

—Tenemos un equipo de servicios sociales muy bueno —le explicó Carol.

—Me gustaría ver a mi marido —le comentó Laurie volviendo a mirar el grupo que rodeaba la camilla.

—Por supuesto —le dijo Carol. Se dio media vuelta, entró en la sala y mientras se acercaba al grupo dijo—: Disculpad un momento. Esta es la doctora Montgomery, la mujer del paciente.

Varios enfermeros de urgencias se apartaron para que Laurie pudiera acercarse a la mesa. La primera imagen que tuvo de Jack fue mejor de lo que esperaba. Las únicas lesiones que pudo ver fueron una abrasión en la mejilla derecha y una férula hinchable que le cubría la parte inferior de la pierna derecha. Por lo demás, tenía buen color y parecía dormido. Le habían colocado vías intravenosas en ambos brazos.

—Este es el doctor Henry Thomas —le dijo Carol señalando al hombre que estaba al otro lado de la camilla. Llevaba un uniforme de manga corta que dejaba al descubierto unos brazos musculosos y algo peludos, mascarilla quirúrgica y gorro—. Dirige el Departamento de Traumatología Ortopédica. Hemos tenido la suerte de que haya llegado enseguida. Por casualidad acababa de terminar un caso cuando han traído a su marido, así que le hemos pedido que viniera.

Laurie y Henry se saludaron, y a continuación este le dijo:

—Debemos operar a su marido en cuanto neurología nos lo autorice. Hay que estabilizar internamente las dos fracturas. Respecto a la cadera, podríamos considerar una prótesis teniendo en cuenta su edad, aunque preferiría estabilizarla si no se ha desplazado demasiado, que por la radiografía no lo parece, y si no hay problemas de suministro de sangre a la cabeza femoral. También si la calidad ósea es buena, y supongo que sí, porque su marido parece una persona activa.

—Muy activa —le confirmó Laurie—. Puede que demasiado. Permítame hacerle una pregunta: ¿sería posible trasladarlo a la Universidad de Nueva York para realizarle las intervenciones quirúrgicas? Me operaron allí hace un par de años y la experiencia fue muy buena. —Laurie no se lo había planteado hasta el momento en que hizo la pregunta. Se le ocurrió al ver, algo aliviada, el estado general de Jack, aunque aún estuviera inconsciente. De repente el tema de la muerte de Sue Passero y la conversación con Jack sobre un posible asesino en serie en el MMH habían entrado en juego en su cerebro sobrecargado de trabajo.

Henry se quedó un momento callado. No esperaba esa pregunta. Carraspeó para darse más tiempo para pensar y superar el ligero desafío a su ego.

—Desde el punto de vista médico no sería aconsejable —le contestó—. Personalmente creo que sería asumir demasiados riesgos, sobre todo porque su marido está inconsciente. Además, retrasar el cuidado de las fracturas no sirve de nada y podría ser perjudicial.

—De acuerdo —le dijo Laurie sintiéndose un poco avergonzada por haber sacado el tema a colación—. ¿Cómo va a decidir lo que hay que hacer con la cadera?

—Creo que debería decidirlo cuando vea la lesión en el quirófano y pueda comprobar la calidad ósea y el suministro de sangre.

—Me parece bien —le contestó Laurie. Se sentía un poco incómoda por haber comentado lo del traslado, sobre todo después de haber pensado en la posibilidad del asesino en serie. Recordaba a Jack diciéndole que el índice de mortalidad del hospital había disminuido, así como las derivaciones a la OCME, lo que ponía en cuestión la idea de un asesino en serie. Además, se preguntó por qué un asesino en serie iba a elegir a Jack. Hasta que recordó que su marido había quedado con una persona esa misma tarde para hablar de las sospechas de Sue.

—Disculpe, doctora Montgomery —le dijo Pamela interrumpiendo sus pensamientos—. ¿Le importaría venir conmigo un momento? Necesitamos que firme los documentos de admisión y consentimiento.

—Por supuesto —le contestó Laurie, pero antes de seguir a Pamela miró al doctor Thomas—. Gracias por atender a mi marido y por curarle la pierna.

—No hay de qué —le contestó Henry.

—Ya me informará de lo que encuentra exactamente. —Después, volviéndose hacia Carol, le dijo—: Y gracias por todo lo que han hecho. Mi agradecimiento a todo el equipo. Y me interesa mucho saber el resultado de la consulta neurológica.

—Por supuesto —le dijo Carol—, aunque mi turno acababa a las siete, así que voy a marcharme, pero se lo diré al supervisor de este turno, el doctor Vega.

—Gracias a todos —dijo Laurie mientras salía de la sala detrás de Pamela.

33

—¿Laurie? —le preguntó una voz dulce y tranquilizadora. Laurie estaba sentada en la sala de espera del Departamento de Urgencias, mucho menos concurrida después de que el ajetreo de la tarde se hubiera calmado. Al oír su nombre, levantó la mirada del móvil, donde estaba leyendo correos electrónicos, y se encontró con los ojos de una mujer con equipamiento de protección personal completo, incluido un protector facial de plástico transparente—. Soy yo.

Laurie se levantó mientras Colleen Benn se quitaba el protector de plástico. Las dos mujeres se saludaron afectuosamente.

—Muchas gracias por bajar a saludarme —le dijo Laurie.

Después de firmar los papeles de admisión de Jack, Laurie se dirigió a la sala de espera y, mientras se calmaba, había recordado a una doctora a la que había visto con Sue Passero en varias ocasiones, porque, además de compañeras de trabajo, eran buenas amigas. Se le había ocurrido pensar que la mujer, que recordaba que era muy amable, tal vez estuviera de servicio, así que decidió llamar a la centralita del hospital y preguntar por ella. Para su sorpresa, unos minutos después la doctora la había llamado al móvil.

—¿Qué haces aquí? —le preguntó Colleen. Después le indicó con un gesto que se sentara y ella hizo lo mismo a su lado.

—Mi marido, que se cree un adolescente y se empeña en ir en bicicleta por todo Manhattan, ha tenido un grave accidente esta tarde.

—¡Dios mío! —se lamentó Colleen negando con la cabeza—. ¡Hombres haciendo chiquilladas! ¿Cómo está?

—Ha aguantado el tipo, gracias a Dios —le contestó Laurie—, pero está inconsciente, con conmoción cerebral, y tiene dos fracturas en la pierna derecha que necesitarán cirugía. Están esperando el examen neurológico para operarlo.

—Qué horror. Lo siento mucho.

—No dejo de repetirme que podría haber sido peor. En fin, ¿cómo estás tú?

—Tirando. Con dificultades, por culpa de la pandemia. He tenido que hacer tantos turnos que me pregunto si mis hijos se acordarán de mí cuando todo esto acabe. Prácticamente vivo aquí. Cuando llego a casa, tengo que cambiarme de ropa en el garaje y ducharme en la habitación de invitados.

—Me hago una idea —le dijo Laurie—. Todo el peso ha recaído sobre vosotros, el personal sanitario de primera línea. Debemos agradecéroslo.

—Supongo que tu equipo también ha estado muy ocupado.

—Por desgracia, sí —le contestó Laurie—. Lamento sacar un tema desagradable, pero supongo que te has enterado de la desafortunada muerte de Sue Passero.

—¡Madre mía, sí! Una tragedia para todo el hospital. Todavía no me lo puedo creer. Era una mujer muy sana, vital y que aportaba mucho a esta institución. Ha sido un auténtico mazazo.

—Hablabas con ella a menudo, ¿verdad?

—Claro. A veces todos los días, al menos cuando yo no trabajaba en el turno de noche, como esta semana. Aun así, me llamaba con frecuencia. Solía tener pacientes en las unidades de cuidados intensivos que yo cubría. Era una profesional muy concienzuda.

—¿Por casualidad te comentó hace poco que le preocupaba que hubiera un asesino en serie en el MMH?

—¿Un asesino en serie? ¿Te refieres a una persona que mata a pacientes a propósito?

—Exacto.

—Qué pregunta tan rara.

—Por desgracia, no es tan raro como parece. Hace unos doce años descubrí a una asesina en serie en este hospital. Era una enfermera a la que pagaban generosamente para que matara a determinados pacientes postoperatorios.

—¡Por Dios! ¿De verdad? Qué horror. No lo sabía, supongo que porque en aquella época yo no trabajaba aquí.

—No me sorprende que no te hayas enterado. Está claro que la imagen del hospital se vio seriamente dañada. La administración intentó silenciar el tema en cuanto se destapó, y en buena medida lo consiguió. Te lo pregunto ahora porque a mi marido le han dicho que hace poco Sue encontró datos que sugerían que podría haber otro asesino de este tipo.

—La verdad es que nunca me comentó nada al respecto —le dijo Colleen negando con la cabeza—. ¡Madre mía! Espero que no sea cierto, claro.

—Disculpe —las interrumpió una voz—, ¿es usted la doctora Montgomery?

Laurie y Colleen levantaron la cabeza y vieron la cara con mascarilla de un médico con bata blanca. De un bolsillo sobresalía un martillo de percusión, que indicaba su especialidad. Laurie le respondió que sí.

—Soy el doctor Fredricks, el neurólogo que ha examinado al doctor Stapleton. Ha sufrido una conmoción cerebral y sigue inconsciente, pero la tomografía computarizada craneal es totalmente normal, al igual que el examen neurológico, incluida la respuesta a lo que llamamos estímulos nocivos, lo cual es alentador. He autorizado la cirugía ortopédica urgente para estabilizar las fracturas, así que lo están trasladando ahora al quirófano.

Me han pedido que le diga que el doctor Thomas, el cirujano de traumatología ortopédica, se pondrá en contacto con usted en cuanto termine.

—Gracias por avisarme —le dijo Laurie.

—No hay de qué. ¿Tiene alguna pregunta?

Ella pensó un momento antes de preguntarle cuánto tiempo creía que Jack podría seguir inconsciente.

—Es difícil saberlo —le contestó el médico—, pero, como le he dicho, su examen neurológico es normal, incluidos todos los reflejos y respuestas a los estímulos. Soy optimista. Si tuviera que dar un plazo, diría que de doce a veinticuatro horas, como máximo, pero no hay forma de calcularlo con exactitud. ¿Algo más que quiera saber?

—Creo que no —le contestó Laurie.

—Muy bien. Si tiene alguna pregunta más, pida que me llamen. Vendré a ver a su marido después de la operación.

—Gracias —le dijo Laurie.

El médico asintió, se dio la vuelta y volvió a entrar en el Departamento de Urgencias.

—Crucemos los dedos —dijo Laurie volviendo a mirar a Colleen y procurando quitarle importancia a la situación.

—Son noticias positivas y estoy segura de que se pondrá bien —le aseguró Colleen intentando ser optimista—. Cuanto antes lo operen, mejor. ¿Qué vas a hacer mientras esperas?

—No lo sé —le contestó Laurie encogiéndose de hombros—. Supongo que quedarme aquí y responder correos electrónicos. Me temo que la noche será larga. Por pequeña que sea la posibilidad de que haya un asesino en serie en este hospital, intentaré no alejarme de Jack. Quiero que lo trasladen en cuanto esté fuera de peligro.

—¿Por qué no subes conmigo a la sala de cirugía? —le sugirió Colleen—. A estas horas no hay casi nadie, así que seguramente la tendrás para ti sola. También hay galletas de mantequilla de cacahuete y café. ¿Has comido algo?

—No, pero no tengo nada de hambre.

—¿Qué te parece? Será mejor que estar aquí con todas las personas, de todo tipo y condición, que vienen a urgencias todas las noches.

—Eso no puedo discutírtelo —le contestó Laurie.

—Pues vamos —le dijo Colleen levantándose—. Yo estaré por allí. Esta noche pasaré casi todo el tiempo en la unidad de cuidados intensivos quirúrgicos, que está cerca de la sala de cirugía, así que puedo acercarme de vez en cuando a ver cómo estás.

—Muy bien —le dijo Laurie—. Acepto tu oferta. Gracias por tu consideración.

Mientras subían en el ascensor, Colleen le hizo otra sugerencia.

—Si piensas quedarte mucho tiempo y tienes la intención de vigilar a Jack, a lo que seguro que puedo ayudarte, ¿por qué no te pones un uniforme médico? No solo estarás más cómoda, sino que tendrás que llevarlo si consigo convencer al enfermero de planta de que te deje entrar en la unidad de cuidados intensivos quirúrgicos, donde seguramente llevarán a Jack cuando lo saquen de la sala de recuperación. La otra ventaja de venir a la sala de cirugía es que tienes un vestuario a tu disposición. Incluso puedes ducharte si te apetece.

—¡Vaya! No había pensado en ponerme un uniforme médico, pero es buena idea —admitió Laurie—. Me recordará a mis tiempos de residente.

—¿Es un recuerdo bueno o malo?

—Bueno, claro —le contestó Laurie y, aunque estaba angustiada, consiguió esbozar una sonrisa.

Veinte minutos después se había puesto un uniforme y una bata blanca encima y estaba sentada sola en un sofá de la sala de cirugía. Ante ella tenía una taza de café y varios paquetes individuales de galletas de mantequilla de cacahuete sin abrir. Colleen le había mostrado la sala y el vestuario y había vuelto a la unidad de cuidados intensivos quirúrgicos tras haberle prometido que pasaría por allí de vez en cuando. Si Laurie necesitaba ponerse en contacto con ella, tenía su número de móvil.

Una vez instalada en la sala, lo primero que hizo Laurie fue llamar a casa. Esperaba que respondiera Caitlin, pero cogió el teléfono su madre, porque Caitlin se había ido a su habitación después de haber metido en la cama a Emma. Para no preocupar a su madre, se limitó a decirle que Jack había tenido un accidente de bicicleta, que estaban operándole la pierna y que de momento ella iba a quedarse en el hospital. Aunque Dorothy le preguntó cómo se encontraba Jack, Laurie se dio cuenta de que prestaba más atención a lo que estaba viendo en la tele. No quiso extenderse, se limitó a escuchar las quejas de su madre, que decía que Jack no debería haber sido tan tonto como para ir en bicicleta por la ciudad, y después habló un momento con J.J., que le contó que había terminado los deberes y estaba jugando en el ordenador. Ninguno de los dos parecía demasiado preocupado por que estuvieran operando a Jack, lo cual la tranquilizó.

Una vez solucionado el tema de la llamada a casa, Laurie hizo lo que había tenido en mente desde que se había enterado de que Jack había sufrido un accidente: llamar a Lou. Mientras marcaba el número, esperó no interrumpir nada importante. Siempre evitaba llamar a Lou por la noche, porque a esas horas y en las primeras de la madrugada era cuando estaba más ocupado. En cuanto respondió, le preguntó si podía hablar o si le iba mejor llamarla cuando pudiera.

—Me han llamado por un homicidio, pero tengo unos minutos —le contestó Lou—. ¿Qué pasa?

—Jack ha tenido un grave accidente de bicicleta.

—¡Joder! —exclamó Lou—. ¿Cómo está?

—Podría estar peor —le contestó Laurie—, pero está grave. Está en coma inducido por conmoción cerebral, aunque el neurólogo me ha dado a entender que son optimistas y que esperan que se despierte pronto, o al menos antes de veinticuatro horas.

Por suerte no se ha fracturado el cráneo. Ahora mismo están operándole dos fracturas de la pierna derecha.

—Madre mía. ¿Cómo ha sido el accidente?

—No lo sé.

—¿Sabes dónde ha ocurrido?

—Me lo han dicho, pero no lo recuerdo. En el Upper East Side, no muy lejos del MMH.

—Debe de ser la comisaría diecinueve. Déjame llamar y preguntarlo. Ahora te llamo.

Lou colgó antes de que hubiera podido responder. Laurie se encogió de hombros. No entendía por qué le interesaban tanto los detalles del accidente. Para ella no importaban demasiado y no era de eso de lo que quería hablar con él. Dejó el teléfono, cogió una galleta salada de mantequilla de cacahuete y le quitó el celofán. Para su sorpresa, tenía un poco de hambre.

Después de dos mordiscos sonó el teléfono. Era Lou.

—Hora punta en la esquina de la Primera Avenida con la calle 83 y ni un solo testigo. ¿Puedes creértelo? —le dijo—. Estas cosas solo pasan en Nueva York. En fin, se supone que ha sido un atropello con fuga, porque la bicicleta estaba destrozada. Seguramente el coche, la furgoneta o lo que fuera le ha pasado por encima.

—Bueno —le comentó Laurie—, a estas alturas a los médicos no les servirá de nada saber qué ha sucedido exactamente ni quién ha tenido la culpa. Además, como siempre va a toda velocidad, para tener un accidente no era necesario que lo pillara un coche. En cualquier caso, estaba impaciente por hablar contigo para saber tu opinión sobre el tema del asesino en serie y si te parece probable que lo haya. Ahora que Jack está aquí, me preocupa, claro.

—¿Qué tema del asesino en serie? —le preguntó Lou con evidente confusión—. No sé de qué me hablas.

—El asesino en serie del hospital que le preocupaba a Sue Passero —le contestó—. A Jack se lo había dicho la enfermera a la que le ha hecho la autopsia esta mañana, que estaba en el comité con Sue.

—Jack no me ha dicho nada de un asesino en serie —le contestó Lou en tono categórico.

—¿En serio? —le preguntó Laurie, sorprendida—. Me cuesta creerlo. Jack me dijo que te había informado de todo lo que estaba descubriendo en el MMH.

—Lo único que me dijo fue que era un hervidero de intrigas y hostilidades, y por eso he intentado convencerlo de que no fuera al hospital a jugar a los detectives.

—¿Sabías que había venido? —le preguntó Laurie en tono de reproche.

—Me enteré después —le explicó Lou—. Bueno, menos esta tarde. Supongo que se dirigía al hospital cuando ha tenido el accidente. He hablado con él justo antes de que saliera de la OCME y me ha dicho que se marchaba ya. También me ha dicho que iba a hablar no sé con quién en el Departamento de Urgencias, no en el hospital.

—¿Por qué no me lo contaste? —le preguntó, enfadada. Estaba tan tensa que cada cosa de la que se enteraba le molestaba.

—Oye, el malo no soy yo —protestó Lou—. Jack me pidió que no te lo dijera.

—¿Y estuviste de acuerdo? —le preguntó Laurie con incredulidad—. Muchas gracias, detective Soldano. Menudo amigo resultas ser.

—¡Oye, no me eches la culpa a mí! Como le dije a Jack, ser amigo de los dos no es lo más fácil del mundo. Acepté no decirte nada, aunque le di solo un día más para investigar el caso de Sue Passero, que fue lo que me pidió. Pero sin duda no me dijo nada de que podría tratarse de un asesino en serie. Si me hubiera contado algo así, en ningún caso le habría dado siquiera un día, y menos teniendo en cuenta lo que pasó la última vez que os enfrentasteis a una asesina en serie en ese mismo hospital.

—Vale —le dijo Laurie intentando controlar sus turbulentas

emociones—. Siento haberte gritado. Estoy muy nerviosa y no me podía creer que Jack no te hubiera contado lo del asesino en serie, porque me aseguró que estabas al corriente, literalmente.

—Disculpas aceptadas —le contestó Lou—. Bueno, dime lo que sabes sobre este tema del asesino en serie. No me gusta nada esa posibilidad. Recuerdo el caos que provocó la loca de Jasmine Rakoczi.

—No sé mucho, la verdad —le dijo Laurie, sorprendida de que Lou hubiera mencionado ese episodio. A su pesar, también ella tenía en mente aquella espantosa experiencia y lo cerca que había estado de acabar siendo una víctima también—. Lo único que sé es lo poco que le habían contado a Jack, es decir, que Sue estaba convencida de que existía. Y por si fuera poco, le habían dicho que Sue creía que era un asesino en serie muy activo, sobre todo durante el último año.

—Lo que implica muchas muertes, claro.

—Obviamente —le confirmó Laurie en tono malhumorado—. Eso implica un asesino en serie activo.

—Oye, no te enfades conmigo. Los médicos habláis vuestro propio idioma, que los mortales no siempre entendemos. Solo quiero asegurarme de que estoy entendiendo lo que me dices. ¿Sabes por qué la doctora Passero lo creía?

—La enfermera a la que Jack le ha hecho la autopsia esta mañana le comentó que tenía algo que ver con los datos estadísticos, pero no le dio más detalles. Le dijo que se lo contaría hoy, con más tiempo. Pero mientras tanto Jack se encargó de conseguir todos los datos que pudo, que mostraban lo contrario de lo que esperaba si hubiera un asesino en serie en el hospital. Se enteró de que el índice de mortalidad del MMH, que es el que utiliza para su acreditación, no solo era muy bajo, sino que había bajado durante el último año. Además pidió a nuestro Departamento Médico Legal que revisara la tasa de muertes mensuales que el MMH comunicaba a la OCME y descubrió que también había disminuido respecto del año anterior.

—¡Vaya! —exclamó Lou, sorprendido—. Las matemáticas nunca han sido mi fuerte, pero diría que todo parece indicar que no hay ningún asesino en serie, y menos activo.

—Estoy de acuerdo —le dijo Laurie—, pero el problema es que al parecer Sue Passero lo creía, y esa mujer era una de las personas más inteligentes y más comprometidas que he conocido. Si de verdad lo creía, sería por algo.

—Pero no podemos confirmar que lo creyera —le replicó Lou.

—Cierto —admitió ella—, pero me dio la impresión de que Jack creía a la enfermera que se lo había dicho. Si añadimos que a él le preocupa que la muerte de Sue haya sido un homicidio, y que a ti te preocupa que lo haya sido la de la enfermera, me incomoda mucho que Jack esté en este hospital, tanto que en el Departamento de Urgencias he comentado la posibilidad de trasladarlo a la Universidad de Nueva York.

—¿Cómo han reaccionado?

—El cirujano traumatólogo que estaba examinándolo me ha dicho que, desde el punto de vista médico, no sería aconsejable, así que lo he dejado correr. Las necesidades inmediatas de Jack son más importantes que mis hipotéticas preocupaciones. Pero déjame que te plantee otra posibilidad, quizá remota, aunque inquietante, a la que estoy dando vueltas desde que has hablado de un posible atropello con fuga. ¿Y si el accidente de Jack no ha sido un accidente, sino que han intentado matarlo?

Durante unos segundos, Laurie no oyó nada, así que apartó el teléfono para mirar la pantalla. Al ver que la llamada no se había cortado, volvió a colocarse el móvil en la oreja y esperó.

—Como he dicho, a veces es difícil ser amigo vuestro —le dijo por fin Lou, que había roto el silencio con un suspiro exasperado—, aunque tengo que admitir que los dos sois muy buenos investigando. Entiendo lo que quieres decir, aunque haya demasiados condicionales, y es mejor prevenir que curar. ¿En qué parte del hospital estás?

—Estoy sola en una sala de cirugía. Mientras estaba esperando en el Departamento de Urgencias, he contactado con una doctora de cuidados intensivos que se llama Colleen Benn. La había visto muchas veces con Sue. Por suerte estaba de servicio, así que ha venido a verme y ha sido muy amable. Me ha sugerido que esperara aquí mientras operaban a Jack, y me ha parecido perfecto. Lo único que ha faltado ha sido que me invitara a entrar en el quirófano.

—¿Piensas quedarte en el hospital toda la noche?

—Por supuesto —le contestó—. Incluso he delegado en el trabajo. Me quedaré todo el tiempo que Jack esté aquí, hasta que podamos trasladarlo.

—En cuanto acabe pasaré por allí un rato a hacerte compañía. El personal de la escena del crimen está tomándose su tiempo, y hacen bien, pero a veces lo alargan sin piedad. ¿Adónde crees que llevarán a Jack después de la operación? ¿A la zona VIP del hospital?

—Primero lo llevarán a la sala de recuperación, al menos durante unas horas —le contestó Laurie—. Después, según Colleen, lo más probable es que lo trasladen a la unidad de cuidados intensivos quirúrgicos, sobre todo si sigue inconsciente. Colleen va a intentar que me den permiso para quedarme en el mostrador, y seguramente lo consiga, porque resulta que esta noche está al cuidado de la unidad.

—Te diré lo que voy a hacer —le dijo Lou—. Volveré a llamar a la comisaría diecinueve y les pediré que envíen a un par de oficiales uniformados para que vigilen a Jack esté donde esté, tanto si es una unidad de cuidados intensivos como si es una habitación privada. Que controlen a todos los que entren y salgan e impidan que se acerque cualquiera que no deba.

—Supongo que podría ser intimidante —le dijo Laurie—, pero no infalible. El problema es que si el asesino en serie forma parte del personal sanitario, podría entrar cuando quisiera sin levantar sospechas. Por eso una persona así puede hacer lo que hace, y podría ser cualquiera, desde un camillero hasta el ciruja-no jefe.

—Tienes razón en que podría entrar —admitió Lou—, pero tener a los policías uniformados en la puerta podría funcionar. Además, cuando llegue les daré indicaciones para que sean lo más eficaces posible.

—Eres un buen amigo —le dijo—. Sé que Jack te lo agradece-rá mucho.

—Y si algo se complica, sea lo que sea, llámame. El homici-dio en el que estoy trabajando ha ocurrido bastante cerca del MMH y puedo estar allí en un abrir y cerrar de ojos.

—Cuando llegues, si todo va bien, estaré en la unidad de cui-dados intensivos quirúrgicos y no te dejarán entrar.

—Eso ya lo solucionaremos a su debido tiempo —le contestó Lou—. Tú solo asegúrate de tener el móvil contigo en todo mo-mento.

—Lo haré —le contestó Laurie.

Después de colgar, se tomó unos segundos para admitir que era una suerte tener un amigo tan leal como Lou Soldano. Cada vez que lo había necesitado había estado ahí, y no pudo evitar sentir que esa podría ser otra de esas ocasiones.

34

—No estoy de acuerdo —dijo Ronnie intentando controlar su impaciencia. Estaba hablando con un enfermero llamado Alan Spallek, responsable de una planta de medicina general. Alan era un hombre corpulento de la edad de Ronnie que también había estado en la Marina, aunque en un barco, no en un submarino. Como evidencia de su paso por el ejército tenía un colorido tatuaje de una sirena en el antebrazo derecho. Gracias a su formación militar, era un enfermero sensato que dirigía la planta como un suboficial demasiado estricto—. Este paciente no es un caso forense, y punto —añadió.

—Pero se cayó y tuvo una hemorragia cerebral —le replicó Alan—. Seguro que es un caso forense.

Ronnie, que estaba sentado delante de una de las pantallas del mostrador central, señaló el historial del paciente.

—Alan, el tiempo de protrombina de ese hombre era de seis coma seis, o sea, estaba disparado. Se cayó porque tenía una hemorragia. Es lo más probable, sobre todo porque admitiste que la caída no fue violenta, sino que sencillamente se desplomó en el suelo. No tuvo la hemorragia porque se cayó. Te digo que no es un caso forense, y punto. Si lo clasificara como tal, el investigador forense se reiría de mí y no lo aceptaría. ¡Créeme! Sé de lo que hablo.

—No entiendo cómo puedes estar tan seguro —gruñó Alan—, pero de acuerdo. Lo has clasificado tú.

—Por supuesto —le dijo Ronnie—. Caso cerrado.

Ronnie se levantó y se dispuso a ocuparse del siguiente problema. Mientras caminaba se tomó el pulso. Tenía casi cien pulsaciones por minuto, lo que reflejaba su estado de ansiedad, que había ido aumentando poco a poco a medida que avanzaba la noche. No podía dejar de preocuparse por la posibilidad de que Jack Stapleton despertara de repente del coma, se diera cuenta de que estaba en el MMH y armara un escándalo con lo del asesino en serie. La expresión en sí, «asesino en serie», lo sacaba de quicio. No se consideraba un asesino, sino un salvador misericordioso. Asesinar solo era el medio para conseguir el compasivo y caritativo fin.

Por si su inquietud no fuera bastante, media hora antes había recibido un mensaje del administrador de guardia diciéndole que un par de policías estaban en camino al hospital para brindar protección a Jack Stapleton y que debía colaborar con ellos en todo lo que necesitaran. Cuando le preguntó por qué iban a vigilarlo, el administrador le contestó que no se lo habían dicho ni lo había preguntado. Al principio Ronnie se asustó, pero la preocupación le duró solo unos minutos. Recordó que cuando habían mandado a policías al hospital, en general para vigilar a prisioneros, se habían limitado a quedarse fuera de la sala donde estuviera el paciente, y eso había sido todo. Cuanto más pensaba en el tema, más se daba cuenta de que la policía no sería un problema para él. Sin duda no iban a impedirle entrar en la unidad de cuidados intensivos quirúrgicos.

Sin embargo, todo ello hacía que se sintiera tremendamente ansioso, sobre todo porque hasta ese momento había tenido las manos atadas. Jack había estado en el quirófano y después en la unidad de recuperación, zonas que quedaban fuera de su alcance. Ahora lo habían trasladado por fin a la unidad de cuidados intensivos quirúrgicos, y era un alivio, porque se trataba de su territorio. Para facilitarse las cosas, aprovechó que las asignaciones de las camas de cuidados intensivos dependían de él para asegurarse de que trasladaran a Jack a uno de los cubículos más alejados del mostrador central de la unidad de cuidados intensivos quirúrgicos. Aun así debería encontrar el momento oportuno, ya que sabía que Jack recibiría mucha atención de enfermería hasta que se estabilizara. Estaba seguro de que a partir de ese momento tendría carta blanca para hacer lo que pensaba hacer.

El siguiente problema ya se había resuelto cuando Ronnie llegó. Lo habían llamado porque un paciente se había caído en una sala de resonancia magnética del centro de imágenes, pero cuando él llegó, ya había aparecido un residente, había examinado al paciente, había determinado que no había sufrido ninguna lesión y lo habían llevado de vuelta a su habitación. Ronnie tomó nota mentalmente de echarle un vistazo cuando hiciera su ronda general, después de la pausa para cenar.

Era increíble la variedad de problemas con la que tenía que lidiar cada hora, incluso cada minuto. Ahora que ya había resuelto todos los que tenía pendientes, podía ir a ver cómo estaban las cosas en la unidad de cuidados intensivos quirúrgicos con respecto a Jack Stapleton. Después de un breve trayecto en ascensor y tras girar en ángulo recto en el pasillo, la ansiedad de Ronnie se disparó. Su pulso, ya elevado, se aceleró al ver a los dos policías uniformados con todo su equipamiento, incluidas pistolas enfundadas, sentados en sillas plegables del hospital a ambos lados de las puertas batientes de la unidad. Aunque Ronnie sabía que los policías no representaban una amenaza para él, sintió un sudor frío en la frente.

—Buenas noches, oficiales —les dijo Ronnie al pasar en el tono más tranquilo posible.

—Buenas noches, doctor —le contestaron los dos policías al unísono.

Los dos eran jóvenes y, al ver que su equipamiento era nuevo, Ronnie pensó que probablemente no tenían experiencia y estaban más nerviosos que él por estar en un entorno desconocido para ellos.

Empujó las puertas sin dudarlo ni mostrarles ninguna identificación. No le dijeron nada, lo cual fue un alivio. «Menuda protección», susurró Ronnie con sarcasmo, porque ni siquiera sabían que no era médico.

Cada noche, y a veces en múltiples ocasiones, el enfermero visitaba todas las unidades de cuidados intensivos del MMH, ya que una de sus tareas principales era asignar las camas de ese departamento, aunque se había quejado muchas veces de que eso debería hacerlo el encargado de camas nocturno. El trabajo recaía en él porque podía entrar en las unidades, mientras que el encargado de camas no. Si la unidad estaba llena, le correspondía a él decidir a quién trasladar para dejar sitio a los nuevos pacientes más graves. En plena pandemia, a menudo la decisión no había sido fácil.

La unidad de cuidados intensivos quirúrgicos estaba formada por dieciséis cubículos, ocho a cada lado, y en esos momentos se encontraba prácticamente llena. Solo quedan dos cubículos libres. Cada paciente tenía un enfermero de cuidados intensivos, y cada cubículo disponía de sus aparatos médicos con múltiples pantallas planas que mostraban sus constantes vitales. De los postes colgaban botellas intravenosas, y en toda la sala se oían suaves pitidos de fondo y breves alarmas de vez en cuando. En medio estaba el mostrador central, que funcionaba como una especie de puesto de mando, con pantallas equivalentes a las de los cubículos. En ese momento dos médicas y dos residentes trabajaban delante de pantallas de ordenador, ajenos a las idas y venidas de enfermeros en busca de material y medicamentos. Al mando de todo, como una directora de orquesta, estaba una enfermera llamada Patricia Hoagland, junto con una administrativa llamada Irene.

Ronnie se detuvo justo después de las puertas batientes y

observó la escena. Le reconfortó que todo estuviera tranquilo y, aunque sabía que la situación podría cambiar en un instante, la relativa calma lo ayudó a mitigar su gran ansiedad. De las dos personas que estaban en el mostrador central solo conocía a una, la doctora Colleen Benn, que era una de las médicas de cuidados intensivos más veteranas del personal y con la que trataba con frecuencia. Ronnie no conocía a la otra mujer, pero no le inquietaba lo más mínimo, ni tampoco la presencia de los dos residentes.

Dirigió la mirada al otro extremo de la sala y observó el cubículo que había asignado a Jack Stapleton. De vez en cuando veía a la enfermera atendiéndolo, lo que significaba que seguían estabilizándolo tras su llegada de la sala de recuperación. Ronnie estaba impaciente por acercarse a ver cómo estaba, pero no quería que pareciera tan obvio. Aunque había pasado por la unidad una hora antes para ver qué camas estaban disponibles y comprobar el estado de los pacientes, se aseguró de asomar la cabeza por varios cubículos al azar para llamar la atención de los enfermeros que los atendían. En cada ocasión preguntó si todo iba bien y le contestaron levantando el pulgar o diciéndole rápidamente que sí. Después se acercó al mostrador central para que Patricia lo viera. Era una figura maternal muy amable, de voz suave, que tenía buena relación con todo el mundo, pero, a pesar de esa fachada cordial, era muy organizada y dirigía la unidad con eficacia. Ronnie nunca había tenido problemas con ella, cosa que no podía decir de otros enfermeros a cargo de la unidad de cuidados intensivos que se tomaban a sí mismos demasiado en serio.

—Patti, ¿cómo va el turno? —le preguntó Ronnie en tono despreocupado.

—Hasta ahora muy bien —le contestó Patti—. No puedo quejarme. Todos estables. ¿Qué tal te va a ti?

—Algunas ausencias de enfermeros y auxiliares de enfermería, como siempre —le explicó Ronnie—, pero hemos podido cubrirlas. Supongo que has visto a los policías armados en el pasillo.

—Sí —le contestó la enfermera—. Me lo ha dicho la doctora Benn. Es para que no entre gentuza. —Soltó una de sus características carcajadas.

—Hablando de la doctora Benn —le dijo Ronnie—, ¿quién es la otra doctora que está con ella? Nunca la había visto.

Patti miró a Laurie y a Colleen.

—Es forense, o eso me han dicho.

—¿En serio? —le preguntó Ronnie. De repente le interesaba de verdad—. ¿Qué hace aquí una forense?

—Es amiga de la doctora Benn y la mujer del paciente del cubículo ocho.

La ansiedad de Ronnie aumentó. Era algo fuera de lo común y, en sus circunstancias, teniendo en cuenta lo que tenía que hacer, no le alegró saberlo.

—Hum —murmuró Ronnie fingiendo tomárselo con calma—, qué curioso, aunque está saltándose las normas. ¿Te parece bien?

—Sí, claro —le contestó Patti—. La doctora Benn me lo ha consultado y, como la mujer es médica y se ha puesto un uniforme, no me ha parecido mal, sobre todo porque la doctora Benn anda por aquí. Me ha dicho que se sentaría en el mostrador central y que no molestaría. ¿Estás de acuerdo?

—Supongo que sí —le contestó Ronnie encogiéndose de hombros después de haberlo pensado un momento. Si la mujer se quedaba en el mostrador central, la situación no tenía por qué cambiar—. No hay problema. Habría preferido que me avisaran. Se supone que soy el responsable del centro durante mi turno, así que debo saber qué está pasando.

—¿Quieres hablar con la doctora Benn? Puedo pedirle que venga. ¿O te gustaría conocer a la mujer?

—¡No, no! No es necesario si a ti te parece bien —le contestó Ronnie—. Este es tu territorio.

—Muy bien —le dijo Patti. Luego se volvió para responder a la administrativa, que le había hecho una pregunta sobre un resultado de laboratorio.

Después de la breve conversación con la enfermera, Ronnie hizo lo que había ido a hacer, es decir, se dirigió al cubículo ocho para ver al recién llegado. Entró y miró las pantallas. La presión arterial, el pulso y la oxigenación eran normales. La enfermera que lo atendía era Aliyah Jacobs, una mujer a la que Ronnie conocía bastante bien. Era una enfermera de cuidados intensivos muy competente a la que nunca le importaba que la cambiaran de unidad en función de las necesidades, lo que Ronnie valoraba y aprovechaba con frecuencia. Una de las tareas principales de su trabajo consistía en asegurarse de que el personal era adecuado para el turno de noche, lo que tenía su complicación cuando algún miembro del personal llamaba para avisar de que estaba enfermo, sobre todo en las UCI.

—¿Cómo está tu paciente? —le preguntó Ronnie. Observó con satisfacción que las dos vías intravenosas seguían funcionando, en concreto el catéter de gran calibre que le había colocado en el Departamento de Urgencias. Tenía la intención de utilizar esa vía más tarde.

—Está muy estable —le contestó Aliyah—. La incisión en la cadera tiene buen aspecto, apenas supura, y la circulación del pie está bien, con la férula hinchable en la parte inferior de la pierna. Lo importante es que se mueve cada vez más, lo que sugiere que no tardará mucho en despertarse y volver con nosotros.

—Excelente —le dijo Ronnie levantándole el pulgar, aunque no le gustaba la idea de que Jack saliera del coma.

Esa amenaza por sí sola le indicaba que debía actuar cuanto antes. Ronnie rodeó la cama, se acercó a la cabecera y miró a Jack Stapleton. Le habían limpiado la abrasión de la mejilla, y no tenía muy mal aspecto a pesar de haber chocado con el Cherokee a unos cuarenta kilómetros por hora, haber volado por los aires, haberse estrellado contra el parabrisas y haber acabado tirado en la calle. Ronnie no pudo evitar sentirse impresionado, aunque le irritara que el hombre pareciera tener nueve vidas. Pero, tanto si tenía nueve vidas como si no, estaba seguro de que el cloruro de potasio resolvería el problema.

—Tenemos pocas camas de ortopedia —añadió Ronnie—, así que seguramente tendrá que quedarse aquí aunque se despierte.

—Muy bien —le dijo Aliyah—. En cuanto sea evidente que está estable, puedo ayudar con un par de pacientes que no dejan de llamar y que están exagerando un poco.

Ronnie volvió a levantarle el pulgar, agradecido por su actitud, y salió del cubículo. Al pasar junto al mostrador central, miró un instante a los ojos a la forense. Asintió a modo de saludo, pero la mujer del doctor Stapleton no le respondió. Se encogió de hombros. Le daba absolutamente igual.

Al salir de la unidad de cuidados intensivos quirúrgicos, saludó también con la cabeza a los dos policías, que le devolvieron el saludo. «Esta va a ser toda su aportación», pensó Ronnie con sorna, aunque su presencia lo desconcertaba y lo molestaba hasta cierto punto, sobre todo porque estaban armados, y él no. Para calmarse, de repente decidió que llevar su pistola SIG Sauer P365 podría proporcionarle cierta sensación de seguridad y tranquilidad.

Como en ese momento no había problemas en el hospital, y el puente peatonal que daba al aparcamiento estaba en la planta inferior, bajó por la escalera. Unos minutos después llegó al Cherokee y se deslizó en el asiento del copiloto. Le dio una palmada cariñosa en el salpicadero, abrió la guantera y sacó su querida pistola. Aunque sabía que no era necesario, revisó el cargador para asegurarse de que estaba lleno. Lo estaba. A continuación se metió el arma en el bolsillo derecho de la bata, salió del todoterreno y lo cerró.

Mientras volvía a cruzar el puente peatonal, sentía la pistola golpeándole el muslo con suavidad. Su peso lo calmaba muchísimo, porque le recordaba que estaba ahí, como lo había estado la noche anterior en el apartamento de Cherine. No importaba que también en este caso las posibilidades de que llegara a utilizarla fueran mínimas.

De vuelta en el hospital, revisó de forma instintiva el teléfono para asegurarse de que no había recibido ninguna llamada ni mensaje sobre problemas que requirieran su atención inmediata. Como seguía sin trabajo pendiente, decidió aprovechar el tiempo para hacer lo que sin duda sería una de las labores más importantes de la noche: preparar el cloruro de potasio para el golpe de gracia.

Subió en ascensor a la sexta planta y entró en el diminuto despacho del supervisor de enfermería, que estaba al lado de la unidad de medicina general. Cerró la puerta con pestillo para evitar que lo interrumpieran y con una llave abrió su cajón privado, que estaba en un viejo archivador metálico. Desde hacía cuatro años guardaba en ese cajón los medicamentos que utilizaba para llevar a cabo su cruzada. El cloruro de potasio procedía del Departamento de Urgencias, al igual que la colección de jeringuillas, aunque estas podría haberlas conseguido en cualquier parte.

Con el cuidado aséptico adecuado, aunque sabía que en realidad no importaba, Ronnie llenó casi completamente una jeringuilla de cincuenta mililitros con varios viales de cloruro de potasio concentrado. Mientras sujetaba la jeringuilla y le daba golpecitos con un dedo para eliminar las burbujas de aire, sonrió, consciente de que había suficiente cloruro de potasio concentrado para cargarse un elefante.

En cuanto terminó volvió a colocar el tapón de plástico en la aguja y se metió la jeringuilla en el bolsillo izquierdo. Cerró con llave el cajón del archivador y salió del despacho. Mientras caminaba, el roce de la pistola en el lado derecho y de la jeringuilla en el izquierdo, le hicieron sentirse maravillosamente tranquilo y más seguro de sí mismo de lo que se había sentido en toda la noche.

35

Laurie dio una cabezada, se sobresaltó y tuvo que hacer un gesto brusco para evitar que el cuerpo se le inclinara hacia delante y se cayera de la silla. Aunque en buena parte de los cubículos de la unidad de cuidados intensivos quirúrgicos había mucha actividad, el de Jack llevaba más de una hora tranquilo. Su enfermera había estado ayudando a los compañeros que lo necesitaban, y cada diez o quince minutos entraba a echar un vistazo a Jack.

Laurie se levantó un momento, se estiró y respiró hondo varias veces. Patti Hoagland, la enfermera jefa, había visto el breve episodio y se había acercado a ella. Parecía que nada se le escapaba.

—Doctora Montgomery —le dijo Patti—, está agotada, y no me extraña. ¿Por qué no se tumba un rato en un cubículo vacío? Su marido está estable y seguiremos controlándolo, como hasta ahora. Podemos avisarla si se produce algún cambio. ¿Qué le parece?

—Gracias, pero, si no le parece mal, me moveré un poco y quizá me tome otro café.

—Por supuesto. Sírvase usted misma, por favor.

Laurie cogió el vaso que le habían dado antes con la intención de seguir las indicaciones de la enfermera jefa y servirse ella misma el café. Entró en una zona que sobresalía del mostrador central, donde tenían los medicamentos, los líquidos y demás, junto con una máquina de café. Durante casi todo el tiempo había seguido al pie de la letra las instrucciones que había recibido de quedarse en el lugar que le habían asignado dentro del mostrador, así que el mero hecho de levantarse y moverse un poco le sentó bien. Se sirvió otra taza de café solo y volvió de inmediato a su silla. No quería aprovecharse de la buena voluntad de la enfermera jefa. Habían instalado delante de Laurie una pantalla que mostraba las constantes vitales y el ECG de Jack. La hipnotizante regularidad de los cursores deslizándose por la pantalla había sido en parte responsable de que se hubiera quedado dormida.

En general, hasta ese momento la noche había ido bien. La operación de Jack había durado algo menos de las dos horas previstas, y el cirujano, el doctor Henry Thomas, había entrado en la sala de cirugía, donde Laurie lo esperaba. Le explicó que la operación se desarrolló sin complicaciones, que había utilizado tres tornillos para reparar la fractura del cuello femoral, porque no se había desplazado, no había problemas de circulación y el hueso estaba, según sus palabras, firme como una roca. En cuanto a la fractura abierta del peroné, había limpiado y desbridado a fondo la zona, había reconstituido el peroné con una placa de acero y tornillos y había cerrado la herida sin drenaje. Desde su punto de vista profesional, Jack iba a recuperarse y ninguna de las dos fracturas le dejaría secuelas.

Después de la operación, Jack permaneció poco más de una hora en la sala de recuperación. Colleen, que la había ayudado mucho, se las había arreglado para que le permitieran verlo un momento. Jack parecía estar en buen estado. Incluso tenía buen color. Al salir de la sala de recuperación, Laurie estaba muy agradecida de que todo hubiera ido bien y solo deseaba que se despertara cuanto antes.

Cuando lo habían trasladado de la sala de recuperación a la unidad de cuidados intensivos quirúrgicos, Colleen había vuelto a interceder por ella y había conseguido que la enfermera jefa aceptara que Laurie pasara la noche en la unidad siempre y cuando se quedara sentada dentro del mostrador central y no molestara, condiciones que Laurie había aceptado sin replicar. Al llegar, Colleen le había presentado a la enfermera jefa, Patti Hoagland, a la administrativa, Irene, y a la enfermera que iba a atender a Jack, Aliyah Jacobs, así como a los residentes que estaban trabajando esa noche.

Cuando Laurie llevaba unos diez minutos en la unidad, observando desde cierta distancia cómo conectaban a Jack a las pantallas, Irene se le había acercado y le había dicho que un tal detective Soldano preguntaba por ella. Laurie se había sentido un poco avergonzada, porque le daba la sensación de que recibir una visita era aprovecharse de la buena voluntad de la enfermera jefa, pero había salido a toda prisa por las puertas batientes. Lou estaba allí acompañado de dos policías uniformados. Se los presentó, pero estaba tan angustiada que ni siquiera había prestado atención a cómo se llamaban y le había dicho a Lou que tenía que volver dentro. Lou le había comentado que lo entendía, pero le había sugerido que intentara descubrir con quién había quedado Jack en el MMH. Nerviosa y molesta, Laurie le había contestado que no estaba allí para jugar a los detectives. Lo único que quería hacer era vigilar a Jack hasta que se despertara y después hacer las gestiones para que lo trasladaran. Lou había asentido e insistió en que lo llamara a cualquier hora de la noche si ocurría algo inesperado. Laurie le prometió que lo haría, cruzó de nuevo las puertas batientes y regresó a su puesto de observación.

Laurie no se bebió el café a sorbos, sino de un trago, ya que su único propósito era que le suministrara cafeína. Esperaba que el estimulante la mantuviera no solo despierta, sino también alerta. Se había sobresaltado y avergonzado cuando había estado a punto de caerse de la silla. Dejó el vaso vacío y volvió a mirar la pantalla confiando en que los cursores no fueran tan hipnotizantes a pesar de su monótona, aunque tranquilizadora, regularidad.

En general, y por suerte, la noche había sido de lo más aburrida. Solo se habían producido dos interrupciones menores que hicieron que Laurie se incorporara y prestara atención. La primera, cuando un hombre con uniforme, mascarilla y gorro quirúrgicos entró de repente en la unidad y, sin decir nada en el mostrador central, se dirigió directamente al cubículo de Jack. Por suerte, Colleen estaba a su lado en ese momento, tecleando ante una pantalla, así que Laurie pudo preguntarle quién era el hombre que acababa de llegar. Colleen fue a consultarlo y volvió para explicarle que era el residente ortopédico de guardia, que solo estaba revisando la incisión de la cadera y la circulación en el pie, que había quedado fuera de la férula.

La segunda interrupción en su rutina se había producido cuando entró en la unidad un hombre vestido como ella, con uniforme y bata blanca, que en un principio Laurie había creído que era médico. Había asomado la cabeza por varios cubículos antes de acercarse al mostrador central y charlar un momento con Patti. Después, para su sorpresa, se dirigió al cubículo de Jack y entró en él. De nuevo gracias a Colleen, Laurie se había enterado de que era el supervisor de enfermería nocturno, responsable, entre otras cosas, de hacer malabares con las camas de cuidados intensivos. Al preguntarle qué podría estar haciendo en el cubículo de Jack, Colleen se había encogido de hombros y había supuesto que estaba comprobando si podían trasladarlo. En cualquier caso, apenas permaneció dentro un par de minutos, y al salir se había dirigido a la puerta de la unidad. Al pasar por delante del mostrador central, había saludado a Laurie como si la conociera.

—¿Quieres comer algo? —le preguntó Colleen al volver de un cubículo, lo que interrumpió sus reflexiones—. Si te apetece, paso por la cafetería y te traigo algo. ¿Qué te parece?

—Gracias —le contestó Laurie—, eres muy amable. Me has ayudado mucho, pero de verdad no tengo hambre.

—Como quieras —le dijo Colleen—, pero si cambias de opinión, dímelo.

—Lo haré —le aseguró Laurie.

De repente sintió que el teléfono le vibraba en el bolsillo. Lo había silenciado, a pesar de que no esperaba ninguna llamada porque había dejado la dirección de la OCME en manos de George. Creyendo que sería su madre, que no podría dormir y estaría preguntándose cómo estaba Jack, miró la pantalla para comprobarlo. Pero no era su madre, sino Lou Soldano. Contestó con la precaución de hablar en voz baja.

—¿Cómo está Jack? —le preguntó el detective. Parecía animado, como si estuvieran en pleno día, no en mitad de la noche.

—Está estable, y en ese sentido bien. El problema es que todavía no se ha despertado, aunque me han dicho que se mueve más, lo que supongo que es buena señal.

—¿Por qué hablas tan bajo? —le preguntó Lou—. Apenas te oigo.

—El personal está trabajando y hay muchos pacientes enfermos, así que intento no molestar.

—Vaya, perdona, pero quería saber cómo estaba y decirte que me encuentro de nuevo por la zona. De hecho, estoy a la vuelta de la esquina. Hay un nuevo caso de homicidio en la comisaría diecinueve, así que he venido a asegurarme de que hagan las cosas bien. Si necesitas algo, aunque solo sea apoyo moral, llámame. Puedo llegar en pocos minutos.

—Gracias, Lou. Eres muy amable. Te agradezco que me hayas llamado.

—No hay de qué. Ah, otra cosa. Los dos policías a los que te he presentado han terminado su turno, y los han sustituido otros dos. Son un poco más mayores, pero me han asegurado que son buenos tipos y competentes.

—Perfecto —le dijo Laurie, aunque sentía que no eran necesarios.

—Recuerda llamarme si me necesitas.

—Lo haré —le aseguró—. Y gracias.

Laurie colgó y miró a Patti con expresión de culpabilidad, pero esta estaba discutiendo acaloradamente con una enfermera. O no se había enterado de que había recibido una llamada, o no le importaba. En cualquiera de los dos casos, se sintió afortunada, se guardó el teléfono en el bolsillo y volvió a centrar la atención en la pantalla que tenía delante. Como desde hacía horas, todo era normal. Le alegró sentirse mucho más despierta después de tomarse el café.

36

Ronnie sintió que se le aceleraba el pulso mientras salía del Departamento de Urgencias. Era ahora o nunca en lo que respectaba a Jack Stapleton. Antes lo habían interrumpido. A los pocos minutos de haber llenado la jeringuilla con cloruro de potasio en su despacho, habían llamado por una emergencia. Al Departamento de Urgencias había llegado un paciente agonizando debido a un grave accidente de coche. Como siempre que había una llamada de emergencia, Ronnie había tenido que dejar lo que estaba haciendo y responder.

El estado del paciente, un hombre bastante joven, era muy grave, ya que no llevaba puesto el cinturón de seguridad y había atravesado el parabrisas con el impacto. Había llegado prácticamente muerto. Aunque al principio tenía pulso, enseguida se le paró el corazón, lo que requirió recuperación cardiopulmonar y una toracotomía de emergencia. A pesar de las muchas unidades de sangre y de un largo intento de reanimación, al final habían declarado muerto al paciente. En ese momento, Ronnie, junto con un médico de urgencias, había tenido que comunicárselo a la familia, una tarea que, por muchas veces que la hubiera hecho, seguía resultándole muy difícil.

Cuando hubo terminado por fin con el caso, lo primero que hizo fue verificar el estado de Jack Stapleton en una pantalla del

Departamento de Urgencias. Descubrió, aliviado, que no habían introducido ningún cambio y que seguía en la unidad de cuidados intensivos quirúrgicos, inconsciente.

Tras salir del ascensor en la tercera planta, giró la esquina y se dirigió por el pasillo hacia la unidad de cuidados intensivos quirúrgicos. Al acercarse vio que habían cambiado a los dos policías. Ahora eran dos agentes caucásicos de pelo canoso, bastante más mayores y que parecían sentirse mucho más cómodos en el hospital. El más delgado de los dos estaba inclinado hacia atrás en la silla plegable de metal, charlando animadamente con su compañero y haciendo exagerados gestos con las manos, como si fuera italiano. Aunque llevaban uniforme completo, los dos se habían quitado la gorra, que habían dejado en el suelo junto a la silla. Cuando vieron que Ronnie se acercaba, se callaron, y el que estaba reclinado se echó hacia delante de golpe.

Como había hecho antes, Ronnie se limitó a saludar con la cabeza a los dos policías y se dispuso a entrar sin más. Se quedó sorprendido cuando el oficial más corpulento, en cuya placa de identificación se leía DON WARE, extendió el brazo y lo obligó a detenerse, como si hubiera chocado contra un torniquete.

—Disculpe, doctor —le dijo el policía—. ¿Podemos ver su identificación?

Ronnie puso los ojos en blanco, levantó la identificación que le colgaba del cuello y se la mostró.

—No soy médico —le aclaró—. Soy el supervisor de enfermería.

—Disculpe —le dijo el otro oficial. En su placa de identificación se leía LOUIE AMBROSIO—. ¿Tiene algo que hacer en esta unidad?

—Por supuesto que tengo algo que hacer —le contestó Ronnie con evidente crispación, como si fuera una pregunta ridícula. El arma que llevaba en el bolsillo estaba cerca de la mano del policía y sabía que le sería difícil justificarlo, aunque tuviera licencia de armas—. Les he dicho que soy el supervisor de enfermería. Tengo cosas que hacer en todo el hospital.

Los dos policías se miraron y después se encogieron de hombros.

—Gracias, doctor —le dijo Don Ware retirando el brazo.

—Ya le he dicho que no soy médico, sino el supervisor de enfermería —replicó Ronnie empujando las puertas.

Una vez dentro, Ronnie se detuvo para recuperar el control. Sabía que estaba tenso y la breve interacción con los policías lo había puesto de manifiesto, pero echar un vistazo a la unidad de cuidados intensivos quirúrgicos le resultó tranquilizador y se calmó enseguida. La mayor parte del trabajo de los enfermeros que atendían a los pacientes se llevaba a cabo dentro de los cubículos, al otro extremo del de Jack Stapleton, lo que sin duda le favorecía. Miró hacia el cubículo de Jack y no vio actividad, lo que sugería que Aliyah Jacobs estaba en otro sitio, echando una mano a sus compañeros, como la última vez que él había pasado por allí.

Dirigió la atención al mostrador central y vio que Patti estaba hablando animadamente con varios enfermeros y que Irene estaba ocupada con el papeleo junto con un residente. La doctora Benn y la mujer de Stapleton estaban ante sendas pantallas de ordenador, al parecer absortas.

Como solía hacer, Ronnie empezó a entrar en todos los cubículos para revisar el estado de los pacientes antes de llegar al de Jack Stapleton. Al pasar por el mostrador central, Patti interrumpió su conversación para saludarlo. Ronnie se acercó al mostrador.

—Espero que te hayan informado sobre el caso de aneurisma que está en quirófano —le dijo Ronnie—. Lo traerán a una de vuestras camas vacías.

—Me lo han dicho —le confirmó Patti—. No hay problema.

Ronnie le levantó el pulgar y se dirigió al siguiente cubículo mientras Patti volvía a su conversación.

Al salir del cubículo que estaba al lado del de Jack, Ronnie volvió a mirar hacia el mostrador central. Nadie le prestaba atención. Parecía que el momento y las circunstancias no podían ser mejores. Se metió la mano en el bolsillo, tocó la jeringuilla y en un abrir y cerrar de ojos desapareció de la vista de todos al entrar en el cubículo de Jack. Sin dudarlo se colocó en el lado derecho de la cama y con el regulador de flujo cerró la vía intravenosa de gran calibre que le habían colocado en el Departamento de Urgencias. Cogió la bolsa de solución salina, sacó la jeringuilla del bolsillo y quitó el tapón de la aguja con los dientes. Tras clavar la aguja en el puerto de la bolsa e introducir el contenido de la jeringuilla, lo distribuyó en la solución salina con las dos manos. Después volvió a colgar la bolsa de solución salina y abrió del todo el regulador para que el líquido fluyera a la máxima velocidad. Estaba seguro de que la bolsa no tardaría en vaciarse.

Solo había tardado unos segundos. En un instante volvía a estar en el centro de la unidad de cuidados intensivos quirúrgicos con la jeringuilla vacía en el bolsillo. Reprimiendo el impulso de correr, pasó por delante del mostrador con la mayor indiferencia posible. Para su alivio, nadie le prestó atención, excepto Irene, que lo miró al pasar. Al llegar a las puertas batientes, las empujó e interrumpió de nuevo la animada conversación de los dos policías, que en esta ocasión trataba de las penurias de los Knicks.

Ronnie saludó a los agentes con un movimiento de cabeza algo condescendiente, pasó por delante de ellos y siguió avanzando por el pasillo. Mientras se alejaba, tuvo el impulso casi irresistible de gritar «hurra» y levantar el puño para celebrarlo, pero no lo hizo. Llegó al vestíbulo de los ascensores y pulsó con calma el botón sabiendo que en unos minutos lo llamarían por una emergencia en la unidad de cuidados intensivos quirúrgicos.

37

Laurie no tardó mucho en volver a tener sueño, aunque acabara de tomarse otro café. El agobiante aburrimiento de ver los cursores cruzando la pantalla era como un narcótico. El único alivio era que Colleen llegaba de vez en cuando, se sentaba a su lado y charlaba con ella antes de hacer una entrada en el ordenador del hospital sobre el estado de un paciente, como hacía en ese momento.

Para intentar ocupar la mente y mantenerse despierta, Laurie pensó en la llamada de Lou y en que le gustaría mucho aceptar su oferta de ir al hospital para hacerle compañía. Lou era un amigo muy querido desde hacía mucho tiempo y le preocupaba su bienestar, porque vivía solo y todo su mundo giraba en torno al trabajo. Al pensar en Lou recordó que había mencionado a Jasmine Rakoczi, la asesina en serie a la que ella había descubierto hacía muchos años, cuando estaba soltera y le gustaba el director del MMH. Negó con la cabeza al pensar en la psicótica mujer, ya que había sido una experiencia espantosa a muchos niveles y Rakoczi había estado a punto de matarla tras haber asesinado al director.

—Vale, listo —le dijo Colleen interrumpiendo las reflexiones de Laurie. Se levantó y se estiró extendiendo los brazos por encima de la cabeza—. Creo que voy a pasarme por la cafetería a buscar un poco de fruta o quizá algo no tan sano. ¿Te traigo algo? ¿Qué te apetece? ¿Un plátano? Seguro que tienes hambre.

—Un plátano estaría bien —le contestó Laurie.

—¿Algo más? ¿Un trozo de pastel? ¿Helado?

—Solo un plátano —le dijo Laurie, pero de repente le llamó la atención un ligero cambio en el ECG de Jack que recorría la pantalla. La onda T, una representación gráfica de la repolarización de los ventrículos del corazón después de un latido, empezó a aumentar. Laurie se dio cuenta porque en la pantalla aún se veía el rastro del latido anterior, que se desvanecía rápidamente bajo el nuevo latido.

—Un plátano —repitió Colleen inclinándose hacia el mostrador para cerrar la sesión del ordenador que había estado utilizando—. Vuelvo enseguida.

Cuando Colleen se disponía a marcharse, Laurie extendió la mano y la detuvo agarrándola del brazo.

—¿Qué opinas de esto? —le preguntó señalando la imagen de una onda T que se desvanecía.

—¿De qué? —le preguntó a su vez Colleen. Se inclinó sobre el hombro de Laurie para ver más de cerca la pantalla.

—Hice la residencia clínica hace muchos años —admitió Laurie—, pero parece que las ondas T están cambiando. ¿O son alucinaciones mías?

—Hum —murmuró Colleen—. Creo que tienes razón. ¿Qué demonios está pasando?

Las dos mujeres se levantaron y dirigieron la mirada a la puerta abierta del cubículo de Jack. Todo estaba tranquilo. No vieron a Aliyah, aunque desde donde estaban no podían ver todo el cubículo. Colleen se desplazó unos pasos para ver mejor, pero volvió de inmediato.

—Creo que no hay nadie. ¿Algún otro cambio en el electrocardiograma?

—Las ondas T son cada vez más altas y estrechas —le contestó Laurie—. Parece que es progresivo. —Intentaba rescatar del fondo de su mente lo que sabía sobre las ondas T, pero eran recuerdos confusos y distantes, y con el estrés del momento su mente no funcionaba bien. Miró a Colleen, que sabía que era experta en el tema, porque observar y supervisar ECG formaba parte de su trabajo diario.

—Podría ser una señal temprana de elevación del ST —le dijo Colleen, aunque era evidente que no estaba convencida—, pero lo dudo. Parece que el segmento ST está bajando. Hum. Voy a ver si hay algún problema con los cables del electrocardiograma.

—¡Espera! —exclamó Laurie. Se le empezó a acelerar el corazón. Tenía la premonición de que algo iba mal, algo importante—. El ECG está cambiando. Ahora parece que la onda P está aplanándose. ¿Qué puede significar?

—Eso sucede en el aleteo o fibrilación auricular, pero parece que el pulso está ralentizándose, y no tiene sentido. ¡Ay! ¿Qué demonios está pasando? Voy a decírselo a Patti y a entrar. Necesitamos a un cardiólogo cuanto antes.

Con los ojos clavados en la pantalla, Laurie observó cómo el ritmo cardiaco de Jack se ralentizaba aún más hasta que todo el ECG empezó a extenderse. Después, para su horror, la onda sinusoidal se convirtió en un garabato y la alarma se disparó indicando un paro cardiaco.

Toda la unidad de cuidados intensivos quirúrgicos reaccionó, y el personal que no era imprescindible que atendiera a otros pacientes corrió hacia el cubículo de Jack mientras Patti hacía una llamada de emergencia al equipo de reanimación.

Laurie hizo grandes esfuerzos por quedarse en la silla. También quería entrar corriendo en el cubículo de Jack, pero sabía que no debía moverse del mostrador central. Era consciente, además, de que no estaba tan preparada ni tan bien informada como los enfermeros y los médicos que ya estaban allí, así que no podía ayudar demasiado y sería un estorbo. Mientras estaba sentada con el corazón acelerado, tuvo la devastadora sensación de que había fallado a Jack. Lo único que había hecho había sido vigilar, pero le daba la sensación de que no había sido suficiente. Esto le recordó que Lou le había pedido que lo llamara si sucedía algo. Aunque no podía pasar nada peor que lo que estaba ocurriendo en ese momento, un paro cardiaco, decidió no llamarlo, porque Lou no podría hacer nada. Pero al pensar en Lou volvió a recordar a Jasmine Rakoczi y cómo había intentado matarla cuando estaba ingresada en el hospital.

—¡Dios mío! —gritó Laurie.

De repente su cerebro estableció todo tipo de conexiones y asociaciones. Después de lo sucedido con Rakoczi, Laurie había leído mucho sobre el análisis forense del envenenamiento con cloruro de potasio y sabía que era un método casi perfecto para que los asesinos en serie del ámbito médico llevaran a cabo sus espantosos objetivos. Después de la muerte, todas las células del cuerpo que habían acumulado potasio en vida lo liberaban, de modo que en los cadáveres había grandes cantidades de potasio, lo que hacía imposible detectar si se había administrado una dosis letal. Parte de esas lecturas trataban de la fisiología del repentino aumento de potasio y lo que se reflejaba en el ECG.

Al darse cuenta de lo que estaba sucediendo, Laurie se levantó tan rápido que la silla rodó por la zona central del mostrador y se estrelló contra el lado opuesto. Salió corriendo del mostrador. En ese momento las puertas batientes de la unidad se abrieron de golpe y el equipo de reanimación irrumpió empujando un carro con un desfibrilador, medicamentos y el material necesario para tratar un paro cardiaco.

Laurie y el equipo de reanimación llegaron a la vez al cubículo de Jack, que estaba abarrotado de personal sanitario. El equipo se adelantó apartando a todo el mundo. Laurie, que quería desesperadamente llegar a Colleen, vio que estaba encima de la cama, arrodillada a la derecha de Jack y haciéndole compresiones torácicas. Al otro lado, Aliyah le aplicaba un ambú a Jack en sincronía con los movimientos de Colleen. Mientras el equipo de reanimación, rápidamente y sin decir una palabra, se hacía cargo de las compresiones torácicas y del resucitador manual y preparaba el desfibrilador, Patti, que había visto llegar a Laurie, se abrió paso entre el personal para llegar hasta ella. Por su parte, Laurie, que intentaba comunicarse con Colleen, gritaba su nombre por encima del sonido estridente de la alarma de la pantalla.

—¡Doctora Montgomery! —gritó Patti agarrándola del brazo para detenerla—. No puede estar aquí. ¡Debe salir ahora mismo!

Laurie apartó a Patti con una fuerza impresionante, cosa que esta no se esperaba. Pasó entre dos enfermeras de cuidados intensivos que hablaban mientras miraban la pantalla, llegó hasta Colleen y le tiró de la muñeca para llamar su atención.

—¡Sé lo que es! —gritó Laurie.

Colleen, que estaba observando cómo colocaban las palas del desfibrilador, se quedó sorprendida.

—¡Apártense! —gritó el director del equipo de reanimación antes de lanzar la descarga.

El cuerpo de Jack dio una sacudida. Todos, incluida Colleen, dirigieron la atención a la pantalla con la esperanza de que el cursor de ECG mostrara un latido.

—¡Colleen! —gritó Laurie, frustrada—. ¡Es cloruro de potasio!

Colleen se volvió hacia ella.

—¿Qué?

—¡Reiniciamos las compresiones! —gritó el director del equipo cuando el cursor volvió a aparecer en la pantalla y trazó una línea recta.

El corazón de Jack ya no fibrilaba. Estaba parado, sin actividad eléctrica alguna.

—¡He recordado estos cambios en el ECG! —le gritó Laurie a Colleen—. ¡El pico de las ondas T y la desaparición de la onda P son los primeros signos de hiperpotasemia! Han envenenado a Jack con cloruro de potasio. ¡Diles que empiecen el tratamiento para la hiperpotasemia de inmediato! ¡Por favor! Es cuestión de segundos.

Colleen desplazó la mirada del rostro torturado de Laurie a Patti, que se había acercado por detrás e intentaba sacar a Laurie del cubículo. A continuación, Colleen volvió a mirar al residente que estaba haciendo las compresiones torácicas. No sabía qué hacer. Lo que decía Laurie tenía sentido, pero la hiperpotasemia muy pocas veces provocaba un paro cardiaco y se había observado básicamente en trastornos renales graves, no en hombres sanos.

—¡Diles que le administren bicarbonato y cualquier otra cosa para la hiperpotasemia! —le gritó Laurie volviendo a apartar a Patti.

En ese momento Laurie se dio cuenta de que la vía intravenosa fluía a toda velocidad. Se separó de Colleen y de Patti, se abrió paso hasta la cabecera de la cama y cerró el regulador de la vía intravenosa. Patti, que la había seguido, la agarró bruscamente del brazo, le ordenó muy enfadada que saliera de inmediato y la amenazó con llamar a seguridad. Pero Colleen, que se había recuperado del torbellino de sensaciones, se acercó a Patti e intervino.

—¡Patti, espera! Creo que lo que dice Laurie es cierto. Los cambios que estamos viendo en el ECG son patognomónicos de hiperpotasemia. ¡Creo que tiene razón!

—¿Alguien puede apagar esa maldita alarma? —gritó el director del equipo de reanimación mientras se preparaba para un segundo intento de desfibrilación.

Un segundo después, el cubículo se quedó en silencio mientras el cuerpo de Jack volvía a dar una sacudida en respuesta a la segunda descarga.

—Bruce, escúchame —le gritó Colleen al director del equipo cuando el cursor siguió trazando una línea plana en la pantalla—. Vamos a tratar este caso como una hiperpotasemia severa. Quiero que le administres bicarbonato de sodio, gluconato cálcico y al menos veinte unidades de insulina regular junto con una dosis de cincuenta gramos de glucosa. También vamos a hacer un análisis de electrolitos. Y que alguien quite esas dos bolsas intravenosas y las sustituya por solución salina. ¿Alguna pregunta?

—¿Por qué sospechas hiperpotasemia? —le preguntó Bruce, confundido. Al estar en su último año de residencia en medicina interna, estaba jerárquicamente por debajo de Colleen, que formaba parte de la plantilla.

—Estábamos observando el ECG cuando ha empezado el problema —le explicó Colleen—. Hemos visto los cambios a medida que el sistema de conducción del corazón fallaba.

—Muy bien, equipo —dijo Bruce dejando las paletas del desfibrilador encima de la máquina—. Habéis oído a la doctora. En marcha.

Mientras el equipo de reanimación se ponía manos a la obra apareció un anestesiólogo de guardia e intubó a Jack para que pudieran utilizar un respirador si era necesario. Con el apoyo de Colleen, Patti aceptó a regañadientes que Laurie se quedara en el cubículo y ella volvió al mostrador central.

Como transcurrían los minutos y no se veía ningún cambio en la pantalla del ECG, Laurie volvió a caer en la desesperación y se preguntó cómo había podido suceder, ya que ella había estado vigilando. Se lo reprochó, aunque no sabía qué otra cosa podría haber hecho. Miró a Jack y deseó haber seguido su primer impulso y haberlo trasladado cuando se le había ocurrido la idea, poco después de haber llegado al Departamento de Urgencias.

Cuando tuvieron los resultados de la prueba de electrolitos, Patti, en lugar de utilizar el sistema de audio, volvió corriendo al cubículo para informar al equipo de reanimación. Después de gritar los resultados, añadió que era el nivel de potasio más elevado que había visto en toda su carrera profesional.

—¡Madre mía! —exclamó Bruce—. Es el más alto que he visto yo también. Con este nivel me temo que el bicarbonato de sodio y todo lo demás es como mear en un incendio forestal.

Sugiero que llamemos de inmediato a un residente de cirugía y hagamos una diálisis peritoneal o, mejor aún, una diálisis extracorpórea.

—¡Hagámoslo! —le contestó Colleen. Miró a Laurie—. Es lo que hay que hacer.

Laurie asintió. De repente se sintió débil.

—¿Cómo estás? —le preguntó Colleen al ver que se había quedado pálida.

—No muy bien —admitió Laurie—. Creo que volveré al mostrador. Necesito sentarme.

—Buena idea. Ve a sentarte, por favor —le pidió Colleen—. Yo me quedaré aquí y te mantendré informada de cualquier cambio. Te lo prometo.

—De acuerdo —consiguió decir Laurie.

Se sentía abrumada por el sentimiento de culpa y la ansiedad. Se dio la vuelta con la intención de salir del cubículo. Como todavía había más de diez personas apiñadas, tuvieron que apartarse para dejarla pasar. Les pidió disculpas mientras se dirigía hacia la salida.

De repente Laurie se detuvo en seco. Se descubrió a sí misma mirando a un hombre con uniforme médico y bata blanca que, a pesar de la mascarilla, le resultaba inquietantemente familiar. Al instante recordó que se trataba del hombre que había creído que era médico cuando había entrado en la unidad y se había metido un instante en varios cubículos antes de hacerlo en el de Jack. Atenta a todas las idas y venidas, en ese momento le había preguntado a Colleen quién era y se había enterado de que no era médico, sino el supervisor de enfermería, que se encargaba de asignar las camas en las unidades de cuidados intensivos del hospital. Lo recordaba porque la había saludado con la cabeza al salir, como si se conocieran. Pero lo más importante fue que Laurie de repente recordó que había vuelto a verlo, al parecer haciendo la misma ronda de reconocimiento. Lo que hizo que esta segunda vez le resultara tan inquietante fue que se había producido unos minutos antes de que en el ECG de Jack hubieran aparecido los primeros signos de problemas. Había sido la última persona que había entrado en el cubículo de su marido.

Todos estos pensamientos pasaron por el cerebro de Laurie en milésimas de segundo y desataron una tormenta de emociones. De repente y sin la menor sombra de duda, supo que ese hombre era el asesino en serie que Sue Passero temía que existiera y el responsable de que Jack estuviera a punto de morir.

—¡Has sido tú! —le gritó—. ¡Tú le has administrado el cloruro de potasio!

Con una furia repentina e incontrolable, Laurie se abalanzó hacia Ronnie con los dedos de las dos manos extendidos como garras de gato hacia su cuello. Quería estrangularlo.

Sorprendido por ese ataque inesperado, Ronnie retrocedió intentando sujetarle los brazos para que las manos de Laurie no le alcanzaran. Aun así, ella consiguió acercarse y arañarle la parte baja del cuello. Las enfermeras que estaban a ambos lados de Laurie, también sorprendidas por el ataque, intentaron agarrarla, pero era imparable. Volvió a abalanzarse sobre Ronnie con las manos extendidas. Las enfermeras le pusieron la zancadilla, de modo que Laurie se estrelló contra Ronnie como un torpedo. Mientras caía al suelo, intentó agarrarse a cualquier cosa. Lo único que encontró fueron los dos bolsillos de la bata blanca de Ronnie y, en un intento de amortiguar la caída, se agarró a ellos, que se desgarraron y dejaron caer su contenido.

Junto con Laurie, también cayeron al suelo la jeringuilla vacía de cincuenta mililitros y la SIG Sauer P365, lo que provocó un ahogado grito colectivo de todas las personas que no estaban participando en el intento de reanimación y habían presenciado el repentino estallido de violencia. El alboroto, junto con la aparición de una pistola en una unidad de cuidados intensivos, fue una abominación impactante e inesperada. Las dos enfermeras que la habían abordado la soltaron y dieron un paso atrás, desconcertadas.

Laurie cogió la pistola y la jeringuilla, se puso de pie y levantó las manos.

—¡Aquí tenéis las pruebas! —gritó—. ¡Este hombre es un asesino!

Ronnie estaba tan sorprendido como todos los demás, aunque de forma muy diferente. Cuando habían comunicado la emergencia, se había cronometrado para asegurarse de que el equipo de reanimación ya estuviera allí cuando él llegara y se había mantenido en segundo plano por si lo necesitaban. Aunque le había desconcertado que decidieran aplicar un tratamiento para la hiperpotasemia en los primeros momentos del paro cardiaco, estaba seguro de que ya había entrado suficiente potasio. Pero de repente, al parecer sin venir a cuento, se había llevado la sorpresa de su vida. Y ahora, frente a esa mujer salvaje, supo instantáneamente que, a pesar de la cuidadosa planificación y la impecable ejecución, se enfrentaba a una crisis existencial.

En milésimas de segundo tuvo claro que su organizada vida se desmoronaba y que tenía que reaccionar. No había tiempo para dudar, discutir o negar lo evidente. Tenía que largarse del hospital y poner en marcha su minucioso plan de huida. Sin duda en la jeringuilla quedaban restos de cloruro de potasio, lo que sería fácil de verificar.

Ronnie extendió el brazo con determinación, agarró su SIG Sauer y tiró con todas sus fuerzas hasta quitársela de la mano a la mujer de Stapleton. Después se dio la vuelta y salió del cubículo empujando a los que se interponían en su camino.

Laurie reaccionó con similar impetuosidad y, tras meterse la jeringuilla vacía en el bolsillo del uniforme para conservar la prueba, salió corriendo del cubículo detrás de él y pasó a toda velocidad por delante del mostrador central, que le llegaba a la altura del pecho.

—¡Doctora Montgomery! —le gritó Patti, que estaba dentro del mostrador hablando por teléfono con el personal de seguridad—. ¡Deténgase!

Pero Laurie no le hizo caso. Vio que Ronnie había cruzado las puertas batientes y había irrumpido en el pasillo, aún con la pistola en la mano.

—¡Doctora Montgomery! —volvió a gritar Patti.

Laurie actuaba sin pensar. Lo último que quería era que ese asesino en serie se escapara y, aunque tuviera una pistola, no iba a permitirlo. Al salir también ella de la unidad de cuidados intensivos quirúrgicos, se encontró con los dos policías, que al parecer no entendían lo que estaba pasando. Ambos se habían levantado de un salto cuando el hombre había pasado corriendo. Una silla volcada daba muestras de su sorpresa. Laurie vio a Ronnie a la izquierda del pasillo, alejándose a toda velocidad.

—¡Deténganlo! —les gritó Laurie señalando a Ronnie—. ¡Es un asesino y tiene un arma!

Los dos policías echaron a correr por el pasillo detrás de él. Uno de ellos gritó «¡Alto!», pero Ronnie no le hizo caso. Laurie los siguió, pero redujo la marcha para sacar el teléfono. Llamó a Lou y mientras esperaba que lo cogiera, siguió avanzando detrás de los policías y de Ronnie a la velocidad que pudo con el teléfono en la mano. Más adelante, los tres desaparecieron en una escalera.

—Laurie, ¿qué pasa? —le preguntó Lou sin preámbulos.

—¡He descubierto a un asesino! —le gritó Laurie—. Los dos policías están persiguiéndolo. Está armado. —Llegó a la escalera y abrió la puerta.

—¡Joder! —exclamó Lou—. ¿Dónde estás?

—En una escalera —consiguió contestarle. Estaba quedándose sin aliento. Mientras bajaba la escalera, vio que la puerta del segundo piso estaba cerrándose—. Han salido a la segunda planta. Seguramente se dirigen al puente peatonal que da al aparcamiento.

—Voy hacia allí —le dijo Lou—. Llegaré en unos minutos. Y pediré refuerzos. ¡Laurie, no te acerques al aparcamiento!

Laurie colgó mientras abría la puerta de la segunda planta.

Como Sue la había llevado a casa varias veces, sabía el camino hasta el puente peatonal. Echó a correr de nuevo, llegó al puente y lo cruzó hasta llegar al aparcamiento, donde abrió la puerta de un tirón. Esperaba que los policías hubieran atrapado al asesino, pero lo que vio fue a los dos oficiales agachados detrás del mostrador del aparcacoches con el arma en la mano. El policía alto y delgado le indicó con gestos frenéticos que retrocediera, pero ella no le hizo caso, se inclinó, llegó hasta ellos y se agachó detrás del mostrador.

—¡No debería estar aquí! —le gritó Louie—. Ese hijo de puta nos ha disparado.

—No me sorprende —le comentó Laurie—. Creo que ha matado a muchos pacientes y tengo razones personales para querer asegurarme de que lo atrapan. ¿Dónde demonios está?

—Detrás de ese Mercedes gris —le contestó Don señalando un coche aparcado junto a una pared, al otro lado del aparcamiento—. Le hemos disparado y se ha metido detrás de ese Benz.

—¿Qué van a hacer? —les preguntó Laurie. Intentó mirar. La iluminación del aparcamiento no era la mejor y había grandes zonas oscuras.

—No levante la cabeza —le pidió Louie.

—Vamos a esperar refuerzos, que es lo que debemos hacer —le contestó Don—. No creo que tarden. Cuando los hemos pedido, nos han dicho que ya estaban en camino, lo que nos ha sorprendido. Cuando este tipo ha entrado en la unidad de cuidados intensivos quirúrgicos, nos ha dicho que era el supervisor de enfermería. Creíamos que era médico.

—Sí, es el supervisor de enfermería —les explicó Laurie—, pero también es un asesino y probablemente un asesino en serie.

—¡Por Dios! —exclamó Don—. Creíamos que íbamos a tener un servicio tranquilo, no que nos veríamos inmersos en un tiroteo.

—Cuando ha dicho que tenía razones personales para querer que lo atraparan, ¿a qué se refería? —le preguntó Louie.

—Preferiría no decírselo en este momento —le respondió. No quería pensar en eso. Sacó el teléfono y volvió a llamar a Lou, que contestó al primer tono.

—Ya casi he llegado —le dijo Lou—. Dos minutos. ¿Dónde estás y dónde está ese tipo? ¿Lo sabes?

—Estoy en el aparcamiento —le contestó Laurie—. Y él también. Estoy con los dos oficiales. Ha habido disparos. Lo tienen atrapado detrás de un Mercedes gris en el segundo piso.

—Diles que no hagan ninguna tontería y que los refuerzos están en camino.

—¡No te preocupes! Parecen prudentes.

—Bien —le dijo Lou—. Y va también por ti. —Colgó.

Durante unos minutos, las tres personas agachadas detrás del mostrador del aparcacoches observaron el Mercedes gris en silencio, pero de repente se sobresaltaron. La puerta del puente peatonal se abrió de golpe tras ellos y cuatro hombres de seguridad del hospital con uniforme negro y hablando en voz alta entraron corriendo en el aparcamiento.

—Madre mía —dijo Louie, exasperado, y volvió a hacer gestos frenéticos a los recién llegados para que se pusieran a cubierto.

—¿Qué está pasando aquí? —preguntó un guardia de seguridad.

—Tenemos a un sospechoso de homicidio que nos ha disparado acorralado detrás de aquel Mercedes —le contestó el primer oficial de malos modos—, ¡así que agachaos de una vez!

Apenas había acabado de decirlo cuando estalló una ráfaga de disparos. Un guardia de seguridad recibió un tiro en la pierna, gritó y cayó al suelo. Los demás se agacharon. Laurie vio al asesino, que había salido corriendo desde detrás del Mercedes aprovechando el revuelo causado por la llegada de los guardias de seguridad.

—¡Se escapa! —gritó.

Los dos policías se levantaron, indecisos, y corrieron hacia la carretera apuntando con el arma, pero el asesino desapareció detrás de un Cherokee negro. El personal de seguridad, todavía agachado, rodeó al compañero herido para echarle una mano mientras uno de ellos llamaba al Departamento de Urgencias para pedir ayuda.

Un instante después el Cherokee salió disparado hacia atrás con un chirrido agudo que resonó en todo el aparcamiento. A continuación el todoterreno avanzó con otro chirrido y empezó a bajar por la rampa. El olor a goma quemada impregnó el aire. Los dos policías dispararon varias veces al Cherokee, que se alejaba, pero no intentaron perseguirlo. Don cogió la radio, que llevaba colgada del hombro, avisó al operador de la comisaría de que el sospechoso estaba huyendo y le describió el vehículo.

Laurie, todavía con el teléfono en la mano, llamó a Lou.

—¡Estoy delante del aparcamiento! —le gritó el detective.

—¡Va en un todoterreno negro con llamas pintadas y se dirige a la salida desde el segundo piso! —le dijo Laurie, también a gritos—. Ha disparado a un guardia de seguridad del hospital.

—¡Entendido! —le dijo Lou, y colgó.

Lou agarró el volante con las dos manos, giró bruscamente su Malibu hacia la derecha, en dirección a una de las entradas y salidas del aparcamiento del MMH y atravesó la valla de madera de rayas blancas y negras. Al otro lado de la valla, se detuvo en una plaza libre y retrocedió para bloquear la carretera. Saltó del coche, sacó la pistola de la funda del cinturón, se agachó y miró la rampa por encima del capó. Un todoterreno negro mate apareció en la parte superior con los neumáticos chirriando e hizo un giro de ciento ochenta grados. Aceleró y avanzó hacia Lou.

Al darse cuenta de que el hombre no iba a detenerse, Lou se

apartó en el último segundo golpeando fuertemente su hombro derecho contra el suelo. Oyó el estruendo de vidrio y metal rompiéndose cuando el todoterreno embistió al Malibu y lo empujó hasta estrellarlo contra los soportes de la salida, donde los dos coches se detuvieron por fin echando humo.

Lou se levantó de un salto y corrió los pocos pasos que lo separaban de la puerta del conductor del todoterreno gritándole al hombre, al que veía a pesar de los cristales tintados, que saliera con las manos en alto. El detective esperó un instante y después repitió la orden gritando aún más fuerte. Sujetaba la pistola con las dos manos frente a él, apuntando al perfil borroso.

De repente la puerta del coche se abrió y apareció un hombre, pistola en mano, apuntando a Lou, que reaccionó por un instinto perfeccionado a lo largo de los años y le disparó tres veces. Aun así, el hombre consiguió apretar el gatillo, pero le falló la puntería después de haber recibido un tiro en el pecho, por lo que la bala rebotó por el aparcamiento sin haber hecho ningún daño.

Lou observó cómo el hombre se desplomaba en el suelo y su pistola caía a unos metros de él. El detective sacó el teléfono y llamó a la comisaría diecinueve para pedir ayuda y después al Departamento de Urgencias. A pesar de su experiencia, le temblaban las manos.

Laurie había oído los disparos, que resonaron en el aparcamiento, y esperaba que hubieran sido del arma de Lou, no de la del asesino. De repente oyó sirenas de policía en la distancia, acercándose. Después de que el todoterreno hubiera desaparecido por la rampa, ella corrió hacia el guardia de seguridad herido y ayudó a hacerle un torniquete colocándole el cinturón alrededor del muslo para detener la hemorragia. En ese momento estaban trasladándolo en una camilla que habían llevado del Departamento de Urgencias. Laurie se disponía a volver a la unidad de cuidados intensivos quirúrgicos cuando sonó el teléfono. Como esperaba, era Lou.

—¿Estás bien? —le preguntó Laurie. Al otro lado del teléfono, el sonido de las sirenas de la policía acercándose era más fuerte.

—Sí, estoy bien —le contestó Lou—, pero el sospechoso no. He tenido que disparar a ese hijo de puta antes de que él me disparara a mí. ¿Y tú? ¿Estás bien?

—Yo sí, pero Jack no. El hombre al que has disparado ha intentado matarlo de la misma manera que aquella horrible Jasmine Rakoczi intentó acabar conmigo, con cloruro de potasio.

—Joder —le dijo Lou—. ¿Cómo está?

—No lo sé y temo descubrirlo —le contestó—, pero tengo que regresar a la unidad. Cuando he salido detrás de ese hijo de puta, Jack no estaba bien. Había sufrido un paro cardiaco por el potasio que le había administrado.

—No me digas eso —le dijo Lou, alarmado—. Estás asustándome.

—Yo también estoy aterrorizada —le confesó Laurie—. No me puedo creer que haya sucedido delante de mis narices. Se suponía que debía vigilarlo para que no corriera peligro. Estoy cabreada conmigo misma por no haberlo trasladado y no haberlo mantenido a salvo.

—¡Vamos, Laurie! ¡No te culpes! Estoy seguro de que has hecho todo lo que has podido y más de lo que podría haber hecho cualquier otra persona. Cuidar de Jack es un trabajo hercúleo. Oye, en cuanto acabe con esto, subiré a hacerte compañía.

El ruido de las sirenas aumentó y de repente se apagaron, lo que sugería que habían llegado varios coches patrulla.

—Me encantaría contar con tu compañía y tu apoyo, pero me temo que no es posible. Solo me han permitido quedarme gracias a una doctora a la que conocía por Sue y que se ha apiadado de mí. Y puede que no me dejen volver después del follón que he armado. Ya veremos.

—De acuerdo, lo entiendo —le comentó Lou—. No voy a presionarte. Que vaya todo bien. Tengo que dejarte, pero mantenme informado, por favor.

—Sí, lo haré —le dijo Laurie, aunque no estaba segura de si tendría fuerzas en el caso de que las noticias no fueran buenas. Se guardó el teléfono en el bolsillo mientras se dirigía a la puerta de salida y después cruzó el puente peatonal.

Ya en el hospital, aunque la unidad de cuidados intensivos quirúrgicos estaba en la planta inmediatamente superior, subió en el ascensor porque después de la terrible experiencia sentía que se le doblaban las piernas. Al salir tuvo dudas. Quería volver corriendo para saber cómo estaba Jack, pero a la vez estaba nerviosa porque las noticias podrían no ser las que quería escuchar.

Caminó por el largo pasillo hasta las puertas batientes que conducían a la unidad de cuidados intensivos quirúrgicos. Las dos sillas que habían ocupado los policías seguían allí, una todavía volcada de lado. Laurie respiró hondo para recuperar fuerzas, entró y se detuvo justo detrás de las puertas. Desde donde estaba vio las actividades habituales en varios cubículos, pero sobre todo observó que en el cubículo de Jack seguía habiendo mucho movimiento. El carro de emergencia cardiaca estaba a la entrada, lo que al menos significaba que el equipo de reanimación no se había dado por vencido.

Al mirar el mostrador central, vio que había vuelto a la normalidad. La administrativa y varios médicos residentes estaban sentados delante de las pantallas introduciendo información en la base de datos del ordenador central del hospital. Patti Hoagland estaba de pie en el centro, hablando por teléfono. Al no ver a la persona a la que más deseaba ver, Colleen Benn, Laurie dudó, sin saber qué hacer. Se preguntó si lo mejor era no decir nada y dirigirse directamente al cubículo de Jack, como si tuviera derecho a estar allí, o acercarse al mostrador, llamar la atención de Patti y quizá disculparse por la conmoción que había causado.

No tuvo que pensarlo mucho tiempo. Casi de inmediato Patti

la vio y, aunque continuó su conversación con el móvil pegado a la oreja, le hizo señas con vehemencia para que se acercara al mostrador. Laurie, aliviada por no tener que tomar una decisión, la obedeció sin saber qué esperar.

—Doctora Montgomery —le dijo Patti en cuanto colgó el teléfono—, estaba hablando con un administrador que ha estado en contacto con seguridad. Sus sospechas sobre Ronald Cavanaugh parecen haber sido correctas. No voy a preguntarle cómo lo ha sabido porque estoy segura de que está angustiada por conocer el estado de su marido. Colleen sigue con él y no me cabe duda de que está impaciente por hablar con usted. —Señaló el cubículo de Jack.

—Gracias. Lamento haber montado esa escena —se disculpó Laurie.

—No se preocupe. Estaba justificado, y nosotros, como institución, estamos conmocionados, tristes y francamente avergonzados, como mínimo. Pero no quiero retenerla. Sé que Colleen desea hablar con usted cuanto antes. —Volvió a señalar el cubículo de Jack.

Laurie se dirigió hacia allí temiéndose lo peor, aunque esperando lo mejor. Sabía que la impaciencia de Colleen por hablar con ella podía interpretarse de cualquiera de las dos formas. Al rodear el carro de emergencia y entrar, vio que aún seguían la recuperación cardiopulmonar. Había otro aparato en la habitación, conectado a un tubo lleno de sangre que llegaba al brazo derecho de Jack. Aunque Laurie nunca lo había visto, supuso que era una máquina de diálisis.

En cuanto Colleen vio a Laurie fue hacia ella.

—Creo que está mejorando —le dijo.

—¿Eso es una máquina de diálisis? —le preguntó Laurie señalándola.

—Sí —le contestó Colleen—. Hemos hecho todo lo posible y hemos empezado la diálisis extracorpórea y la peritoneal a la vez. Ya estamos observando una fuerte caída del nivel de potasio e incluso un poco de actividad eléctrica en el corazón. No me sorprendería que viéramos actividad eléctrica significativa en unos minutos. No quiero precipitarme, pero diría que hemos superado el bache. Creo que el hecho de que reconocieras los signos de hiperpotasemia tan rápido lo ha salvado.

—Te agradezco que me lo digas —le comentó Laurie—. ¿Eres sincera o solo intentas ser optimista para tranquilizarme?

—Absolutamente sincera —le contestó Colleen—. Y como hemos iniciado la reanimación tan pronto, no ha habido periodo de hipoxia. Durante todo el tiempo que hemos estado aquí, la saturación de oxígeno se ha mantenido por encima de los noventa, así que eso tampoco será un problema.

—¡Mirad esto! —gritó el director del equipo de reanimación, entusiasmado—. Tenemos actividad eléctrica de aspecto relativamente normal.

—Espera un minuto —le pidió Colleen a Laurie, y corrió a mirar el ECG. Tras observarlo un momento, gritó—: Diría que tiene buena pinta. ¡Seguid con la recuperación cardiopulmonar! —Y dirigiéndose a la persona que estaba haciendo la respiración, añadió—: ¿Tenemos pulso?

—Tenemos pulso, y bueno —le contestó la residente que estaba utilizando el ambú tras haber buscado el pulso carotídeo en el cuello de Jack.

—¿Respira? —le preguntó Colleen.

La misma residente colocó la mano en el extremo del tubo endotraqueal para comprobar si entraba y salía aire.

—Sí, respira.

—Fantástico —le dijo Colleen—. Sigue y retira el tubo endotraqueal. Y hagamos otro análisis de electrolitos. Tenemos que saber el nivel exacto de potasio antes de detener la diálisis.

Laurie se acercó a la cama y miró a Jack. A pesar de la abrasión en la mejilla, su aspecto era bastante normal. Se sintió muy aliviada, aunque sabía que el alivio sería mayor si conseguía despertarse.

EPÍLOGO

Sábado, 11 de diciembre, 14.45 h

Lou Soldano aparcó su nuevo Malibu junto a una boca de incendios y lanzó el letrero de la policía de Nueva York al salpicadero. Estaba a solo unas puertas de la casa de ladrillo visto de Laurie y Jack, en la calle 106 Oeste. Cogió con cuidado el gran sobre que tenía en el asiento del copiloto y salió del coche. El día era soleado aunque hacía un poco de frío, así que se levantó el cuello del abrigo y se juntó las solapas debajo de la barbilla. Después se dirigió a la casa y subió los diez escalones hasta la puerta principal.

Llamó al timbre y oyó la voz de Laurie preguntando si era él.

—Soy yo —le contestó Lou acercándose al pequeño micrófono.

La pesada puerta principal se abrió con un zumbido. Lou entró y empezó a subir la escalera. Como fumador empedernido desde la adolescencia, no le entusiasmaba la idea de subir los cinco pisos, así que se lo tomó con calma. Llevaba años queriendo dejar de fumar, y de vez en cuando lo intentaba, pero siempre recaía, hasta el punto de que solía bromear diciendo que dejar de fumar era muy fácil, porque él lo hacía todo el tiempo.

Ese día había llamado a Laurie y Jack muy temprano porque quería mostrarles algo que creía que les parecería muy interesante, aunque también deprimente.

Cuando llegó al cuarto piso, Laurie estaba esperándolo con la puerta entreabierta. Después de que Lou se hubiera quitado el abrigo y ella lo hubiera colgado en el amplio armario, se abrazaron.

—Me alegro de verte —le dijo ella cuando por fin se separaron.

—Y yo a ti —le contestó Lou—. ¿Cómo está el paciente?

Laurie se rio.

—Es un grano en el culo, la verdad. Un pesado. —Laurie volvió a reírse para indicar que estaba bromeando, al menos en parte—. No te lo vas a creer, pero ya está diciendo que quiere salir a comprarse otra bicicleta. Y no deja de preguntarle al médico cuándo podrá jugar al baloncesto.

—Típico de Jack —le comentó Lou con una sonrisa—. He traído mascarilla por si quieres que me la ponga. Jack me dijo que tu madre no está vacunada.

—No, pero apenas sale. ¿Has estado expuesto últimamente?

—No, que yo sepa.

—Pues haz lo que quieras. Todos estamos al día con la vacuna, incluidos los niños.

—Prefiero no ponérmela —le dijo Lou—. Saludaré a Dorothy desde lejos.

Subió detrás de Laurie hasta la cocina, donde saludó a los niños, a Dorothy y a Caitlin, y a continuación siguieron hasta la última planta, donde estaban los dormitorios, incluidos el principal y los de los niños.

—No entiendo cómo podéis vivir así —se quejó Lou a medio camino. Estaba sin aliento.

—A ti te iría bien, viejo —le dijo Laurie—. Seguramente dejarías de fumar de una vez.

—Sí, dejaría de fumar porque estaría muerto —bromeó Lou—. Cambiando de tema, tengo que decir que Emma está mejorando mucho. He visto que interactuaba conmigo, y ha sido la primera vez.

—Está mejorando muchísimo —coincidió Laurie—. El equipo que mi madre ha reunido y supervisa a diario está haciendo maravillas. Estamos encantados, la verdad.

Laurie guio a Lou por el pasillo de la sexta planta hasta el dormitorio, donde Jack estaba tumbado en la cama, apoyado en varias almohadas. Tenía la pierna derecha, con una férula hinchable, elevada sobre otra almohada. Había algunas revistas médicas forenses y muchos periódicos esparcidos por la cama. En el televisor se veía la CNN, aunque sin sonido.

—Hola, amigo —saludó Lou entrando en la habitación. Se acercó a Jack y le chocó el puño—. ¿Cómo estás?

—No me puedo quejar, dadas las circunstancias —le contestó Jack.

—Quería agradecerte en persona que al final te despertaras —le dijo Lou—. Nos tuviste muy preocupados.

—La conmoción cerebral solo me dio doce horas de descanso —le comentó Jack—, aunque me alegro de haberme perdido la emoción de la reanimación cardiopulmonar. Es curioso que la costilla rota me duela más que las dos fracturas de la pierna.

—Lo que me maravilla es que te quejes de que fumo y me repitas lo peligroso que es cuando tú te empeñas en ir en bicicleta por la ciudad.

—Y volveré a ir en cuanto pueda —le dijo Jack.

—Prohibido hablar de este tema —intervino Laurie en tono categórico.

—Por cierto —siguió diciendo Jack—, da las gracias a tu equipo de la policía científica por haber encontrado restos de pintura de mi bicicleta en la parte delantera del Cherokee. Ese hijo de puta intentó matarme dos veces. ¡Qué miserable!

—Miserable es poco —le dijo Lou—. Espera a ver esto.

Abrió el sobre y sacó el viejo libro de cuentas de Ronnie, metido en una bolsa de plástico transparente para pruebas, que abrió también. Después se lo tendió a la pareja. Laurie se había sentado en el borde de la cama, al lado de Jack.

—¿Qué demonios es? —le preguntó Jack. Se impulsó con los brazos para incorporarse un poco.

—Ábrelo y lo verás —le contestó Lou—. Los chicos de la policía científica lo han encontrado en un conducto de ventilación situado en el techo del pasillo del piso de Ronald Cavanaugh, en Woodside, Queens. Es la prueba principal de nuestra investigación.

Laurie sujetó la contratapa de cartón del libro, y Jack la tapa. Lo abrieron y, empezando por el principio, miraron detenidamente varias páginas.

—Madre mía —murmuró Jack—. ¿Cada una de estas entradas es un paciente al que Cavanaugh eliminó?

—Eso creen los investigadores —le contestó Lou—. Ya han empezado a revisar los historiales del Manhattan Memorial Hospital, y han comprobado que así es. ¿Os imagináis el papelón de AmeriCare cuando todo esto se haga público? Me dan escalofríos solo de pensar en las demandas que le van a caer. Pero, bueno, los peces gordos de AmeriCare fueron los que decidieron ahorrar dinero dejando a un solo supervisor de enfermería nocturno. Ese hijo de puta tenía todo el hospital a su disposición.

—No podría haberle pasado a una empresa mejor —comentó Jack en tono sarcástico mientras pasaba otra página.

—Ha habido otro problema —le dijo Lou—. Ninguno de los casos revisados hasta ahora fueron forenses, y por eso la OCME nunca pudo poner en cuestión esas muertes. Y la razón es muy sencilla. El supervisor de enfermería nocturno es el que decide qué muertes son casos forenses y cuáles no, y está claro que Ronnie Cavanaugh no iba a enviar a ninguna de sus víctimas a la OCME para que descubrierais lo que había pasado. También era él quien decidía si las muertes eran lo que ellos llaman «muertes esperadas», lo que significa que cada una de ellas reducía el índice de mortalidad del MMH, así que, paradójicamente, cuanto más mataba, mejor índice tenía el hospital.

—Es una tragedia —comentó Laurie negando con la cabeza—. ¿A cuántas personas ha matado en total?

—Míralo tú misma —le contestó Lou—. Las dos últimas entradas, que son de hace solo unos días, son los números noventa y tres y noventa y cuatro.

—Por Dios —dijo Laurie—, qué barbaridad. Hace que Jasmine Rakoczi, a la que creíamos un demonio encarnado con sus diez o doce víctimas, parezca una aficionada.

—Y los noventa y cuatro pacientes son solo sus asesinatos misericordiosos —añadió Lou—. Echad un vistazo a la penúltima página del libro. Hay otra lista.

—Parece que la tapa de este libro ha conocido días mejores —le dijo Laurie mientras Jack y ella seguían la sugerencia de Lou.

—Es curioso que te hayas fijado en eso —le comentó Lou—. Los investigadores suponen que Cavanaugh lo toqueteaba a menudo. Creen que lo consideraba una especie de trofeo de sus hazañas y lo hojeaba quizá a diario. Debía de ser como su biblia del diablo.

—Qué tipo tan despreciable —dijo Jack—. La humanidad ha salido ganando con su muerte, aunque por otra parte no deja de ser una tragedia. Era un asesino prolífico, pero, por lo que hablé con él y por lo que me dijo una doctora de urgencias, me dio la impresión de que era un excelente enfermero cuando quería. Sin duda era inteligente y había recibido una buena formación en enfermería en la Marina.

Cuando llegaron a la página en cuestión, tanto Laurie como Jack ahogaron un grito. Había una lista de veintitrés nombres. El penúltimo era Susan Passero, que llamó la atención de Laurie, mientras que Jack observó no solo este, sino también el último, el de Cherine Gardener.

—¿Qué demonios es esta lista? —consiguió preguntarle Laurie.

—De momento los investigadores solo han revisado unos

cuantos casos, pero lo que creen es que, a diferencia de los del principio, que podrían considerarse asesinatos misericordiosos, es decir, que las víctimas sufrían enfermedades graves, en su mayoría cáncer avanzado, los nombres de esta lista, a excepción de los dos últimos, parecen haber sido víctimas de un asesino que se las daba de héroe. En algún momento, Ronald Cavanaugh se alejó de su patrón de asesinatos misericordiosos y puso deliberadamente en peligro a determinados pacientes administrándoles algún medicamento tóxico o una sobredosis solo para atribuirse el mérito de diagnosticar lo que estaba matándolos y salvarlos. Por desgracia, no siempre funcionaba como había planeado, así que esta lista son los fallos, o sea, los pacientes que murieron. Seguramente nunca sabremos cuántas veces llevó a cabo este engaño ni con cuántos pacientes. Lo único que sabemos es que en veintiuna ocasiones la víctima elegida no recibió suficiente antídoto o no lo recibió a tiempo.

—¡Dios! ¡Qué perverso! —exclamó Laurie. Cerró el libro, se lo quitó de las manos a Jack y se lo devolvió a toda prisa a Lou, como si tocarlo la hiciera sentir cómplice—. ¿De dónde sale esa gente? ¿Nacen así o se hacen?

—Vosotros, los médicos, estáis mejor preparados para responder a esta pregunta que nosotros, los ignorantes —le contestó Lou mientras guardaba el libro—, pero la investigación de los antecedentes de Ronald Cavanaugh ha arrojado un poco de luz y parece apuntar a que se hacen. Sus padres murieron en un accidente de coche cuando él tenía cuatro años y fue a vivir con su abuela materna. Por desgracia, la mujer falleció cuando Ronald tenía ocho años, y él acabó en el programa de acogida de Nueva York. Una enfermera acogió a Ronald y a otro niño dos años menor que él. Todo parecía ir sobre ruedas hasta que la enfermera, que era fumadora, contrajo un cáncer de boca o de garganta que requirió un tratamiento agresivo. A partir de ese momento todo fue cuesta abajo, y años después le diagnosticaron Munchausen por poderes.

—Madre mía —dijo Jack.

—Creo que tu «madre mía» se queda muy corto —le comentó Lou—. En fin, me enteré de lo del síndrome ayer. Es muy raro. Pero, en resumidas cuentas, Ronald y su hermano adoptivo sufrían todo tipo de afecciones, los ingresaban en el hospital cada dos por tres, y todas esas afecciones se las provocaba la madre adoptiva administrándoles fármacos y sustancias diversas, incluida la sal. Joder, no sabía que la sal podía llevarte al hospital.

—Si tomas mucha, puede ser fatal —le aclaró Laurie.

—Ronald Cavanaugh consiguió sobrevivir, aunque su hermano adoptivo no, y a los dieciocho años salió del programa de acogida y se alistó en la Marina, donde parece que le fue bien.

—Así es —le confirmó Jack—. Llegó a ser ayudante médico en un submarino nuclear de ataque rápido.

—Vaya —dijo Lou—, ahora lo entiendo. Pasar meses seguidos en un submarino bajo el agua es para volverse loco.

De repente sonó el móvil de Lou, que llevaba en el bolsillo de la chaqueta. Lo sacó y miró la pantalla.

—Perdón —les dijo a Laurie y a Jack—, tengo que contestar.

Se dirigió hacia la ventana, que daba a la calle 106, y habló en voz baja.

Laurie miró a Jack.

—No me lo puedo creer —le comentó negando con la cabeza—. Todo este lío es mucho peor de lo que jamás habría imaginado. Qué desastre para tantas familias e incluso para el MMH. Que sepamos, ese desalmado mató a ciento diecisiete personas. Y puede que hayan sido más.

—Lo único que puedo decir es que me alegro mucho de que no haya matado a ciento dieciocho —le dijo Jack—. Y esa muerte se evitó sobre todo gracias a ti. Así que, por si no te lo he dicho lo suficiente o como debería, déjame repetirte que te agradezco de corazón que estuvieras ahí cuando te necesitaba.

Laurie sintió que algunas lágrimas de alegría amenazaban

con salir a la superficie, lo que no quería que sucediera, porque le costaba mostrar sus sentimientos. Para evitar una escena, se limitó a inclinarse y a darle un abrazo fuerte y sincero.

—¡Ay! —se quejó Jack en tono amable—. Olvidas que tengo una costilla rota.

—Perdona —se disculpó Laurie. Se incorporó, le dio un sonoro beso en la mejilla y le revolvió el pelo, ya alborotado—. Esa fatídica noche hubo un momento en que de verdad creí que te había fallado por no haber vigilado bien, pero no será necesario que te diga que estoy enormemente agradecida de que todo nos haya salido bien.

—Por desgracia tengo que marcharme —los interrumpió Lou volviendo a toda prisa a su lado, aún con el teléfono en la mano—, pero antes quiero deciros que el mérito de haber librado a la ciudad de ese asesino ha sido vuestro. Sois un gran equipo forense, y tengo que admitirlo aunque a menudo sea difícil ser amigo vuestro. De todos modos, merecéis los dos una medalla por lo que habéis hecho. Os felicito.

—Demos el mérito a quien lo merece —le dijo Laurie—. No habríamos podido hacer lo que hicimos sin Sue Passero y su compromiso como médica. Casi todo el mérito es suyo. Si no hubiera sido por ella y su último sacrificio, Ronald Cavanaugh seguiría actuando con total impunidad y sin duda habría continuado haciéndolo durante años.

—¡Así se habla! —exclamaron Jack y Lou al unísono asintiendo con entusiasmo.

BIBLIOGRAFÍA

Appelbaum, Eileen y Rosemary Batt, «Private Equity in Heal-thcare: Profits Before Patients and Workers», Center for Economic and Policy Research, 14 de diciembre de 2021.

Scheffler, Richard M., Laura M. Alexander y James Godwin, «Soaring Private Equity Investments in the Healthcare Sector: Consolidation Accelerated, Competition Undermined, and Patients at Risk», School of Public Health, Universidad de California, Berkeley, 18 de mayo de 2021.